ギルド追放された雑用係の下剋上

～超万能な生活スキルで世界最強～

夜桜ユノ

Yuno Yozakura

Ascendance of a Choreman Who Was Kicked Out of the Guild.

TOブックス

CONTENTS

Ascendance of a Choreman Who Was Kicked Out of the Guild.

第一部 二つの国と一人の姫君Ⅰ

イラスト　もやし　デザイン　世古口敦志＋清水朝美（coil）

Floor Map of Gilnelise

冒険者ギルド『ギルネリーゼ』の見取り図

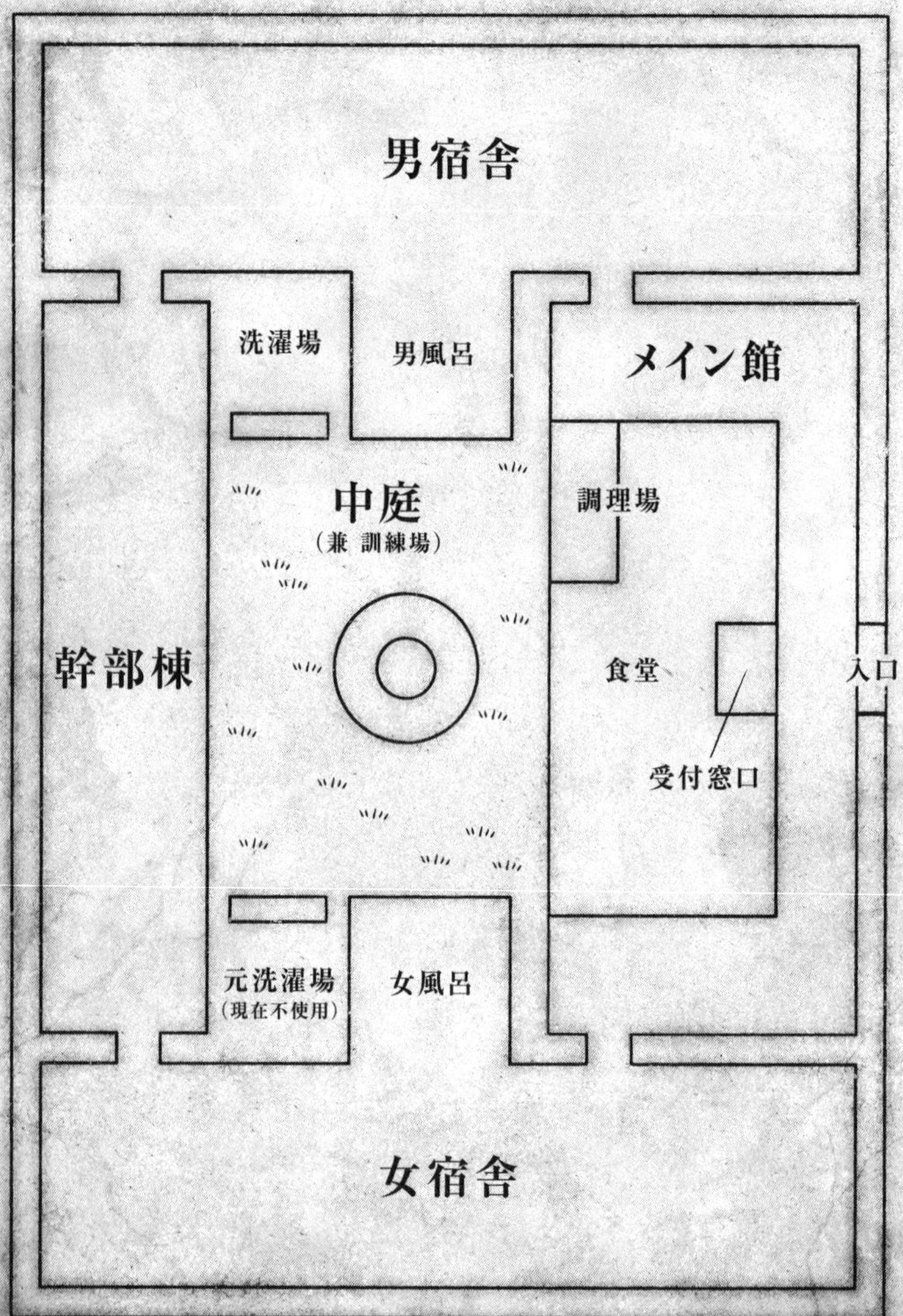

◆◆◆

第一部

二つの国と一人の姫君Ⅰ

Ascendance of a Choreman
Who Was Kicked Out of the Guild.

◆◆◆

第一話　雑用係のティム＝シンシア

「僕、最高の冒険者になるよっ！」

そう言って実家を飛び出した十二歳の夏、それから——早三年。

僕、ティム＝シンシアはこの大帝国でも五本の指に入る実力派の冒険者ギルド『ギルネリーゼ』の一員として活動をしていた。

ギルネリーゼは巨大なギルドだ、千人近い冒険者が日々様々な依頼をこなしている。

所属している冒険者の数が多いとはいえ、もちろん誰でもこのギルドの一員になれるわけではない。

その技量が認められ、〝確かな実力を持った者〟だけが組織の一員となることができるのだ。

そう、この僕のように実力を認められた者だけが。

「ティム！　ティム＝シンシアはいるか⁉」

ギルドの大食堂で僕の名を呼んでいるのは、このギルドでも一番の剣の実力を持つ剣聖ガナッシュだ。

年季の入った漆のような黒髪と僕より頭一つ分くらい高い身長。

年齢は分からない、僕より一回りだけ年上のようにも見えるけど、引退前の老兵のような雰囲気も纏(まと)っている。

そのたたずまいは竹林を流れる清流の如く落ち着きがあり、気配が希薄だ。

あまり鍛え上げているようには見えない細めの体つきは、剣聖として無駄なものをそぎ落とし、洗練された結果だろう。

その老練な濁った瞳は幾たびもの戦場で戦い抜いてきたような歴史を感じさせる。

普通はお目にかかることすらできないギルド幹部様のご登場に食堂内は騒然とする。

僕が呼びかけに応じてカウンターから出ると、彼は僕に耳打ちをしてきた。

「ギルド長、ギルネ様がお前をお呼びだ、ついてこい」

彼に連れられて大食堂を出る。

食堂の入口で、僕の同期のフィオナとすれ違った。

剣聖ガナッシュと共に歩く僕を見て、少し驚いたような表情をしている。

彼女はヒーラーだ、このギルドで救護を担当している。

廊下を通り、幹部以上のギルド員しか入れない特別な区域に入った。

そのまま大人しく後ろをついていくと、ギルド長の執務室前に到着した。

軽く咳払いをすると、ガナッシュは丁寧に扉を叩く。

「ギルネ様、ティム＝シンシアを連れて参りました」

ガナッシュが扉越しに話しかけると、可憐(かれん)でいて威厳のある少女の声が返ってきた。

「ご苦労、入ってよいぞ」

「失礼いたします」

扉を開き入室すると、僕とガナッシュは膝をついて頭を下げた。

目の前には絢爛（けんらん）とした椅子に腰かけた紫髪（しはつ）の美少女、ギルネ様が足を組んで座っている。

全てを包み込むような優しい笑みを浮かべ、僕たち二人を見下ろす。

何もかもが完璧に整った姿はまるで芸術品のようだった、目が覚めるようなその美貌（びぼう）に、僕はつい呼吸を忘れてしまいそうになる。

彼女こそがこの巨大ギルドの長だ。

千人の武芸者たちの畏敬をその小さな身に受ける存在である。

彼（か）の剣聖ガナッシュもギルネ様の前では緊張の色を隠せない様子だった。

「頭を上げるがよい。ガナッシュ、お前はもう仕事に戻って結構」

「御意、失礼いたします」

立ち上がり、再び深く頭を下げるとガナッシュは部屋を出ていった。

彼は本当に僕を案内するためだけに呼ばれたらしい。

とんでもない剣聖の無駄遣いだ、こんなのギルネ様以外ではあり得ないだろう。

「さて、ティム。来てくれてありがとう。今回、君を呼んだのはだな――」

ギルネ様が何かを言い出そうとする。

――その前に僕は先手を打った。

「ごめんなさいごめんなさいごめんなさい！　このギルドから捨てないでください！　僕は冒険者になりたいんです！」

地面に顔を擦（こす）り付けての土下座。

半泣きの表情で必死に懇願した。

剣も魔法もてんでダメで全く戦力にならない。

大ギルド『ギルネリーゼ』の〝雑用係〟。

それが僕、ティム＝シンシアだった。

第二話　面倒見がよいギルネ様

僕が住むこの大帝国は広大なソティラス大陸のやや西側に位置している。

大小いくつもの冒険者ギルドが存在し、冒険者たちは日々ダンジョンの攻略やクエストの依頼を受けてしのぎを削っている。

この冒険者ギルド『ギルネリーゼ』もその一つで、豪傑な名だたる幹部や、冒険者が集う帝国一の巨大なギルドだ。

そんな帝国屈指のギルドのギルド長執務室。

僕のような最底辺の雑用係にとっては神にも等しい存在のギルド長、ギルネ様の目の前で僕は床に這(は)いつくばっていた。

僕の突然の土下座にギルネ様は慌てて椅子から立ち上がり駆け寄る。

「ちょ、ちょょっと待ってくれティムっ！　まだ何も言っていないだろう？　一体どうしたんだ！」

華やかな香りがフワリと香る。

僕は気配で感じることができた。

――ギルネ様が僕に引導を渡しにきたのだと。

「分かっています！　僕が弱っちいから解雇されるんですよね⁉　でも僕はどうしても立派な冒険者になりたいんです！」

必死に懇願すると、僕は情けない顔を上げた。

目の前では神の最高傑作とも言えそうな美少女が目を丸くしている。

「ティムを解雇⁉　そっ、そんなわけないだろう！　な、何なら〝生涯(しょうがい)〟と、と、共にするまであるわっ！」

その美少女、ギルネ様は顔を真っ赤にして僕の言葉を否定してくれた。

声が裏返るくらい、言葉がドモるくらい、必死になって言ってくれた。

僕というギルドの〝障害(しょうがい)〟と共にいてくれる……と。

あまりの優しいお言葉にまた今度は別の涙が出そうになる。

ギルネ様は頬(ほお)を染めたままコホンと小さく咳払(せきばら)いをした。

「ティム、落ち着いて聞いてくれ。今回呼んだのは本当に些細(ささい)な用事なのだ」

「す、すみません……取り乱してしまって……」

「大丈夫だ、落ち着いてからで良い。ほら、お茶を淹(い)れよう、私の椅子に座ってくれ」

「そんな、僕なんて雑用係は床に座って――飲み物も泥水とかでいいんです！　むしろ床が落ち着きます！」

そんなことを言いつつ僕は床に正座しようとした。

でもよく考えたらそもそも座ること自体が失礼なのですぐに立ち上がる。

「驚かせてすまなかった、きっとガナッシュが君に何か脅しでもかけたのだろう……あいつめ」

「い、いえっ！　ガナッシュ様は僕にとても良くしてくれました！」

ギルネ様が怖い顔をしてガナッシュ様の名前を呟いたので僕は急いで誤解を解く。

ガナッシュ様は僕をここに連れてきてくれただけでしたし……。

というか、僕なんかが剣聖ガナッシュ様と共に歩かせていただいたことが身に余るほどの光栄です。

凄く格好よかった、耳打ちされたときなんてドキドキしたし。

後ろをついて歩くときなんて、きっと僕は右の手足と左の手足が一緒に前に出てしまっていただろう。

でも、ギルネ様と二人きりで話をしている今ほど心臓がはねていることはない。

僕は現実を受け入れられないまま、ギルネ様に尋ねた。

「えっと……ギルネ様が直々に僕をお呼びになるなんて、一体どんなご用なのでしょうか？」

たとえBランクのクエスト依頼ですら、幹部の皆様に一任しているこのギルドでは、ギルド長からの呼び出しなど、あり得ないような異常事態だ。

ましてや、幹部どころか冒険者にすらなれていない雑用係の僕を呼び出すなんて。

ギルドの戦力にすらなっていない僕に一体どんな用事なのだろう。

消えてもかまわない僕は攻撃魔法の実験台にでもされるのだろうか。

僕は死すら覚悟するような気持ちで尋ねた。

「いや、本当に些細なことなんだ。ティム、君の最近の様子を聞こうと思ってね」

ギルネ様は優しく微笑んだ。

当然、僕は戸惑う。

「えっと……ぼ、僕なんかの最近の様子をお知りになりたいのですか？」

思わず聞き返してしまう。

ギルネ様のような超高名で素晴らしい人にとっては僕の様子なんて、天井のシミの数よりもどうでもよいことのはずだ。

いま、こうして僕なんかに時間を取らせてしまっていること自体がギルドやギルネ様にとっての大きな損失だとすら僕は思っている。

しかし、ギルネ様は頷いた。

「そうだ、誰かにイジメられたりしていないか？　仕事が大変だったり、不満があるのではないか？」

ギルネ様は真っ直ぐに僕の目を見つめてそんな言葉をかけてくださった。

僕と二つくらいしか年は違わないはずなのに僕なんかよりずっと大人に思える。

というか、身長や見た目は僕よりも年下みたいなんだけど。

そんなことはともかく、僕は素直に答えた。

「不満などあろうはずがございません！　僕なんかをこんなにも高名なギルドに置いていただいているだけで、至上の幸せです！」

「本当か？　不満があれば何でも言ってほしい。私は君のためなら何でもするぞ？」

ギルネ様は少し心配そうな表情で僕の顔を見上げている。

その視線に胸が痛む、僕には確かに不満……というか望みがある。

確かに雑用なので冒険者にイジメられてはいるがそんなことは問題じゃない。

これ以上を求めるのは罰当たりじゃないだろうか。

でも、この場でギルネ様に隠し事をする方がよっぽど悪いことだと思う。

僕は口を開いた。

「ギルネ様……不満というほどではないのですが、実は一つだけ願望がございます」

「――っ⁉　な、なんだっ⁉　言ってみてくれ！」

ギルネ様は少し嬉しそうなご様子で僕に一歩近づいた。

目の前に迫った美しいお顔に、僕は恥ずかしくてつい顔を背けてしまう。

「僕も、クエストを受けてみたいのです。そしてその……冒険者としての腕を上げたくて」

「ふ、ふむ……クエストか」

僕の願いを聞くと、ギルネ様は難しそうな表情をしてしまった。

正直、そんなに大きな願いを言ったつもりではなかったので僕は内心少し驚く。

このギルドに所属してから、僕は一度もクエストを任せてもらったことがない。

僕がこのギルドのクエストを受けられるレベルまでランクを上げられていないのが問題だ。

ギルネ様は僕を諭すように口を開いた。

「しかし、クエストは危険なのだぞ？　君が怪我でもしたらどうする？」

「僕はいつか立派な冒険者になりたいのです！　怪我くらいへっちゃらです！」

僕は握った拳で自分の胸を叩いた。

ギルネ様は少しだけ頭を抱えられた後、急に明るい表情になって手を叩いた。

何か案を思いつかれたようだ。

「そうか……よし分かった！　では私も君のクエストについていこう！　それなら安全だな！」

「……はい？」

僕にはギルネ様の話の意味が理解できなかった。

いや、理解はできるんだけど、そんなことあり得ないというか……。

ご、ご冗談ですよね……？

「よし、善は急げだっ！」

ギルネ様はそう言うと、右手にはめている指輪を光らせた。

聞いたことがある、きっと〝宝具〟という魔法のアイテムだ。

様々な種類があり、使うことで不思議な効果を発揮できる装備らしい。

宝具の能力でギルネ様はギルドの受付嬢に呼びかけた。

「業務中にすまない、ギルド長のギルネだ」

「は、はいぃ!?　ギ、ギルネ様!?　えっ、えっ、本物!?」

突然、ギルネ様に呼びかけられた受付嬢が酷く狼狽している声が僕にも聞こえた。

通信の向こう側ではざわめく声や皿の落ちる音もしている。

ギルド長であるギルネ様はそれほどまでに〝遠いお方〟だということを僕は再認識した。

「クエストの受注をお願いしたいのだが、簡単なものはないだろうか？」

「か、かか、簡単なものですか⁉　ギルネ様でしたら、Aランククエストのインペリアルドラゴン討伐やAAランクの――」

「いや、討伐クエストはまだ危ないな。採集クエストなんてどうだろう、例えば薬草の採集とか」

ギルネ様はそう言いながら心配そうな表情で僕にチラチラと視線を送る。

「えっと……薬草採集はあまりに簡単すぎて当ギルドでは依頼が――」

「ならば私が依頼しよう！　そして、ビギナーランクのティム＝シンシアが受注する！　それでいいな？」

「は、はい！　仰せのままにっ！」

僕が呆然（ぼうぜん）としている間にギルネ様は次々に話を進めていった。

えっ？　コレ何？　夢ですか……？

「ティム、君の次の休みはいつだ？」

「えっ、えっと……明日のお昼頃に少し時間が――」

「そうか、ならば明日のお昼に私と共に薬草採集のクエストに向かうぞ！」

ギルネ様は再び宝具で通信を開始した。

今度は別の相手に呼びかけたようだ。

「ラファエル、悪いが明日の昼の予定をキャンセルしてくれ！」

「――ギルネ様？　明日は我々幹部との会食ではありませんか。みな、楽しみにしていたのですが……」

「大切な用事が入った！　私は明日ティムとデート――じゃなくてクエストに行くことに決まった！」

「ティム様とは……どなたでしょう？　ま、まぁ……緊急のクエストであるならば仕方がありませんね」

「うむ、薬草が大至急必要なのだ。じゃ、もう切るぞ」

「はっ⁉　薬草っ⁉　ちょっ――」

ギルネ様は満面の笑みで通信を切断した。

「い、今のは幹部である〝聖騎士〟のラファエル様ですよね⁉　た、確か今は高難易度のダンジョン攻略をされている……よ、よかったのですか⁉」

「うむ、向こうも出先で忙しそうだったのでな。しばらく通信は遮断しておこう」

ぜ、全然忙しそうな感じはしなかったけど……。

ギルネ様の振る舞いに僕は冷や汗が止まらなくなってきた。

「明日のお昼は私がお弁当を作るから、君は用意しなくていいぞ！」

「は、はぁ……」

ドラゴン退治ですら朝飯前であろうギルド長、ギルネ様との薬草採集クエスト……。

まだ現実を受け入れられない。

というか、受け入れるようなことなのだろうか。

「好きなおかずはあるか？　き、君ほど上手には作れないが……最近練習を始めたんだ！」

ギルネ様はそんなことを言って少し緊張したような様子で僕の方に身を乗り出す。

僕は狼狽えながら考えた。

「えぇっ⁉　えっと……す、好きなおかず……では、卵焼きが――」

「ギルネ様！　失礼いたしますっ！」

僕がギルネ様の質問に答えた直後に誰かが血相を変えて部屋に飛び込んできた。

その姿に僕は思わず尻餅をつきそうになる。

青く整った短髪に、Aランクモンスターを一人で討伐した際に傷付けられたという頬に走る稲妻のような傷跡。

幹部の一人、〝蒼き槍〟の異名を持つナターリア様だ。

僕のような雑用係では遠目に拝見したことしかない。

「ナターリア、入室は許可していないが？」

ギルネ様はナターリア様を見るとあからさまに不機嫌になった。

「処罰はいかようにも！　それより、明日の我々との会食を欠席されるとは本当でしょうか！」

「ラファエルから聞いたな？　あいつめ、早すぎるだろう……」

ギルネ様は面倒くさそうにため息を吐かれた。

「これはもう決定事項だ、私は今から明日のお弁当の用意をしなくてはならん。邪魔をしてくれるな」

「で、ですがギルネ様！　私たちとの会食よりもそのティムという者とのクエストに行かれるのですか？」

「そうだ、ティムはそこにいるぞ。あまり大きな声を出すなよ、ティムが怖がるだろう」

そう言って、ギルネ様は立ちはだかるように僕の前に立った。

ナターリア様は納得いかないようなご様子で眉(まゆ)をひそめる。

「なぜです⁉　ギルネ様は幹部として貢献してきた私たちよりもこんな子供を優先させるのですか⁉」

「貢献ならティムもしてきた、料理に清掃など〝雑用係〟としてな」

ギルネ様は腰に手を当てると自信を持ってナターリア様にそう言い放った。

僕は思わず戦慄(せんりつ)する。

ギルネ様……間違いではありませんが、雑用なんて威張れるようなことではないです……。

「――雑用っ⁉　そいつは戦士ですらないのですか⁉」

ナターリア様が驚きを通り越して呆(あき)れたような表情で僕を睨(にら)みつけた。

〝今すぐ、自害しろ〟とでも言うような目つきだ。

もう……怖くて漏らしそう。

「――ギルネ様、私たちもよろしいでしょうか？」

穏やかな声と共に扉のノックが聞こえると、ギルネ様はまた面倒そうに入室を許可した。

ギルドの内外で名を馳せる四人のギルド幹部様たちが次々と入室する。

全員、ギルドの最上ランクに位置し、異名を冠する武芸の達人だ。

この部屋にとんでもなく場違いな僕は震えながら縮こまるしかなかった。

ローブを身にまとった壮年の魔術師(グリモア)。

風魔法のスペシャリスト、〝風切り〟のニーア様が口火を切る。

「室外にも聞こえてきましたが、私たちとの予定が〝雑用係〟に潰（つぶ）されるのは面目が立ちません」

ニーア様の発言に、〝うら若きピエロ〟の異名を持つ曲芸師（クラウン）のロウェル様も、被っているキャスケットを整えながら頷く。

「そうだよ～、こんないてもいなくても変わらないような奴。どうでもいいじゃん？」

全身を東洋の鎧（よろい）で身を包んだ〝武神〟の異名を持つミナミズ様は、兜（かぶと）を震わせつつ憤慨（ふんがい）した。

「然（しか）り！　ありえぬ屈辱である！　貴様、今すぐ腹を切れいっ！」

最後に、まとめるように〝超人〟の異名を持つ青年、デイドラ様が腕を組んで吐き捨てる。

「我々のランクは〝強さ〟で決まる！　我々幹部と同じようにミスリルランクでないなら、こんな奴、ギルネ様と言葉を交わすのもおこがましい！」

心の中で何度も頷いた。

幹部の皆様の言う通りだ、本来、僕なんて一生のうちでギルネ様を拝見できるかどうか。

冒険者のランクは下からビギナー、ブロンズ、シルバー、ゴールド、プラチナ、ミスリルの六段階に分けられている。

三年間も在籍しているくせに僕はいまだ何のクエストを受けることもできないビギナーランク。

そんな者のためにわざわざ超初級クエストを発注までして面倒を見てもらうなんて、乱心しているとしか思えないだろう。

幹部の皆様の意見を静かに聞いていると、ギルネ様は腕を組んで口を開いた。

「……今のティムに対する暴言は、私から彼に謝罪をしておく。お前たちはもう出ていけ」

「――っ⁉　ギルネ様、正気ですか⁉」

「貴方様が頭を下げるなどあってはなりません！」

なおも意見を変えようとしないギルネ様に幹部の皆様は狼狽していた。

まぁ、一番泡を吹いて気絶しそうなのは僕なんだけど……。

「お前らこそ正気か？　私は今なら不問にすると言っているのだぞ。すぐ消えた方がいい」

「ですが、重要性というものがございます！　ギルネ様はギルド長なのですからギルドにとって重要な方を――」

「重要性を考えた結果だ。君たちとの会食よりも優先されるべきと判断した。二度は言わないぞ？」

「ぐっ……、失礼いたします」

ギルネ様の殺意すら宿っていそうな視線に刺されると、幹部たちはすごすごと部屋を出ていった。

全員が〝お前の顔は覚えたぞ〟みたいな表情を僕に見せながら。

「ティム、君が普段からどんな扱いを受けているか今の様子を見て少しだけ分かったよ。全く、酷いもんだ」

ギルネ様はそう言うと、本当に僕に頭を下げてきた。

あまりのことに僕はギルネ様よりも頭が低くなるように土下座をした。

千人のギルド員に崇拝（すうはい）されるギルネ様の頭が僕の胸元よりも低くなるなんて絶対にあってはならない。

「ふふ、謝罪に関しては君に勝てる気がしないな。ギルド員が崇拝すべきは私ではなく本当は君なのにな」

僕の滑稽な姿を見てギルネ様は笑ってくれた。

そのあまりの美しさに僕は呼吸をすることも忘れて見とれてしまう。

「ティム、仕事の邪魔をしてしまってすまなかったな、君は誰よりも忙しいのに」

「い、いえ！　そんなことはっ！　僕なんて雑用しかできませんから……」

床に伏せたまま、僕は大きく頭を横に振った。

「その〝雑用〟がこのギルドを支えているのだ。残念ながら私しか気がついていないようだが」

「そ、そんな……恐れ多いお言葉です」

「君は少し謙遜が過ぎるな。よし、明日は私が君を迎えに行こう、食堂に行けば会えるか？」

「え、えと……は、はいっ！」

ギルネ様はワクワクしたような表情で床に這いつくばる僕に手を差し伸べてくれた。

白く、美しく、とても綺麗なその手に思わず躊躇う。

「ぎ、ギルネ様のお手を煩わせるわけには……！」

「そ、そうだな！　まだ手を繋ぐのは早いな！　いやっ誤解しないでくれたまえ、下心はなかったんだ！　本当に！」

突如、早口になったギルネ様は顔を真っ赤にして手を引っ込めた。

こうして僕はギルド長とあり得ないような約束をしてしまったのだった。

第三話　ギルド追放

いまだに実感がわかない……夢のような時間だった。

ギルド長とお話をするだけでなく、共にクエストに行くだなんて。

しかし、ギルドの受付嬢に確認を取るとやはり薬草採集のクエスト受注はされていた。

現実として受け入れていいみたいだ。

その後、ギルドの雑用を終えると日が落ちかけていた。

僕は自分の部屋に戻ると、ベッドの下に隠し持っている木刀を取り出す。

隠しておかないといつも僕をいじめている意地悪な冒険者たちに折られてしまったり、捨てられてしまうからだ。

廊下を通り抜け、少しだけ肌寒い外の風を肌で感じながら、僕は誰もいない中庭に出て一人素振りをする。

（ふぅ……これだけ鍛錬しても僕の剣スキルは最低ランクか）

一向に強くなれない僕だけど、毎日の鍛錬は欠かさない。

早く強くなって、このギルドに、冒険者として貢献するためだ。

どこも受け入れてくれなかった僕なんかをこのギルドは拾ってくれたから。

冒険者になるには、このギルドで人一倍努力するしかない。

そして、僕はいつかギルド長のギルネ様に恩返しをしたい。

今のままだと返しきれるはずもない、〝とても大きな恩〟が僕にはあるから。

といっても、今回の件でさらに大きな恩ができてしまった気がするけど……。

クタクタになるまで鍛錬をすると、僕は眠ることにした。


「……朝、か。朝食の準備をしに行かなくちゃ……」

雑用係の朝は早い。

さらに、緊張しすぎて眠れなかった。

とりあえず、朝の雑用仕事をこなそう。

僕はギルドの内部を掃除し、外の花壇や植木などの外観も整えた。

僕が冒険者の皆さんから預かっている兜や武器もきれいに磨いていく。

冒険者の皆さんが今日着ていく服も用意して、保存している食材の確認をしながら食堂にやってくるのを待つ。

食堂に現れ始めた冒険者の皆さんへ挨拶(あいさつ)をすませながら朝食を提供し終えて、一段落するといよいよその時が近くなる。

(――そろそろ、ギルネ様が来られる頃かな)

食堂は朝食を食べている冒険者たちで賑（にぎ）わっていた。

その中で僕は一人落ち着けないでいる。

どうしよう、お弁当もギルネ様が用意してくださっているし……。

冷静に考えるとギルネ様のお弁当が食べられるなんてとんでもないことだ。

僕も何か用意した方が……。

「おい、ティム！　ティム＝シンシア！」

そんなことを考えていたら声をかけられた。

僕をよくいじめているギルド員の一人、長髪の剣士の男だ。

「ギルネ様が紅茶をご所望だ。ギルネ様のカップは預かってる。これに淹れてさしあげろ」

「は、はいっ！」

長髪の男がそう言って僕に綺麗なカップを渡した。

手持ち無沙汰（ぶさた）だったのでちょうどいい。

ギルネ様のために丹精込めてお淹れしよう。

そう思ってカップを手にした瞬間、長髪の男は僕にぶつかってきた。

僕は必死でカップを守りきり、一安心する。

「あ、危なかっ――」

と、思ったら僕の手の上でカップは不自然に割れてしまった。

「――えっ？」

「あぁっ⁉　ギルネ様のティーカップがぁ⁉」

長髪の男が不自然なほどの大声を上げると、人が集まってくる。

その多くは日常的に僕がいじめられる様子を見て嗤いに来ている冒険者たちだろう。

しかし、今回は日頃のような小さな言いがかりではなく大事件だった。

「ティム、お前！　あろうことかギルネ様の私物を〝勝手に持ち出すだけでなく〟壊すなんて！」

「えっ⁉　えっ⁉」

長髪の男の大声に驚きつつ、僕は唖然とするしかなかった。

確かに割ってしまったのは僕かもしれない。

でも、このカップはギルネ様の許可のもとに持ちこまれたものではなかったのだろうか。

「――何の騒ぎですか？　ギルネ様のお名前が聞こえましたが」

長髪の男の大声を聞きつけたのか、幹部のニーア様が食堂に現れた。

他のギルド員たちはひざまずいて頭を下げる。

「あ、あのっ！　僕っ、僕は……！」

僕は青ざめて震える。

カップが勝手に手の上で割れたなんて言っても誰も信じてくれるはずがない。

僕の様子を見て、ニーア様は様子を察する。

「ふむ、ギルネ様の私物を壊してしまったようですね。これは大変だ」

ニーア様の口元が若干ほころんだような気がした。

「おい！　一体、何の騒ぎだ！　ギルネリーゼだ、通してくれ！」

そんなとき、綺麗なワンピースを着てハンドバッグを持ったギルネ様が僕を迎えに食堂に現れた。

あり得ない出来事にギルド員たちはもう土下座に近い形で頭を下げる。

「これはこれは、ギルネ様。ティムが貴方様のティーカップを割ってしまったようなのです」

「何だとっ⁉　ティム、怪我はっ⁉　指を切ったりしていないか⁉」

ギルネ様は慌てて僕に駆け寄ってきた。

「あ、あの……！　ギルネ様、ごめんなさい！」

僕が深く頭を下げると、ギルネ様は僕に怪我がないことを確認して安心したようにため息を吐いた。

「怪我がないなら何も問題はない。それにしてもなぜ、そしてどうやってティムが私のカップを……？」

「——いいえ、ギルネ様。これは問題です」

まるで、示し合わせたように他の幹部の皆様も集まってきた。

あまりの非日常的な光景にギルド員たちは一歩も動けずに固唾（かたず）を呑（の）んで見つめる。

幹部の皆様は次々に口を開いた。

「ギルネ様、このギルドの絶対のルールをお忘れですか？」

「ギルドルールその十二、『ギルド長の管理する物品を許可なく持ち出し、あるいは破損させた者は除名処分とする』」

「うむ、鉄の掟（おきて）を破ることは絶対に許されぬ！　ギルドの崩壊を招くゆえ！」

「このルールに従い、ティム＝シンシアをギルドから追放する必要があります」

幹部の皆様は、普段僕を虐げる冒険者たちと同じような瞳でそう言った。

幹部の皆様が告げた事柄に対して、ギルネ様は少し呆れたような表情で言い返す。

「そのルールは私の宝具や禁書等を保護するためのものだったと思うが？」

「ギルネ様の私物には当然、ティーカップも含まれます」

幹部の皆様の話を静かに聞きながら、ギルネ様は割れてしまった自分のカップの破片を僕の手の上からつまみ上げた。

「割れた……というにはおかしな断面だな、まるで風魔法で切り裂いたかのようだ」

「何が言いたいのですか？」

〝風切り〟の異名を持つニーア様が微笑むような表情でそう答えた。

ギルネ様は全てを悟ったようにため息を吐く。

「明らかだ、普段はこんな所を出歩かない幹部どもが勢揃いで見苦しいものだな」

「お言葉ですが、見苦しいのはギルネ様であります」

「そうです、ギルドルールは絶対ですから。何を言おうがティム＝シンシアのギルド追放は覆りませんよ」

ギルネ様の言葉に一歩も引かず、幹部の皆様は言い返していた。

「たかだか、雑用係が一人いなくなるだけです。さっさと処分を言い渡してください」

「『たかだか雑用係』か……。強者の驕りもここまでくると滑稽だな、柱がなくては城は建たないというのに」

ギルネ様はそう呟いて、僕に向き直った。

そして、「本当にすまない……」と小さく呟く。

「ティム＝シンシア！　ギルド長の権限をもって君をこのギルドから追放する！」

「あ……、あぁ……」

僕は何もできずに泣きながら崩れおちた。

あまりにも無力だった。

このギルドでは雑用しかできていない僕には言い返せるだけの力もない。

冒険者になるために必死に頑張った……。

それがこんなにあっさりと……。

「ギルネ様！　よくぞ言ってくださいました！」

幹部様たちはにこやかにギルネ様に拍手を送った。

「最近のギルネ様は少し様子がおかしかったですからな」

「昨夜は料理や裁縫の練習なんてくだらないことをされていて、心配していたのですよ？」

「偶発的なこととはいえ、これが元の立派なギルネ様に戻られる良い契機となることでしょう」

ただ僕一人を追放しただけ。

なのに、まるで高難度クエストを完遂したかのような雰囲気だ。

ギルネ様は僕に背を向けると、残念そうに口を開いた。

「今まで、世話になったな……」

〝最後の言葉〟を僕に告げる。

幹部たちは相槌を打った。

「そうですね、ティム君にはこれまでお世話になりました。まぁしょせん、雑用でしたが」

「──違う、〝お前ら〟に言っているんだ」

ギルネ様は首から下げていたギルド長の証を外した。

「私は今、この瞬間！　冒険者ギルド『ギルネリーゼ』を抜けて、ティムについていく！」

「──っ⁉」

第四話　始まりの朝、誓いの言葉

ギルネ様の決断に場は騒然とした。

あまりの事態に幹部たちは慌てふためく。

「ま、待ってください！　ティムを追放するのはギルネ様のためなんですよ⁉」

「お前の言う『ギルネ様』とはどちらのギルネリーゼだ？　ギルドか？　私か？　どちらにせよティムを失えば終わりだがな」

「こいつに何の価値があるんですか⁉　目を覚ましてください！」

ナターリア様は頬から一筋の汗を流しながら説得する。

「おかげで目が覚めたんだよ。今、この瞬間、私はギルドを抜ける」

「そんな簡単に抜けてよいものではありませぬぞ！　ギルネ様はギルド長ゆえ！」

ミナミズ様がそう言うと、ギルネ様は頷いた。

「――確かに、ギルドを作った者としてのケジメは必要かもしれんな」

ギルネ様は幹部の皆様との言い合いを区切ると、手に複数はめていた宝具の指輪を外して置いていった。

「私は着の身着のまま出ていく。私の宝具、魔具、財産等は全て置いていこう」

「だから、そういう問題ではっ！」

「――いや、待て」

話に割り込んだのはニーア様だった。

「貴方が長年かけて取得した武器、宝石、希少な鉱石や素材も全て置いていくのですか？」

「目当ては私の宝具、そして〝神器〟だろう？　安心しろ、置いていってやる」

「ふふ、であればよいでしょう。血迷ってくださり感謝いたします」

ギルネ様は「来い、『ニルヴァーナ』」と呟くと、その右手に綺麗な杖が現れた。

神聖な空気を纏った白い杖は国宝のような美しさと荘厳さを感じさせる。

「素晴らしい、これが神器、『ニルヴァーナ』……」

ニーア様は満足そうに幹部の皆様に目配せをする。

幹部の皆様も黙って頷いた。

ギルネ様がその杖を手放すと、杖は空中にとどまった。

そして持っていたハンドバッグも名残惜しそうに机に置く。

「私はもう何も持っていない。これで後腐れなく抜けられるな？」

「――ちょっと待ってください。まだ指輪が一つ残っているようですが？」

ニーア様はギルネ様の指に一つだけ残っている指輪を指摘する。

「……これは宝具じゃない。ただの赤い宝石がついた指輪だ」

「であれば財産です。どうぞ、置いていってください」

「…………」

ニーア様の指摘にギルネ様はわずかに震える手で指輪を外して机に置いた。

「ギルネ様、いや――ギルネリーゼ＝リーナブレア！　即刻このギルドから立ち去れ！」

「……分かった。ほらティム、行こう」

ギルネ様に追放を言い渡されたときから僕の頭は使い物にならなくなっていた。

僕は何の思考もできないまま、抜け殻のようにギルネ様について行った。

ギルドを出ると、道すがらギルネ様は僕に語りかけていた。

「ティム、すまないな。冒険者になるのが夢だったのにギルドを抜けることになってしまって」

「……はい」

「クエストはまた今度にしようか、まずは今日の宿を確保しよう」

「……はい」

「節約しないとな、だ、だから、その、一緒の部屋でよいか……？　し、仕方なくだぞっ⁉」

「……はい」

ギルネ様が何かを言っているが、僕の耳には何も入らなかった。

何が起こったのか脳みそが理解を拒んでるみたいだ。

――ようやく現実を受け入れ始めたのは宿の部屋が取れた頃。

ギルネ様が硬そうなベッドにダイブして自爆なさっているときだった。

僕の頭はようやく思考を始める。

（どういうことだ……これじゃまるでギルネ様までギルドを追放されたみたいだ）

（何で？　僕のせいで？　僕を一人にさせないために？）

（最高位で何もかもを手に入れていたギルネ様が、僕みたいな欠陥冒険者と？）

自責の念がふつふつと心に湧いてくる。

ギルネ様はこんな安宿のベッドの上で痛みにのたうち回っていてよい存在ではない。

贅(ぜい)の限りを尽くした絢爛とした椅子に座って、優しく微笑んでいるべき方なのだ。

（まだ間に合う！　ギルネ様は少し気の迷いを起こされただけだ！）

（僕が頭を下げれば！　誠心誠意お願いすれば！　分かってもらえるはず！）

（ギルネ様はきっとそれを許さない……僕一人で！　ギルドに戻って謝りに行こう！）

「――ギルネ様、僕は食料を調達してきます！　ギルネ様はこのお部屋で休んでいてください」

適当な嘘を吐いて僕はギルドに戻ろうとした。

ギルネ様に嘘を吐くなんて最低だ。

でも、ギルネ様がこんな所で将来を棒に振らないですむのなら――

僕はいくら最低になっても構わない。

「な、ならば私も共に行くぞ！」

「もしかしたら、ギルネ様のギルド脱退がすでに世間に出てしまっているかもしれません。僕が一人で様子を見てきます」

それらしい理屈をこねると、ギルネ様は身を退いてくださった。

「う、うむ……そういうことなら仕方がないか……気をつけてな……」

「僕なら誰にも知られてませんから、安心してください」

不安そうなギルネ様の視線を背中に感じながら、僕は決意と共に部屋を出る。

――こうして僕は再びギルド、『ギルネリーゼ』に戻ってきた。

先ほど、ギルドの追放を言い渡された食堂には今後の方針を話すためか、幹部の皆様とギルド員たちがまだ残っていた。

僕は食堂を突っ切ると幹部の皆様の前で床に這いつくばって頭を地につける。

「お願いいいたします！　ギルネ様のギルド脱退を取り消させてください！」

僕の出現に、場は騒然となった。

「責任は、僕が全て取りますからっ！　ギルネ様をこのギルドに戻してください！」

重ねて懇願をすると、すぐに笑い声が落ちてくる。

「あ～、ティム君。〝アレ〟はもういらないんだ」

顔を上げると、ギルド長の証とギルネ様が付けていた指輪をはめたニーア様が邪悪な笑みを浮かべていた。

右手にはギルネ様が手放した白杖を持っている。

「君にも見えるだろう。あの小娘が長年かけて集めた宝具や神器の数々が今や私の手にある」

それらに見惚れるようにため息を吐くと、ニーア様は再び僕を見下した。

「これで私はあの小娘に匹敵する力を手に入れた。だからもう〝アレ〟はいらないんだ」

「…………」

頭が真っ白になった。

もうギルネ様は戻れない。

――全て、僕のせいだ。

「だが、君が来てくれてよかったよ。この〝残飯〟は君のだろう？　処理してくれ」

ニーア様はギルネ様が置いていったハンドバッグに手を突っ込んだ。

入っていた綺麗なお弁当の包みを取り出す。

そして――それを床に叩きつけた。

きっと綺麗に盛り付けられていたであろう色とりどりのおかずが床に散乱する。

「昨日からせっせと準備をしていたよ。ギルドの長がこんなくだらないことをするなんて、やはりアレはここから消えて正解だな」

「料理が……」

僕は震える手で散乱した料理から僕がギルネ様に好物だと話した卵焼きを口に運んだ。

砂糖の甘味と適度な焼き目を舌の上で感じながら、僕は十分に咀嚼(そしゃく)して飲み込む。

床に落ちた料理を口にする僕を見て、くすくすと嘲笑する声が聞こえる。

ニーア様は「これじゃ人間ではなく家畜だな」と呟き、高笑いをした。

「あぁ、そうだ。これもただの指輪だったからいらない。ほら、拾っていいよ」

そう言うとニーア様はギルネ様が最後に外された指輪を床に捨てた。

「『愛するギルネリーゼへ』とか彫ってあるだけの安物の指輪だったよ。両親の遺品だろうね、全くバカな娘を産んだものだ」

「………」

僕は捨てられた指輪を拾った。

そして大切に右手の拳の中に収める――僕の拳が〝こいつ〟の顔面に当たっても落っことさないように。

「うおぉぉぉぉおおおお!」

僕は怒りに任せてニーアに殴りかかった。

「――ふん、魔術を使うまでもない」

ニーアは僕の拳を難なくかわすと、僕の腹を蹴り上げた。

「――うっぷ!」

僕は懸命に堪える。

「よく耐えた、吐かれても困るからな」

続けて僕の顔面を殴りつけた。

「殴打とはこうやるんだよ。雑用ばかりじゃ知らないだろうが」

そのまま僕の頭を摑んで地面に叩きつけた。

そして、後頭部を何度も踏みつける。

木造の床がへこみ、床は血溜まりになった。

「ね、ねぇ、流石にやりすぎじゃない？」

「ロウェル、これはよい機会だ。私に歯向かったらどうなるかをこの場でギルド内に知らしめた方がいい」

僕の足を、手を、執拗に踏みつけて骨を折ると、ニーアは再び僕を摑み上げて晒してみせた。

ギルド員たちはあまりの凄惨な光景にみんな、目を背け始める。

「ほう、これだけ痛めつけてもまだそんな目で私を睨めるのか」

ギルネ様の何もかもを踏みにじったニーアを僕は憎んでいた。

拳は握り続けていた。

……それでも身体は全く動かなかった。

「その目を片方えぐりましょうか。私に反抗したことはそれで勘弁してあげます」

「――そこまでだ、ニーア」

食堂の入り口から渋い声がした。

剣聖のガナッシュ様が酒瓶を片手に食堂に現れた。

「ガナッシュ、今さら出てきて何の用ですか？」

「俺が重要な用事で出払っている間に色々とあったみたいだな」

「重要な用事って……酒瓶片手によくも堂々と嘘が吐けますね」

「ティムを離せ、どう見てもやりすぎだ」

「……はいはい」

ニーアは僕を床に落とした。

「もう十分だろう。こいつは俺がギルドの外に叩き出しておくからお前らは建設的な話し合いでもしてろ」

「それもそうですね、この小僧に付き合っているのは時間の無駄です」

「全く、床も血だらけじゃねえか……よっと」

ガナッシュ様は僕を担いだ。

「これで俺は話し合いを免除にしてくれ。難しい話は苦手なんだ」

「それが目的ですか、貴方らしい。まぁ、でも貴方の腕は確かみたいですから別にいいですよ」

「さすがニーアだ、話が分かるな」

人差し指と中指をビッと上げて挨拶をすませると、僕を担いだままガナッシュ様はギルドから出た。

「おい……おい、ティム。大丈夫か」

外でガナッシュ様が僕に呼びかける。

「おい、ティム。お前を休ませるから一度どこかの宿まで運ぶぞ」

「……ギ……ルネ……様……」

「話せるか、ギルネ様がいるんだな？　よし、あの方なら回復魔法が使える。方向を指示してくれ」

消えかける意識の中で僕はギルネ様の待つ宿までを指差した。

「おい！　ティム、ティム！　あぁ、どうしよう⁉」

「ギルネ様、大丈夫です落ち着いてください。運びながら回復薬をたらふく飲ませました」

「回復薬ってその酒瓶のことじゃないだろうな⁉」

「これは俺の回復薬です、こいつにはまだ早い。俺がいない間に何があったのですか？」

「それより今はティムの容態だ！　どこを怪我しているんだ……あぁ、可哀想に！」

「大事はなさそうですが……。ギルネ様、こいつ気を失ってるのに右手だけは握ったままですね」

「何かを握っているな……これは！」

「……指輪ですか？」

「あぁ……ティム。取り返してくれたんだな……」

ティムの右手を抱きしめて。

――ギルネリーゼは涙を流した。


――目を覚ますと、体中に痛みが走った。

そういえば、僕は昨日、幹部のニーアを殴ろうとして。

逆にこっぴどくやられて。

ガナッシュ様に運ばれながら意識を失って……。

今は小鳥のさえずりを聞きながら、見覚えのない天井を仰向けで見上げている。

折れていたはずの腕が動かせる、誰かが治療してくれたのだろうか。

（……？　左手に何か温かい感触が）

そう思って見てみると、ギルネ様が僕の手を両手で握ったまま床に座って眠っていた。

「うわぁ！　ぎ、ギルネ様!?　何で床で!?」

僕は驚いて手を引っ込めた。

「う～ん……ティム！　よかった、起きたんだな！　体調は大丈夫か？　痛い所は？　お腹は空いていないか？」

僕が目を覚ましたことを確認すると、ギルネ様は身を乗り出して矢継ぎ早に質問をしてきた。

「ぎ、ギルネ様！　なぜベッドで寝られなかったのですか⁉」

「だ、だって、ベッドに入るのは流石にまだ早いと思って……！」

「早寝早起きは大切ですよ！　ベッドが二つあるんですから使ってください！」

「え、あっ、そ、そうだな！　全くだ！　使わないのはもったいなかったな！」

あはは〜、と二人でぎこちなく笑った後、フゥと一息ついた。

お互いに慌てすぎて変な方向に話が進んでしまったみたいだ。

「……ギルネ様、勝手な行動をしてしまい申し訳ございませんでした」

僕は先にギルネ様に謝った。

ギルネ様の顔に酷い泥を塗ってしまったからだ。

勝手にギルドに戻り、ギルネ様の決断を取り消してもらえるように懇願してしまった。

今だから分かる、僕の行動は本当に愚かだった。

「あ、謝らないでくれ！　ティムが無事ならいいんだ！」

「それと、ギルネ様っ！　卵焼きを作ってくださりありがとうございましたっ！　甘くて、焼き目もほどよくて、大変美味しかったです！」

「た、食べてくれたのかっ⁉　それはその……凄く、嬉しいぞ……」

「あはは、どうしても食べたくて。せっかく作ってもらったものですから」

ギルネ様は感動に胸をつまらせるように呟いた。

僕も料理を作る身だ、相手に作った料理を食べてもらう喜びはよく分かる。

ギルネ様も嬉しさのためだろう、熱を帯びた視線で僕をぼんやりと見つめている。

ギルネ様はふと我にかえったように頭をぶんぶんと振る。

そして自分の手のひらを広げて持っている指輪を見せてくれた。

指輪の赤く輝く小さな宝石は朝日に照らされて美しく輝いている。

「これを取り返してくれたんだろう？　私にとって、これはかけがえのない指輪なんだ。本当にありがとう」

「あっ……その指輪。よかった、僕はちゃんと持って帰ってくることができたんですね」

「あぁ、もう手放さない。またティムが取り返しに行って大怪我をしてしまうからな」

「ふふっ、では指にはめておいた方がいいですね。……ギルネ様、失礼いたします」

「――えっ？」

僕は指輪をつまむと、ギルネ様の指にゆっくりと通してゆく。

赤い宝石の光が反射したのか、ギルネ様の顔も真っ赤に染まった。

これで落とすこともない。

指輪を取り戻せた喜びのためだろう、ギルネ様はとろけそうな表情で指輪越しに僕を見つめている。

そして、僕は〝ある誓い〟を立てるためにギルネ様の名前を呼んだ。

「……ギルネ様」

僕の決意の表情に気がつき、ギルネ様も僕を見つめ返してきた。

多分、僕たちが考えていることは同じだ。

「ギルネ様、あいつらは僕についてきてくださったギルネ様を侮辱しました」

「ティム、あいつらは冒険者になるために頑張っているティムを馬鹿にしていたよ」

僕の視線とギルネ様の視線が熱く交差する。

「「――だからっ！」」

「僕、立派な冒険者になりますっ！」

「ティム、私と冒険者になろうっ！」

お互いがお互いの気持ちのために。

踏みにじられた思いを取り返すために。

指輪と共に二人で約束を交わした。


さぁ、始めよう！　〝雑用係の下剋上〟だ！

第五話　超万能な雑用スキル

「では、ギルネ様！　早速っ――イテテッ！」

「ダメだティム！　君の傷はまだ治ってない！　もう少し休もう！」

宿屋のベッドから体を起こすと、僕は痛みに悶えた。

ギルネ様は泣きそうな表情で慌てて僕を止める。

「そ、その方がよさそうですね……すみません。そういえば、ガナッシュ様は？」

「ガナッシュなら、君を運んでからお互いに事情を説明して、昨日のうちにどこかへ行ったよ」

「い、意外と自由な方なんですね……」

「実力はあるんだが、分からん奴でな。ちなみに君と共に呼び出されたときは飲んだくれの自分も解雇されると思っていたらしいぞ」

ギルネ様はそう言って笑った。

ガナッシュ様の意外な内面に僕も思わずつられて笑ってしまう。

「だから緊張しているように見えたんですね……あはは――っいたた！」

「す、すまん！　痛むよな！　すぐに横になった方がいい！」

「大丈夫です……。それにしてもやっぱり悔しいですね。ニーアの思い通りになってしまったことが」

「あのギルドのことなら心配しなくていい。間もなく崩壊するだろう」

ギルネ様はそう言うと部屋の椅子を僕のベッドの横に持ってきて座った。

僕は首をひねって質問をする。

「それはギルネ様が抜けたからでしょうか……？　しかし、ニーアの話だとギルネ様の宝具や神器があれば――」

「違うよ、ティム。〝君がいなくなった〟からだ」

「……はい？」

意味がよく分からずギルネ様を見つめると、ギルネ様はわずかに笑みを浮かべて窓の外を見た。

「すぐにあいつらも気がつくことだろう、ティムの代わりなんていないってことに」

幕間　冒険者ギルド――と宿屋

冒険者ギルド『ギルネリーゼ』にて――

「ニーア様、ギルド長へのご就任おめでとうございます」

「幹部の魔導師は私だけで、神器を扱えるのはどうやら私だけみたいだからね。謹んでお受けしよう」

ギルド長の執務室でギルド員と幹部たちの拍手と歓声が上がる。

そのほとんどは恐怖によるものだ、先日のティムへの仕打ちが脳裏に焼きついている。

権力を誇示するかのように、ギルネリーゼがダンジョンやクエストでかき集めてきた希少な鉱石や宝石が、わざわざ机や壁に並べ飾られていた。

神器ニルヴァーナを手で愛でながら、ニーアは笑みを浮かべる。

「失ったものは、〝思い通りにならない小娘〟と〝雑用係〟だけ。むしろ改善だろうな」

「ニーアの作戦が上手くいったな」

「ニーア〝様〟だろ？　私も今やギルド長だ。気安く呼ばないでくれ」

「……ニーア様」

「それでいい」

すこし不機嫌そうな様子で幹部のデイドラはニーアに言い直した。

「ガナッシュはいないようだな、あの自由人め」

ニーアがそう呟いた頃。

ギルド員の下っ端の一人がニーアに進言した。

「あの……ニーア様、早速ですがティムの代わりの雑用係を雇用していただいてよろしいでしょうか？」

「もちろんだ、もっと有能な奴を雇用してやるから楽しみにしておけ」

ニーアは自信満々に答えた。

「あ、ありがとうございます！　ティムがいないせいで我々は朝食もとれず、衣服もなくて困っていたのです」

「……それは雑用係たちの間ではティムの働きが大きかったということか？　全く、武芸の才能はないくせに――」

「いえっ！　というより、このギルドの雑用は〝ティム一人〟しかおりませんでした」

そのギルド員の言うことを聞き、腕を組む。

そしてニーアは改めて聞き返した。

「ティム一人？　この千人はいるギルドの雑用をか？」

「は、はい！　炊事、洗濯、裁縫、掃除など。全て任せていました」

「可能なのか？　そんなこと」

「最初は自分たちも嫌がらせのつもりで一つずつ仕事を増やしていったんですが、最終的には一人で全てできるようになってしまったようです」

「う……うむ。そうか……」

「自分たちも特に気にはしていなかったのですが、どうやら雑用スキルのレベルが高かったようですね」

ニーアはその話を聞いて少しだけ思案をした後、ニヤリと笑ってみせた。

「……なるほど、あの小娘がティムについていったのはこういう理由か。これで〝このギルドが運営できなくなる〟とでも思ったのだな」

「……ど、どうしましょう」

「なに大したことはない、出費は痛いが雑用係を大量に雇えばいい。破産するほどではないだろう」

「かしこまりました！　ありがとうございます！」

「全く、あの小娘らしい浅い考えだな」

ニーアは愉快そうに高笑いをした。


一方、宿屋では――

「あの……ギルネ様」

「な、なんだ！　トイレか⁉　よし、一緒に行こう！　手伝うぞ！」

「い、いえっ！　一人で行けます！　ではなくて――」

「本当か⁉　分かった、食事だな！　食べさせてやろう！　自分で噛むことはできるか⁉」

「大丈夫です！　その……ずっと僕のそばについていてくださらなくても……」

「す、すまん！　そうだよな……！　ずっと私が隣にいるのも困るよな……で、出ていくよ……」

ギルネ様は泣きそうな表情で寝ている僕の隣から席を立った。

「い、いえっ！　大丈夫です！　そこにいてください！」

「――っ！　そうか！　よかった！　何かあったら心配だからな！　ティムは気にせず休んでてくれ！」

「は、はい……」

ギルネ様はしおれていた花が開いたように笑顔になった。

流石にギルネ様の隣では休めるはずもなく。

かと言って、あんなに悲しそうな表情をされると出ていってもらうわけにもいかず……。

僕はギルネ様に見つめられながら狸寝入りをした。


「よし！　ティム、回復魔法をかけるぞ！」

「お、お願いします！」

少し休んだ後、ギルネ様の魔力も回復してきたらしい。

僕はギルネ様に治癒魔術をお願いした。

「【回復魔法(ヒール)】！」

ギルネ様が魔法を発動すると、優しい光が僕の身体を包み込んだ。

「おぉっ！　凄いっ、痛みが引きました！　ありがとうございますっ！」

傷の治りをアピールするようにベッドから起きて、腕を回してみる。

もう全く痛くない！

ギルネ様は僕の回復を喜んで、顔の前でパチパチと拍手をしてくれた。

「すみません……僕は初級魔術すら使えないので」

僕は自分の不甲斐なさを嘆きつつ頭を下げる。

「いいんだ、それに治癒魔術はかなり高度な部類だしな！　そ、それよりもティム……お願いがあるんだが……」

「はい！　何なりとお申し付けください！」

ギルネ様は何やら身体をもじもじさせながら恥ずかしそうに僕に目を向けてきた。

「そ、その……ティム。この宿は入浴が別料金みたいでな」

「あっ、はい！　どうぞ、ギルネ様は僕にかまわずご入浴ください！」

「いやっ！　やっぱり節約が必要だろう！　ほぼ無一文の私たちは出費を最小限にしなくては！」

ギルネ様は何やら言い訳をするように僕に説明をする。

「ですが……ギルネ様のお身体の汚れを落とすのは重要と考えますが」

「だ、だから！　ティム、〝あれ〟を私にやってくれないか!?」

ギルネ様の発言の意味を少し考える。

身体の汚れを取る……　〝あれ〟をっ⁉

「あ、『あれ』をギルネ様にですか⁉　そんな、恐れ多いです！」

「お願いだ！　ぜひやってほしい！　やってもらっている冒険者たちが羨ましかったんだ！」

そう言って頭を下げてしまったギルネ様に僕は狼狽える。

「わ、分かりました。では……僭越ながら、少しお体に触らせていただきます」

「よしっ！　どこでも、好きなだけ触ってくれ！」

ギルネ様は両手を開いて僕を迎え入れてくれている。

固く目をつむり、緊張しているようだ。

僕はギルネ様の頭の上に優しく手を置かせていただいた。

ギルネ様はビクリと身体を強張らせる。

失礼にはなってしまうけど、スキルを発動させやすいのはこの場所だ。

「では、僕の《洗濯スキル》の【洗浄】でギルネ様から〝汚れ〟を取り除かせていただきます」

「あ、あわわ……あ、頭に手が……ティムの手が〝ポンッ〟て――」

ギルネ様は顔を真っ赤にしながら震えている。

やはり屈辱的な格好なのだろう、僕は手早く済ませることにした。

僕は雑用スキルの一つ、《洗濯スキル》の【洗浄】を発動する。

ギルネ様の身体から……。

衣服全てから……。

〝汚れ〟を消し去っていった。

「……終わりました！」

「あ、ありがとう！　凄い、こんな一瞬で！　しかもなんか、体調まで良くなった気がするぞ！」

ギルネ様はピョンピョン飛び跳ねて喜んでいる。

不思議そうに自分の身体や服を確認しているギルネ様に、僕は一応スキルの説明をさせていただいた。

「〝汚れ〟には体内の毒素、病原菌、老廃物、毒や呪(のろ)いなどのステータス異常や低下などが含まれますので、体調が良く感じられるのはそのおかげかもしれません！」

「の、呪いやステータス低下まで〝汚れ〟として落とせるのかっ⁉」

「でも、傷を癒やしたりはできませんから……ギルネ様の魔術に比べると全然です」

ギルネ様は僕の説明を聞くと、目を丸くして驚いてみせてくれた。

今まで、ギルドの冒険者たちはほとんど感謝すらしてくれなかったのに。

僕を元気づけるためだと思うけど、ギルネ様は僕の唯一の些細な特技である〝雑用スキル〟を喜んでくれるので嬉しい。

僕もこんな雑用スキルなんてものではなく、立派な〝冒険者スキル〟を身につけて、いつかは本当にギルネ様の助けになりたい。

「あのギルドの冒険者たちが誰も病気をせず、呪いの装備すらも使いこなしていたのはティムのおかげだったのか……これは想像以上だな」

ギルネ様はなおも僕のスキルを褒めてくださっている。

とても優しいお方だ。

「冒険者の皆さんは面倒くさがりで、【洗浄（クリーン）】を受けたらそのまま寝たがる人が多かったですからね。効果なんて聞きたがる人もいませんでしたから、誰も知らないと思いますよ」

「ティムのありがたみが分かっていないなかったんだな。体調管理は歴戦の戦士でも難しいのに……おっと、ガナッシュの悪口はやめておこう」

再びやり玉に上げられるガナッシュ様の名に思わず笑ってしまう。

「ふふっ、よろしければ【手もみ洗い（ハンドウォッシュ）】というスキルもありますよ。マッサージみたいで疲れが取れるそうです」

「て、手もみ!?　そ、それはティムが私の身体を揉（も）んでくれるということか!?」

ギルネ様は何やら興奮した様子で僕に詰め寄ってきた。

僕は慌てて、ギルネ様の誤解を解いて安心させる。

「い、いえ、大丈夫です！　ご安心ください！　僕が直接手を触れるわけではありませんから！」

「そ、そうか……でもせっかくだしお願いしようかな……」

ギルネ様はなぜか残念そうに呟いた。


「はぁぁ～♡」

「ギルネ様！　だ、大丈夫ですか？」

「ら、らいじょうぶ……お、思った以上に気持ちよくって……しかも、ティムにやってもらってると思うと……」

「す、すみません！」

僕の《洗濯スキル》【手もみ洗い（ハンドウォッシュ）】を受けたギルネ様はベッドでのびてしまった。

ギルネ様は呂律（ろれつ）が回っていない。

やっぱり、僕がやったせいみたいだ。

未熟なスキルで逆に疲れさせてしまった。

もっと精進しないと。

「も、もう大丈夫だ！　はしたないところを見せたな！」

「ほ、本当にすみま――」

ぐぅぅ～。

頭を下げると、僕のお腹も一緒に謝ってくれた。

僕は思わず赤面する。

誤魔化すようにギルネ様に提案した。

「す、少し遅い時間になってしまいましたが、朝食にいたしましょうか」

「そうだな！　ティムはまだ病み上がりで大変だろう？　私が作ろう！」

ギルネ様はそう言って腕をまくった。

「いえ、今度は僕がお作りいたします！　あっ、で、でも、もちろん嫌でしたら——」

「食べるっ！　頼む、ティムの手料理を食べさせてくれっ！」

ギルネ様は僕の申し出を聞くと、途端に態度を変えてまた頭を下げようとした。

僕はその前に急いで了承する。

「か、かしこまりました！　では恐縮ですが僕が料理をさせていただきます」

ギルネ様はとても食い気味に答えた。

きっとご自身もお腹が減っているのに僕のことを待っていてくれたのだろう。

本当に優しいお方だ。

「あっ、そういえばギルドの食料をそのまま持ってきてしまいました」

「うん？　どういうことだ？　ティムは何も持ってきていないと思ったが……」

「あぁ、しまっているんです。なので食材は大量にあります。何でも作れそうですよ。ギルドには少し悪いことをしましたが……」

僕は雑用スキルの一つ、《整理整頓スキル》の【収納（ストレージ）】を一部解除した。

このスキルは異空間に物を貯蔵し、いつでも取り出せるというものだ。

部屋の真ん中に大机と食材が出現する。

その様子を見てギルネ様は口をポカンと開けた。

口を開けてしまうほどお腹をすかせておられるのだろうか。

できるだけ早く作ってさしあげよう。

「ティム……空間を、操れるの……か？」

「これはただの雑用スキルですよ、《整理整頓スキル》で【収納（ストレージ）】しているだけです。何が食べたいですか？」

「そ、そうか……はは、ヤバいな。じゃ、じゃあ、ハンバーグは作れるかっ!?」

「かしこまりました！　ハンバーグですね！」

僕がその場で腕まくりをすると、ギルネ様は不思議そうに聞いてきた。

「ここで作れるのか？」

「えぇ、空腹だと思いますので急いで作っちゃいますね」

「ケガをすると危ないし、そんなに急がなくても――」

僕は《料理スキル》から包丁やまな板を【生成（ジェネレート）】する。

そして魔獣肉はミンチにして、玉ねぎは細かく切り刻んだ。

《料理スキル》の【加熱（グリル）】で刻んだ玉ねぎを一瞬でアメ色に炒める。

次にボウルを出すと、ミンチ状の魔獣肉と炒めた玉ねぎ、各種調味料を投入。

手早く手でこねて成形すると、【蒸し焼き（キャサロー）】して完成したハンバーグをお皿にのせた。

「――って、あれっ？」

「すみません、お話の途中に作ってしまいました。お心遣いありがとうございます！　ハンバーグのソースは何か希望はありますか？」

「えっ!?　もうできてる!?　は、早いな！」

「いつも千人分作っているのでクセで早く調理してしまいました」

「ぜ、全然見えなかったぞ……。ソースはティムに任せる！」

「かしこまりました！　付け合わせは……何か嫌いなお野菜はありますか？」

「嫌いな野菜だろうと、毒が盛られていようとティムの手料理なら私は喜んで食べるぞっ！」

「あはは、毒なんて入れませんよ。ギルネ様にご満足いただけるようにがんばります！」

ギルネ様のご冗談に笑わせていただいた後、すぐにソースと付け合わせの野菜を作り始める。

僕はハンバーグに三種類のソースをかけた。

中央にはお皿を分断するようにクリーミーなチーズソースを。

そして右側は赤ワインをベースにした濃厚なデミグラスソース。

左側はすりおろした玉ねぎをベースにし、ゆず胡椒(こしょう)と青じそを加えたあっさり味のソースをかけた。

付け合わせの野菜は栄養バランスを考えてジャガイモ、人参、小松菜をバターで炒めて塩胡椒をふる。

料理を完成させるとテーブルの上の料理道具に【洗浄(クリーン)】をかけて、余った食材と共に【収納(ストレージ)】して片付けた。

《裁縫スキル》でテーブルクロスを生成してテーブルを覆う。

【洗浄(クリーン)】を使えば必要ないんだけど、こういうのは雰囲気が大切だ。

そして、【収納(ストレージ)】していた簡素な椅子も出して設置した。

ギルネ様のお尻が痛くないように【裁縫(ソーイング)】でクッションも作って椅子の上に置いておく。

最後にお皿を並べて、作ったソースをハンバーグの上からかけた。

「お飲み物は何にしますか？」

「飲み物もスキルで出せるのか⁉」

「いえ、すみません。僕程度のスキルでは水しか出せないようです。ただ、いくつか収納してありますので、取り出せますよ」

「み、水を出せるのも十分凄いが……じゃあ、オレンジジュースはあるか？」

「ご用意できますよ！　準備いたしますね」

僕は収納からオレンジとコップを取り出して【粉砕攪拌（ミキサー）】を発動し、完成したオレンジジュースをコップに入れた。

自分の分と、ギルネ様の分を注いでいく。

僕が注ぎ終えたコップを差し出すとギルネ様は感謝しながら受け取った。

「冷えてるっ！　その、《整理整頓スキル》でしまったものは冷やして保存もできるのか？」

「これは《料理スキル》と組み合わせています。冷凍調理法というものがありまして、素材によっては一度凍結させた方が味が染み込みやすくなったりするんです」

僕の説明にギルネ様は関心するように頷いた。

「そうか、《料理スキル》は他でも使えるんだな！」

「《洗濯スキル》も人に使ってますからね。雨の日に【脱水（デジック）】とかは便利ですよ」

「ふむ、では今度ティムをバスタオルとして——いや！　なんでもない！　冷める前にいただこう！」

ギルネ様は何かを呟いた後、慌ててテーブルに着いた。

僕も向かい合って席に座る。

ちなみに、冷めてしまっても再加熱できるので安心だ。

目の前に座るギルネ様の凛(りん)とした美しいお姿を見る。

そして僕は思わず呟いた。

「……成り行きとはいえ、こうして僕なんかがギルネ様と共に食事ができることになるなんて夢のようです」

「な、何を言っているんだ！　私だってティムと食事できることを世界中に自慢したいくらいだぞ！」

僕の馬鹿みたいな呟きにギルネ様は顔を赤くしながら反応してくださった。

「ギルネ様……ありがとうございます！　では、いただきましょう！」

「あぁ！　いただきます！」

ギルネ様は待ちきれない様子で僕が【生成(ジェネレート)】したフォークとナイフを掴む。

そして、食べる前に急にピタリと動きを止めた。

「か、確認なんだが。ティム、君はこのハンバーグを素手でこねて作ったんだよな？」

「は、はい……そうですが……？」

「そうか！　コレをティムが私のためにその小さな手で……よ、よし、心して食べよう」

ギルネ様は顔を赤くしたままフォークを差し込んだ。

「ギルネ様、お味はいかがでしたでしょうか？」

僕はおそるおそる食事を終えたギルネ様に尋ねた。

ギルネ様はギルド長だったのでいいものをたくさん食べて非常に舌が肥えているはずだ。

もしかしたら、満足させられなかったかもしれない。

「ティム、心配するな。ティムが素手(すで)でハンバーグをこねた時点でもう世界一美味しい料理になったからな！」

「お、大げさですよ、僕だってハンバーグをこねるくらいはできます！」

ギルネ様のお褒めの言葉に僕は安堵(あんど)する。

ハンバーグをこねるだけで褒めてくれるなんて、少し僕への期待値が低すぎる気もするけど……。

食事を終えて、テーブルなどを【収納(ストレージ)】する。

そして僕はギルネ様に提案した。

「では、ギルネ様！　早速、冒険に出発いたしますか⁉」

ギルネ様は冒険者になるのは絶望的な僕なんかについてきてくださっている。

貴重なギルネ様の時間を消耗させてしまうわけにはいかない。

だから、僕は少しでも早く冒険者になるんだ。

「いや、もう少しゆっくりしよう。ティム、別に復讐(ふくしゅう)をしようってわけじゃないんだ。あまり肩肘(かたひじ)張る必要はないぞ」

そんな僕の思いとは対照的にギルネ様はとても落ち着いていた。

「で、ですが……実際にギルネ様はあのギルドに様々なものを奪われたわけですし――」

「ティム、それは違う。私は〝奪われた〟んじゃなくて自分から〝放棄〟したんだよ。自分の本当にやりたいことを自分で選び取ったんだ、君の〝冒険者になりたい〟という夢と同じようにね」

ギルネ様は穏やかな表情でそう言うと、ベッドに腰かけた。

そしてご自身の隣をぽんぽんと片手で叩く。

僕はその意味に気がつき、「失礼します」と頭を下げて隣に座らせていただいた。

「ティム、あのギルドの名前は私の名前と同じ『ギルネリーゼ』だ。ギルド長の名前がそのままつくのは珍しいだろう」

「そ、そうですね。他のギルドではほとんど見ません」

「うむ、少しだけ昔話をしよう。最初はな、幼くして魔法の才能を開花させた私の力に冒険者たちが惹きつけられただけだったんだよ」

「ギルネ様はいまだにとてもお若いですからね。他にもその……目立ってしまうのも分かります」

僕はなぜか急に照れくさくなり「ギルネ様はとてもお美しいので」という言葉が出てこなかった。

「いつの間にか人が増えて、冒険者ギルドになった。私はギルド長に祭り上げられただけだ。だから、ギルドの名前も私の名前になった」

「そ、そういう経緯があったんですね」

「だが、あるとき気がついたよ。ギルド員たちが見ているのは私ではなく、私の能力だけだ。私も彼らの喜ぶ様子が見たくてつい様々なクエストやレアアイテムの収集をしていたがな」

ギルネ様は少し悲しそうに語り始めた。

「ティムとのクエストのためにキャンセルした幹部たちとの会食の予定があったな。あれも〝私の力をどこで発揮するか〟を幹部の間で決めて、自分たちの思い通りになるよう私を誘導するためのものだ。今、ティムとしたみたいに楽しく食事をする機会なんてものはなかったよ」

僕は何も言えなかった。

千人のギルド員をまとめ上げていたギルネ様が孤独を感じていたなんて、皮肉もいいところだ。

それも、ギルネ様はギルド員を喜ばせるために頑張ってこられていたのに……。

「やがて、ギルド員たちの目も曇ってきた。強さこそが、宝こそが全てだと。思いやりだとかがなくなってきたんだ」

「それは……僕も、少し感じていました」

「ティムも酷い扱いを受けていたな」

戦闘能力至上主義のような考え方。

戦えないギルド員へはどんな酷い行為も許される。

僕は身をもってそれを感じてきた。

「そんな風潮にうんざりしてきた頃。私は変装してギルド内の様子を見てみることを思い立った。ギルド員が多いからな、バレることもなかったよ」

「そ、そんなことをされていたんですか⁉」

「そのときに、食堂でいじめられているティムを見たんだ。隠れて見ていたが、君はどんなに酷い扱いを受けても冒険者一人一人に思いやりをもって仕事をしていたな」

「見られていただなんて……。お、お恥ずかしいです……」

「私も恥ずかしかったよ、誠実で思いやりのある君に私のギルドでこんな扱いを受けさせてしまっていることがな」

ギルネ様は当時の感情を思い出すかの如く、身体を震わせた。

「その後、ギルド内を歩いているとティムの働きがギルドを支えていることに気がついてな。まぁ、君は謙遜するだろうが……。だが今日の様子を見るに、私の知らない君の能力もまだまだあるみたいだ」

ギルネ様は少し呆れるような表情でため息を吐いた。

「私は翌日、暇そうなガナッシュを使ってすぐに君を呼び出した。君がいじめられていることを私に訴えれば私は君を救うことができる。もしかしたら、辞めたいのに辞められないのかもしれない。そうしたらまさか土下座されるなんて思わなかったけどな。私も思わず焦ってしまったよ。つ、つい変なことも口走ってしまったな……」

ギルネ様は少し顔を赤くされた。

〝変なこと〟なんて言ってたっけ……？

「とにかく、私にとってもあんな場所を抜ける良い口実だったんだ。今はこうして君と自由になることができた。もう一度言わせてもらうよ。ティム……感謝してる」

ギルネ様はそうおっしゃって僕を見つめた。

「ギルネ様……」

僕は勇気を持ってギルネ様に尋ねた。

「ぼ、僕を呼び出した日の〝前日の僕〟を見ていたってことは……」

「――あぁ、ティムがイジメで〝メイド服を自分で作って着させられて給仕をさせられているとき〟だな。最初は本当に、可愛い金髪の女の子かと思っていたよ。呼び出してみたら可愛い男の子が来たわけだが」

「あ……あ……あ……」

僕は自分の顔がみるみる赤くなってゆくのを感じた。

最悪の初対面だ。

「いやー、本当に可愛かったな。いや、ティムはいつでも可愛いが。髪の毛が長くなっていたのは金色の糸をウイッグ代わりにしていたのか？　あの姿は私にとっても本当に衝撃で――ってティム⁉　おい、大丈夫かっ⁉」

「ぼ、僕を見ないでください……」

僕は羞恥（しゅうち）で真っ赤に染まった顔を両手で覆ったまま、ベッドに倒れた。

「ティム、よく分からんがしっかりしろ！　ほら、飛び込んでこい！　顔を埋（うず）めるなら布団ではなく私に――」

「だ、大丈夫ですっ！　何とか落ち着いてきました……」

数分ほど羞恥に悶えた後、僕は何とかベッドから起き上がることができた。

最悪の黒歴史を作り出してしまった。

少なくとも、ギルネ様には絶対に見られたくなかったあの格好。

それも、初対面があの姿だったなんて……。

きっと僕は何度でもこのことを不意に思い出しては枕に顔を埋めることになるだろう。

ギルネ様にいつかもっと僕の〝男らしい〟所を見せて、挽回をしなくては。

「ギルネ様、ギルドのことをお話しいただきありがとうございました。ギルネ様がそれでご納得されているのであれば、僕が復讐心に駆られる必要もありません」

「うむ。二人でゆっくりと立派な冒険者になって、ついでにあのギルドの奴らを見返してやろう」

「はい！　では、出発はお昼ごろからにしましょうか！」

「そうだな。じゃあ、それまでの時間だが……」

ギルネ様はご自身の人差し指同士を顔の前でくっつけてもじもじし始めた。

また、僕に何かお願いをしたいのだろうか。

「ティム……その、服を綺麗にしてもらった手前。申し訳ないんだが」

「はい！　何でしょう！　何でもおっしゃってください！」

「私の新しい服を作ってもらえないか？」

「ぼ、僕がギルネ様のお洋服を⁉　よいのでしょうか？」

「も、もちろんだ！　何なら頼み込む気まである！」

確かに、ギルネ様が今着ている服は冒険向きじゃない。

胸元のリボンが特徴的で、白を基調とした綺麗なワンピースだ。

薬草採集という簡単なクエストを受けるだけの予定だったせいだろう。

ギルネ様に似合っていてとても素敵だが、これから冒険に出るには向かないのかもしれない。

「分かりました、では僭越ながらギルネ様の冒険用の服を作らせていただきます」

「よ、よし！　じゃあまずは私の身体の寸法を測ろう！　い、いい、今、上着を脱ぐから――」

「いえ、僕は服の上から見ただけで体のサイズが全て分かりますので大丈夫です！」

「そ、そうか……ティムのスキルは凄いな……」

なぜか残念そうな表情でギルネ様は洋服のボタンにかけた手を下ろした。

僕は《裁縫スキル》から【採寸】を発動してサイズを目視で測る。

後は【仕立て】をして洋服を作っていくだけだ。

お昼まではあと一時間くらいだろうか、丁寧に作りたいが時間をかけすぎても申し訳ない。

「……ギルネ様、完成まで三十分ほどいただけますか？」

「分かった！　そばで見ていてもよいか？」

「もちろんです！」

ちょうどよさそうな時間を設定し、僕は《裁縫スキル》で布と縫い針、糸などを出すと早速縫い始めた。ギルネ様が〝動きやすい〟ように、それでいて〝丈夫〟に。

ギルネ様は十分すぎるほどに美しいから、シンプルなデザインの洋服でいいだろう。

心を込めてお作りする。

　　　　　　◆

「……できましたっ！」

「おぉっ！　今回は料理のときとは違ってかろうじてティムの手元が見えていたな！　何をしているかは全く分からなかったが！」

　三十分後、僕はギルネ様の衣服を一式作り出した。

　ギルネ様の髪色に合わせた色調に、凛とした雰囲気を際立たせる腰下のマント。

　胸元は苦しくならないよう開放的にしつつ首元までを布で覆う。

　動きやすくズボンではなくミニスカートとニーソックスにしたけど、僕の作った服は全身を守ってくれるから素肌が出ている部分も保護してくれるはずだ。

　ギルネ様は完成した服を見ながら僕にパチパチと拍手を送ってくださっている。

「コレを……ティムが私のために……」

「拙作(せっさく)ですが、ご満足いただけると嬉しいです！」

「す、凄いな！　これを冒険者千人に作っていたのか？」

「いえ！　流石に一人に三十分はかけていられないので、実は衣服は【仮縫い(ベースト)】の状態でお渡ししていたんです。それならすぐに作れますので」

「【仮縫い(ベースト)】だとどうなるんだ？」

「一日で糸が解れて壊れてしまいます。冒険者のみなさんは、一人一人が日替わりで様々なクエストを受けておられましたので、クエストの受注表を見て、そのたびにクエストに合った服を毎朝作ってお渡ししていました！」

僕の説明に深く納得したようにギルネ様は頷いた。

そして、ギルネ様は僕が作った服を嬉しそうに掲げる。

「じ、じゃあ！　ティムは私の服を普段よりもずっと時間をかけて作ってくれたということだな！　嬉しいぞ！」

「はい！　できるだけ良いものをお渡ししたくて……といってもあくまで僕の力量でですが」

「この服を少し詳しく見させてもらってもよいか？」

「はい、お恥ずかしいですが。も、もちろん、僕に気を使わずにギルネ様は別の買った服を着ていただいて結構ですよっ⁉」

「ティム、もう少し自信を持ってくれ。では、失礼【鑑定(インスペクト)】」

そう言うと、僕が作ったギルネ様の服が薄く発光した。

ギルネ様は《鑑定スキル》を使って僕の洋服を見始めたようだ。

そして、一言一言呟き始めた。

「装備名『冒険者の服』、ギルネリーゼ専用装備、物理耐性＋＋＋、魔法耐性＋＋＋、素早さに大幅プラス補正、魅力に微量のプラス補正、付加(エンチャント)：劣化無効、汚染無効、オールカバー（耐性効果は体全体に適応される）……う、うん。もう十分だな、とても強力な装備だ」

予想していたギルネ様のお世辞に僕は照れたように頭をかく。

「あはは、ギルネ様、僕はもう落ち込んでませんからそんなに褒めてくださらなくても大丈夫ですよ」

残念ながら装備の知識がない僕ではギルネ様が呟いた鑑定結果の意味はよく分からない。

それでもやっぱり、ギルネ様に褒められるのはいつでも嬉しい。

こういうところが女々しいのかな……。

「私が変装してギルドの冒険者たちを見ていたときもこの【鑑定（インスペクト）】を使ったんだがな。火吹き竜と戦う冒険者の服には〝火炎耐性〟、ポイズントード討伐に向かう冒険者の服には〝毒耐性〟など、ティムが冒険者のクエスト成功を祈ってそれぞれに洋服を作っていることが分かったよ」

「ギルネ様……！」

ギルネ様の言葉に、僕は報われた気がした。

自分の頑張りを見抜いてくれている。

これほど嬉しいことがあるだろうか。

「ぼ、僕にできるのはそれくらいですから……」

「だが、それはティムにしかできない事だ。【鑑定（インスペクト）】を使えないギルド員たちは自分の力のみでクエストを達成したと得意げになっていたが……。いや、そもそも〝洋服を鑑定しよう〟なんて思いもしないか」

嬉しさで声が少し震えてしまった。つい、涙が流れそうになってしまう。

だめだ、僕は男らしくならなくちゃ。

どんなに嬉しくても涙なんか流しちゃダメだ。

僕が男らしくあろうと苦戦していると、ギルネ様は呟いた。

「それにしても……う～む。ティムの【仮縫い(ベースト)】で作られた装備は一日しか保たない。今日からギルド員たちは全員ティムの装備や食事もなしでクエストに出ることになるのか……」

ギルネ様は少しだけ悲しげな目で窓の外を見た。

「あのギルドは、一週間ももたないかもしれないな……まぁ、自業自得か」

そう言いつつため息を吐いて、再び嬉しそうに僕の服を掲げる。

「じゃあ、早速ティムが作ったこの冒険者の服一式を着させてもら――」

ギルネ様は言いかけて、ピタリと止まった。

「ティ、ティム……大切な質問なんだが……」

「は、はいっ！　何でしょう？」

「その、ティムは冒険者たちの服を全て作っていたんだよな？　ってことは女の冒険者も、もちろんいたわけで……」

ギルネ様はおそるおそるといった様子で僕に目を向けた。

「女性冒険者の〝下着〟なんかも作っていたりしたのか……？」

「そ、それが……」

ギルネ様の質問に僕は目を伏せて答えた。

「すみません、僕は自分で見たり触ったりした経験のある衣服であれば似たようなものを作ることができるのですが……。女性の下着は見たこともなくて……冒険者の皆さんには各自で購入をお願いしていました」

己の無力さにうなだれる。

僕は情けないことに女性の下着を見るような場面になった経験がない。

頭を踏みつけられたときとかは見えてしまわないように下を向いていたし……。

「なので……すみません。僕は下着をお作りすることができないんです」

「そ、そうかっ！　いや、よかった！　ティム、謝らなくていいぞ！　私だって男性の下着なんか見たことがないからな！　うんうん、仕方がないことなんだ！」

ギルネ様は何だか安心したように僕を励ましてくださった。

情けない……僕は唯一の取り柄である雑用スキルですら中途半端だ……。

「【洗浄(クリーン)】で綺麗にはしていますが、新しいものに替えたいですよね……。もちろん、必要な費用だと思いますので、遠慮せずにお店でご購入ください！」

「しばらくは別に大丈夫だ！　ティムのおかげで清潔は保たれるわけだしな！　と、ところで全然関係ない話なんだが……ティムは何色が好きなんだ？」

「い、色ですか⁉　えっと……紫ですかね？」

僕は突然の質問に思わずギルネ様の髪の色を答えてしまった。

内心とても慌てたが、ギルネ様は気がついておられないようだった。

「紫か、ふむ、覚えておこう……では、着替えさせてもらうよ」

「は、はい！　着替えが終わりましたら、お呼びください！」

僕は部屋を出ると、扉の前でギルネ様の着替えが終わるのを待った。

「…………」

意図せず聞き耳を立ててしまう自分に嫌気が差し、耳をふさぐ。

この扉一枚隔てた向こう側ではギルネ様が……。

（スライムが一匹、スライムが二匹、スライムが三匹……）

頭の中でスライムを数えて煩悩を打ち倒す。

ギルネ様は僕が冒険者になるために協力してくださっている。

とてもお優しくて、高貴で清純なお方だ。

それなのに僕は今、変なことを考えてしまっている。

（僕は、本当に最低だ……）

自分のどうしようもなさにため息を吐いた。


その頃、冒険者ギルド『ギルネリーゼ』にて――

ニーアはギルド長の執務室で書類を眺めていた。

目の前には幹部のナターリアが立っている。

「うん、雑用係は大量に増やせば問題はない。幸いあの小娘が高難易度クエストで今まで稼いできた大金もある。あの馬鹿たちは今頃、食事すらまともに買えなくて困っているだろう、実に愉快だな」

「だが、ニーア……様、あのティムとかいう雑用はどうでもいいがギルネ様を追い出してもよかったのか？　ギルネ様の魔法はおそらく世界で一人しか使えない特別な――」

「ナターリア、まだあの小娘への忠誠心が残っているのか。あと、敬語を覚えろ」

ニーアは呆れたような表情で書類を机の上に広げた。

「この資料を見てくれ。我がギルドの冒険者たちは非常に優秀だ、正直ただのゴロツキにしか見えないような冒険者や飲んだくれにしか見えないような奴も……おっと、ガナッシュの悪口はやめておこう」

ニーアの言葉を聞きながら、ナターリアは資料に目を落とす。

「……これは！　クエスト達成率が九十％近い⁉　評判では聞いていたが、うちのギルドはここまで優秀な冒険者たちが揃っていたのか⁉」

ニーアはナターリアの反応に満足そうに頷いた。

「人数が多ければ、冒険者の質が悪くなる。そんな定説を覆（くつがえ）したのが我がギルドだ、それだけじゃない、こっちの資料も見てみろ。ここ二年間の死傷者数の推移だ」

「負傷者数は――たったの十三⁉　う、嘘だろ⁉　死者にいたってはゼロじゃないか！」

「そう、ウチのギルドの冒険者はＬＶ（レベル）が低い奴まで全員が超優秀だ。低ランクの冒険者たちに興味などなかったが、先月、これらの資料を見てから考えが変わってな。このギルドはあの小娘なしでも十分すぎるほどに上手く機能するよ」

ニーアの話にナターリアからもついに笑みがこぼれた。

「冒険者たちは今朝も血気盛んにクエストに向かって出かけたよ。Ｃランククエストの火吹き竜の討伐なんかもウチではシルバーランクの冒険者が無傷で成し遂げてしまうからな」

「何と……素晴らしい。それにしても……本当に優秀な冒険者が揃ったんだな」

「入団試験の採用担当の目利きが相当にいいんだろう。どれどれ、誰が担当しているんだ……？」

〝冒険者ギルド『ギルネリーゼ』入団試験、ギルド員採用担当　ガナッシュ＝ボードウィン〟

「…………」

「…………」

二人は思わず目をこすってもう一度見た。

間違いなく、そこには酒飲みガナッシュの名前がある。

「……ひ、人は見かけによらないものだな」

「ま、まぁ、ティムも雑用係としては優秀だったようですからね。やはり〝剣聖〟と呼ばれるだけあって相手の実力はかなりの精度で見極められるのでしょう」

一方、宿屋では――

「ギルネ様、とってもお似合いですよ！」

「凄い凄い！　身体に羽が生えたみたいに軽いぞ！」

冒険者服に身を包んだギルネ様がはしゃぎながら部屋を走り回っている。

よかった、少し地味な服だけどご満足いただけたようだ。

「では、冒険に行きましょうか！」

「うむ、まずは採集クエストから始めようか！　討伐クエストはまだ危ないからな！」

「お恥ずかしい話ですが……僕はまだまだ戦闘能力がありませんからね……」

剣、槍、斧（おの）、杖、魔術、盾など僕の全ての冒険者スキル評価は最低ランクだ。

雑用の合間や寝る前に毎日鍛錬しているんだけど、ちっとも上昇しない。

「いいんだ、私と共に少しずつ強くなっていこう。う～ん、ところで……」

ギルネ様は小首をかしげて僕に尋ねてきた。

「ウチの入団試験は実力試験もあったはずだが、ティムはそのときは上手くいったのか？　こうして合格して入団していたわけだし……」

「え、えっと……実は……」

僕はギルドに入団できた〝裏話〟をすることにした。

「採用の試験官がガナッシュ様だったのですが。その……ガナッシュ様は酷い二日酔いだったようで僕が試験で剣を振るっている間もずっと抱えたバケツに吐かれていました……」

「………………」

ギルネ様は呆れるというか、もう全ての感情を失ったような瞳で虚空を見つめた。

「僕の実力試験を全く見ていなかったので、最終的にガナッシュ様がコインを上に弾いて、『表だったら合格』ということに――」

「…………」

ギルネ様は心が壊れてしまったかのような光のない瞳で僕の話を聞いている。

まさか、自分のギルドの冒険者採用がそんな有様だとは思っていなかったのだろう。

「僕は緊張しながら表が出ることを祈りました。フラフラの状態でコインをキャッチしたガナッシュ様は『視界が歪んで何も見えん、どっちが出てる？』と聞いてきたので僕はガナッシュ様の手の上のコインを見て答えました『裏です……』と」

「……えっ⁉」

意外な結末にギルネ様は驚かれた。

そう、僕は残念ながらコイントスで表を出すことができなかったのだ。

「そうしたら、ガナッシュ様が『じゃあ、お前自身は裏がないから表だな。合格』とおっしゃられてギルドに入団させていただきました。いまだによく意味が分かっていないのですが……僕も念願の合格だったのでつい喜んでしまって……」

「め、めちゃくちゃじゃないか、あの男は……」

ギルネ様はガナッシュ様への怒りのためか、身体を震わせていた。

「ま、まぁその適当な採用試験のおかげでティムと会うことができたんだ。ガナッシュの勤務態度は全て水に流してむしろ感謝するくらいの気持ちだがな」

「よ、よかったです。そういうわけで、僕にとってもガナッシュ様は恩人なんです……普通じゃ絶対にこのギルドには入れませんでしたから……」

「う～ん、他の冒険者たちもきっと適当に採用したんだろうなぁ。あいつが採用官に立候補したのはやっぱりサボれるからか……ということは、我がギルドの冒険者たちは実力ではなく適当に集めた烏合(うごう)の衆……」

ギルド入団の裏話をギルネ様は頭を痛めるように聞いていた。

しかし、顔を上げて晴れやかな表情で微笑む。

「まあだが、私もガナッシュと同じだ。たとえ世界中が——君自身までもが自分を裏だと思っていても私はティムを表だといつも信じているからな！」

第六話　冒険者のティム＝シンシア

僕が入団試験の裏話を終えるとちょうどお昼頃になった。

部屋を〝綺麗〟にして、ギルネ様と共にチェックアウトに向かう。

大柄な宿屋の主人がカウンターで口を開いた。

「一泊、千五百ソルだよ」

「は、はいっ！　用意しますのでちょっと待ってください！」

宿屋の主人にジロジロと見られながら僕は財布を開いた。

財布の中にはまだ十分お金があるはずだ。

この宿屋は僕がギルドを追放されて腑抜けている間にギルネ様が見つけてくださった場所だ。

僕たちが追放されたギルドから近く、一泊千五百ソルなら値段も安い。

もちろん、値段相応に寝具や設備は古ぼけていたけど……。

財布の中を漁る僕にギルネ様が申し訳なさそうに謝った。

「ティム、ごめんな。私は着の身着のまま飛び出してきてしまったから……お金を持っていないんだ」

「大丈夫です！　お金はまだ少しだけありますから、ご心配なさらないでください！」

心配をさせまいと僕は胸を叩いた。

僕が雑用依頼をこなせばお金を稼ぐことだってできる。

ギルネ様にはこれからも、なに不自由をさせないように僕が頑張るんだ！

そんな僕たち二人の様子を宿屋の主人は不思議そうに見ていた。

「なんだぁ？　あんたら、もしかして〝駆け落ち〟ってやつかい？」

宿屋の主人がニヤニヤした表情で僕たち二人に話しかける。

「綺麗なお嬢ちゃんはやっぱりどこかのご令嬢かい？　坊やはお屋敷の使用人とかかな？　それで、着の身着のまま飛び出してきたと！　くぅ〜、坊や、可愛い顔してやるじゃないか！」

宿屋の主人は一人で盛り上がると、僕の肩をバシバシと叩いた。

ギルネ様は「か、駆け落ち……私とティムが……」と呟いて顔を赤くされている。

は、早く誤解を解かないとっ！

ギルネ様はきっと僕なんかとそんな風に見られてしまって屈辱的な心境だろう。

しかし、宿屋の主人の盛り上がりは止まらなかった。

「お代なんかいらねぇ！　もしも、そのお屋敷の手が届かない所まで二人で逃げてぇならこの紹介状を東の門にいる行商人のリーダーに見せな！　このクリス様の紹介なら隣のリンハール王国まで乗せていってくれるぜ！」

「い、いえ……僕たちは、そ、そういうわけでは……」

宿屋の主人、クリスの言葉を僕は否定しようとする。

しかしその声は自分でも驚くほどに小さかった。

僕なんかとギルネ様が一緒になれるはずなんてない。

でも、何かの間違いでそう見られたことを内心とても喜んでしまったから否定が弱くなってしまったんだろう、何とも卑しく恥知らずな心だ。

「な〜に、ガキのくせに遠慮なんかいらねぇさ！　坊や、このお嬢ちゃんを幸せにするんだぞ！」

そう言って男らしくガハハと笑う主人に無理やり紹介状を渡されて僕とギルネ様は宿屋を追い出されてしまった。

ついに僕は誤解を解くことができなかった。

いや、強く否定しなかった僕のせいなんだけど……。

「——ぎ、ギルネ様……何だか勘違いされてしまいましたね。し、しかもあり得ないような誤解までされて……あはは」

僕は何とか笑って誤魔化そうとした。

ギルネ様は赤い表情で虚空を見上げて聞き取れないほどの小声で何かを呟かれている。

「駆け落ち……ティムが私と駆け落ち……このまま遠くで一緒に暮らして……そのまま身も心も……」

「――ギ、ギルネ様？　大丈夫ですか？」

何だかボーッとしてしまっているギルネ様に僕は呼びかける。

すると、意識を取り戻したようにギルネ様はビクリと身体を震わせた。

「へっ⁉　あぁ、大丈夫だぞ！　そ、それにしても、紹介状までもらってしまったな！　あはは」

ギルネ様はまだ少し顔を赤くされたまま僕が無理やり持たされた〝紹介状〟を見て笑った。

よかった、どうやら駆け落ちだと思われてしまったことについては水に流してくださるようだ。

またギルネ様のお顔に泥を塗り、自分ばかりが良い思いをしてしまったことを僕は猛省する。

もう、これ以上ギルネ様を汚すような真似はしないと心の中で自分に誓った。

そして、宿屋の主人、クリスに貰った紹介状について思い出しながらギルネ様に答える。

「はい、これがあれば東の門にいる行商人の馬車が隣のリンハール王国まで乗せていってくれるそうです」

リンハール王国。帝国の東に位置し、もっとも近い国だということは聞かされている。

リンハール王国の国土はこの帝国の半分ほど、国家間の緊張もないため商人の馬車に乗ってしまえば簡単に国内に入ることができるだろう。

僕は一度もこの帝国を出たことはない。

というか、国外にはダンジョンから湧き出る魔物が徘徊(はいかい)しているので、まだ戦う能力がない僕はきっと魔物に殺されてしまう。

そんな僕でも馬車を使って街道を通れば魔物を避けて安全にたどり着けるだろう。

馬車なら一日くらいの距離らしい。

ギルネ様はこめかみに手を添えて考え始めた。

「ふむ。私はお屋敷のご令嬢というわけではないが、ギルドの奴らがティムの有能さに気がついて取り戻すために追ってこないとも限らないしな……この帝国を出てゆくのは良い手段かもしれん」

ギルネ様がまた僕を持ち上げつつ、そう提案する。

僕なんかに気を使わせてしまっていることが少し申し訳ない。

「あはは、ありがとうございます。この国にはご高名なギルネ様のお顔を知っている人もいるかもしれませんしね……」

「私はあまり外に出なかったし、絵画や像なども作らせなかったが、確かにあり得るな」

僕は感謝しつつ、ギルネ様の案に賛成する。

もうこの帝国ではギルネ様も生活しにくくなってしまったことだろう。

方向性が決まると、ギルネ様が僕の服を少し引っ張ってとても小さなお声で呟いた。

「よ、よし……ティム、私と駆け落ちを……しよう」

「……？　すみません、ギルネ様。お声が小さくてよく聞こえませんでした」

「い、いや！　何でもないぞ！　『行こう』と言っただけだ！」

ギルネ様はまた顔を赤くされて激しく頭を振った。

こうして、僕たちは二人でこの帝国の東門へと歩き出した。


ティムとギルネリーゼが出て行った後。

部屋の掃除に入った宿屋の看板娘、カヤが慌てた様子で受付カウンターに走ってきた。

「お、お父さん！　大変だよ！　こっち来て！」

「おうどうした、我が看板娘よ。駆け落ちしたい相手でも見つかったか～？　父さんは今からそいつを殺すぞ～」

宿屋の主人、クリスは気の抜けた返事をすると愛する娘の手に引っ張られていった。

「さ、さっきのカップルさんたちが泊まった部屋が……」

「な、なんじゃこりゃあ……」

クリスは自身の目を疑った。

年季が入り、薄汚れていた部屋がピカピカに清掃されていた。

ガラスの窓は鏡面のように輝きを放ち、純白のカーテンが風に揺れる。

窓枠も漆（うるし）が塗られて新品のようだ。

ボロボロだったベッドは新調されて、王室で使うかのような天蓋付きのベッドになっている。

布団もシルクのような素晴らしい肌触りの逸品だ。

クリスは現実が受け入れられないような様子で呟いた。

「うちの安宿が一晩にしてロイヤルスイートルームじゃねぇか……」

「き、共有キッチンもピカピカになってて、調理器具も新しくなってたよ。しかも全部、とんでもない業物（わざもの）みたい……」

「あ、ありゃ、幸運の天使のカップルだったのか？」

狐につままれたような表情で親子は顔を見合わせた。


「――今頃、あの宿屋はビックリしていることだろうな」

二人で歩いている途中、ギルネ様はそう言って笑った。

僕はギルネ様のご指示で雑用スキルを使っておいた宿屋を思い出す。

「で、ですが勝手にあそこまでやってしまってよかったのでしょうか？　一応、古い家具は綺麗にして隣の空室に置いておきましたが……」

「ティムの【洗浄（クリーン）】後に、《裁縫、工作スキル》で部屋をリノベーションして、《料理スキル》で【生成（ジェネレート）】した調理器具も置いてきたからな。喜ぶことはあっても悲しんだり怒ったりすることはないだろう」

自信満々なギルネ様のご様子に僕は少しだけ安心した。

「偶然とはいえ、宿屋代をタダにしてもらった上に紹介状までいただきましたからね、喜んでもらえているのと嬉しいのですが」

「うむ、良い事をすると、普通は良い事が返ってくるものなのだ。ティムはあのギルドに慣れすぎてしまって知らないかもしれないがな」

ギルネ様と二人、話をしながら行商人たちが集まる東門へと向かう。

東門に着くと、行商人たちのキャラバン隊を見つけた。

十台を超える馬車が門の前で待機していた。

働き盛りの若い男性から女性までがそれぞれの馬車でお酒を飲んだりして、おのおの寛ぎながら出発の時を待っている。

僕は少し緊張しつつギルネ様と共に行商人のリーダーさんに宿屋でもらった紹介状を見せに行った。

「――ほう！　クリスの紹介か！　あいつに気に入られるとは珍しいな、今度またあのボロボロの宿で寝泊まりさせてもらうか！」

行商人のリーダーはフチ付きの固そうな茶色いハットを指で回しながら豪快に笑った。

年齢は三十歳くらいだろうか、きっとよく笑うのだろう、えくぼには深いシワが刻まれていた。

「もちろん、乗っていっていいぞ！　ただし、俺たちが運んでるのは頑丈な商材と商人だけだ。乗り心地は保証しないがな」

恐そうな人じゃなかったので僕は内心安堵のため息を吐いた。

「ありがとうございます！　馬車は結構揺れてしまうんですね……」

僕がギルネ様のお身体を気遣って視線を向けると、ギルネ様は腕を組んで頷いた。

「まぁ、それは仕方がないだろう。も、もしも私がよろけてティムに抱きついてしまっても許してくれよ？」

ギルネ様は何やらソワソワした様子で僕に囁（ささや）く。

「もちろんです、少し頼りがいがないかもしれませんが僕にお摑まりください！」

僕は男らしく胸を叩いた。

ギルネ様が右手で小さく謎のガッツポーズをすると、行商人のリーダーは自己紹介を始めた。

「俺の名前はロックだ。リンハール王国までよろしくな。そっちのお嬢ちゃんはまさかどこぞのお姫様ってわけじゃないよな……？」

「私はギルネリ――いや、ギルネだ。安心してくれ、服装を見て分かる通りただの冒険者だ。よろしく頼む」

「僕はティムといいます。隣のリンハール王国までよろしくお願いいたします！」

ギルネ様は素性を隠しつつ自己紹介をする。

確かに、お姫様と疑われても仕方がない美貌だ。

「馬車の車輪を厚い布で包んでもいいですか？　馬車の揺れがかなりマシになるかもしれません」

「おっと、車輪には手を加えないでくれ。疑うわけじゃないが、こいつが破損して道中で動けなくなっちまったら大問題だからな。想定されていない使用方法は避けたい」

「そうですか……ではせめて」

僕は【裁縫（ソーイング）】でフカフカのクッションを大量に作り出した。

「これをお尻の下に敷けば長時間の乗車も苦にならないと思います。よかったら商人の皆さんで使ってください」

「お、驚いた！　ティムは《裁縫スキル》がかなり高いんだな！　どれ、一つ借りるぞ」

ロックは僕のクッションを一つ掴んだ。

「おぉ、こいつはめちゃくちゃやわらけぇ！　肌触りも最高だ！　馬車移動はストレスも多いからな、こういうクッションは助かると思うぜ！」

「ふむ、そうか……ストレス解消か。ティム、こういうのはどうだろうか」

僕はギルネ様の手招きに応じると、ギルネ様は僕の耳元でアイデアを提案してくれた。

ギルネ様の吐息が耳にかかり、僕の心臓の音が聞こえてしまわないか心配だった。

僕は言われた通りにクッションに手を加える。

クッションに手や足と猫の顔を刺繍（ししゅう）した。

大きなネコをかたどったクッションの完成だ。

完成品を見てギルネ様は瞳を輝かせる。

「おぉ、可愛いぞ！　名付けて『デブネコセーフティクッション』だ！」

ギルネ様は満足顔でクッションに抱きついた。

そして、僕の作った作品の説明を始める。

「〝猫は癒やし〟、これは世界共通の普遍の原理だからな。これにはみんなほっこりしてストレスもなくなるだろう」

「あっはっはっ！　太ったネコか、こりゃユニークで面白いな！　その名前なら略して『D・S・C』だな！」

「あと、腕を引っ張ると伸びるんだ！　これで、腰に巻き付けてお尻に敷いて使うぞ！」

「あっはっはっ！　ネコなのに何で腕が伸びるんだ、意味がわかんねぇ！　最高だな！」

よくわからないが、ロックにはウケたようだ。

腹を抱えて笑っている。

やっぱりギルネ様の発想力は凄いなぁ。

「はぁ～、笑った笑った。こんなにいいものを俺たち商人の人数分もらっちまっていいのか？」

「どうぞ、お使いください！　僕たちは乗せてもらうんですから、これくらいはさせていただきます！」

「ありがとう、お前たちは最高だ。これは仲間たちに配らせてもらう。一晩も走り続ければリンハール王国には着くはずだ、揺れて頭をぶつけないように注意しながら乗ってくれ」

ロックはにこやかに親指で馬車の荷台を指差した。


こうして、この国を出ることにした。

僕はこの故郷を出て、新しい国で冒険者を始める。

「僕、最高の冒険者になるよっ！」

そう言って〝実家〟を飛び出した頃が今や懐かしい。

僕がこの約束をしたとき。

妹のアイリは泣きそうな顔をしていた。

でも今はもう〝姫〟として立派な淑女に成長していることだろう。

兄弟やお父様たちは僕のことを忘れているはずだ。

王子の一人、〝落ちこぼれのティム〟のことなんて。

彼らは僕に愛情どころか、侮蔑（ぶべつ）や悪意しか向けてこなかった。

だけど僕が〝落ちこぼれ〟の烙印（らくいん）を押されてから、兄弟である他の王子たちの雑用をずっとやらされてたのは役に立ったかな。

後にも先にも、あれほど傲慢（ごうまん）でうぬぼれた人たちはいない。

召使いを、身の回りのお世話をしてくれている人たちをまるで人間として見ていなかった。

〝雑用〟など人間のやることではないと口にしていたこともある。

だから僕は決めたんだ。

家を飛び出し、雑用係として最高クラスの冒険者になる。

他の王子たちよりも強く、偉くなって、認めさせるんだ。

『僕の考え方』を……！

——僕はギルネ様と共に馬車に乗り込んだ。

一から、いや——ギルネ様と共に〝二〟から始める冒険者生活。

二人ならきっとどんな困難も乗り越えられるさ。

ギルネ様と僕は、父の国〝シンシア帝国〟を出発した。


「よ、よし……いくぞ——」

ギルネ様が何かを小さく呟かれた後、馬車の中でバランスを崩して僕にもたれかかった。

「お、おっと〜、す、す、すまん、ティム！　馬車の揺れで、もたれかかってしまった！」

「大丈夫ですよ、ギルネ様。よかったら僕に摑まっていてください。僕は男らしいのでどんなに揺れても倒れませんよ！」

「そ、そうか！　じゃあ、悪いがお言葉に甘えて……」

僕は後ろ手でしっかりと馬車の壁を摑んで胸を張った。

ギルネ様にメイド服姿を見られてしまったんだ、男らしいところを見せて少しずつ挽回（ばんかい）していかないと。

「ティムは柔らかいなぁ、いい匂いもする……ここが天国か……」

「スキルの【柔軟剤（ソフト）】を服に使ってますからね。道のりは長いので眠ってもいいですよ」

ギルネ様も僕に頭を擦り付けて安心してくださっているようだ。

至福の表情で僕にもたれかかっている。

「……おい、ティム。ちょうど半分くらいまできたが、ここらで休むか？」

馬を操作しながら、ロックはギルネ様を起こさないように小声で御者台から荷台にいる僕に呼びかけた。

「僕はまだ大丈夫です。他の商人さんに聞いてください」

「このクッションのおかげでみんな全然大丈夫だそうだ。馬も平気そうだからこのまま一気にリンハール王国まで――おいっ、伏せろ！」

ロックが不意に叫んだ瞬間、空から氷の矢が降り注いだ。

手綱が切られ、馬たちが逃げ出してしまう。

「盗賊の襲撃か⁉　くそっ、馬車が転倒するぞ！　外に飛び出して転がれ！」

ロックがキャラバン全体に向けてそう叫ぶ前にギルネ様は僕を抱きかかえて外に飛び出していた。

降り注ぐ氷の矢の第二波をギルネ様は魔法結界で防ぐ。

ロックや他の商人たちもクッションを腰に巻いたまま猛スピードで走る馬車から飛び出した。

「すまん、油断していた！　ロックたちは無事か⁉」

僕を抱きかかえたまま、着地↓減速までを行ったギルネ様は馬車から落ちて転がったロックたちの安否を心配する。

「な、なんじゃこりゃ……クッションが変形した」

ロックは全身が白い布に包まれて地面に転がっていた。

僕とギルネ様は安堵のため息を漏らす。

「『D・S・C』のセーフティ機能です。万が一、落車してしまったら危ないと思って、衝撃が加わると猫を被れて全身を守ってくれるようになってます」

「これで商人たちは氷の矢が直接当たっていない限りは無事だろう。先に盗賊どもに応戦するぞ！」

ギルネ様は僕をお姫様のように抱っこしたまま襲いかかってきた盗賊たちを睨みつける。

こ、これじゃ全然男らしくない……。

「あの、ギルネ様……ありがとうございます。そろそろ降ろしてもらえると……」

「ティム、私から離れるのは危険だ。ティムには自衛能力がない。このまま盗賊たちを撃退しよう」

「いや、あの……と、とても恥ずかしいのですが……」

僕の意見は聞いてもらえず、ギルネ様は僕に身体を密着させる。

あ、あたた、当たってます……！

「ちぃ！　あえて小さなキャラバンを魔法攻撃で狙ったが、まさかそっちにも魔法を使える奴が乗ってるとはなぁ！」

「だが、馬はもういない！　逃げられねぇぜ！」

「積荷を置いて、どっかに消えな！」

盗賊たちは周りを取り囲んで威嚇(いかく)してきた。

「ふん、消えた方がよいのはお前たちの方だ！　私の魔法で痛い目をみるぞ？」

ギルネ様がそう言って指を鳴らすと、空から周囲に雷が落ちた。

その様子を見て盗賊たちはたじろぐ。

「お、おい……詠唱なしで雷落としたぞ」

「こいつ、かなり高レベルな魔導師なんじゃ……」

「ええい！　怯むな！　魔導師は近づいてしまえば問題ない！」

「速さを活かせ！　あの女に素早く接近して攻撃するんだ！」

盗賊の頭領の指示に従って盗賊たちは僕を抱えたままのギルネ様に駆け寄ってきた。

「ふむ、考えたな。確かに私はノロマだ、魔導師なんてみんなそんなものだろう」

ギルネ様はナイフを構えて走り寄ってくる盗賊たちに対して不敵に笑いかける。

「だが、〝今の私〟は速いぞ？　なんたってティムの服を着てるからな！」

そして、盗賊たちのナイフを躱した。

「あっはっはっ！　遅い遅い、アクビが出てしまいそうだ！」

「ぎ、ギルネ様……息が！　息が苦しいです……！」

ギルネ様は超スピードでナイフを躱し続けながら抱きかかえる僕の顔をご自身の〝胸元〟に押し付けていた。

僕の頭部をナイフの攻撃から守るため。

安全のためなんだろうけど……これは……少しまずい……。

凄く……柔らかくて……いい匂いで……。

「――っ!?　ティム!?　鼻から凄い出血をしてるぞ!?　顔も真っ赤だ、大丈夫か!?」

「ぎ、ギルネ様……本当にごめんなさい……僕は最低な男です……」

僕の異変に気づいたギルネ様は顔色を青くした。

「くそっ！　どんな手段を使ったのか知らないが、お前らよくもティムをっ！」

ギルネ様が怒って片手を上げると、空に巨大な魔法陣が現れた。

魔法陣はバチバチと音を立てて魔力を伴っている。

「ひ、ひぇぇ～！　こいつ、めちゃくちゃだ！」

「に、逃げるぞ！　撤退だ！」

魔法陣を見て、圧倒的な力の差を感じ取った盗賊たちは急いで逃げて行ってしまった。

「ふんっ、二度と私たちに近寄るなよ！　それよりティムだ！　鼻から血がいっぱい出てる！　だ、大丈夫か⁉　今、【回復魔法(ヒール)】をしてやるからな！」

「だ、大丈夫です……そして本当に申し訳ございません……」

ギルネ様は、頭の中が下心に染まった最悪で最低な僕に【回復魔法(ヒール)】をかけてくださった。

* * *

「いや～、本当に助かったよ！　お陰様で商品も商人も全員無事だ！」

ロックは僕の手を握ると、何度も感謝した。

商人たちは全員、クッションで猫被りモードになっていて怪我はなさそうだ。

「僕の作った『デブネコセーフティクッション』をみなさんが気に入って付けていてくれたおかげですよ」

「こんなに小さなキャラバンを襲う盗賊団がいるとはな……ギルネも凄かったな、あんな凄い魔法見たことがないぞ！」

「いや、私もいつの間にかティムを怪我させてしまったんだ……次からはもっと気を張って戦わねば……」

「あ、あはは。ご心配なく～」

僕は誤魔化しつつギルネ様に【洗浄(クリーン)】を使ってギルネ様の服に付いてしまった僕の鼻血を消した。

ギルネ様は「あっ……ティムの血が……」となんだか切なそうな声を上げる。

「リンハール王国へ向かう道中のちょうど真ん中で馬車がダメになっちまったな。ここから徒歩となると三日はかかる……」

「そうですか、頑張ってみんなで歩いて行きましょう。幸い、ギルネ様はお強いので魔物に襲われても大丈夫ですよ！」

「それしかねぇな！　商品は流石に運んでいけねぇし、ここに置いていくしかねぇか。俺たちの生活がかかってたんだが、命があるだけで最高だ！」

ロックは大声で笑い飛ばした。

「あっ、商品や馬車の車は〝僕が運ぶ〟ので大丈夫ですよ」

僕は《整理整頓スキル》を発動すると、商品の入った袋などを異空間に【収納(ストレージ)】していった。

思えば、最初からこうしておけばよかった。

重い荷物を運ばせてしまったお馬さんたちには悪いことをしたなぁ。

「……に、荷物が一瞬で消えちまった？」

「ご安心ください、僕がしまっただけです。またいつでも取り出せますよ」

僕は再びしまった荷物を出現させて商人の皆さんを安心させた。

皆さんは呆然とした表情でその様子を見つめている。

「おいおい……最高かよ。お嬢ちゃんより、お前の方が凄い気がしてきたぜ」

「うむ、やっぱりティムのこのスキルはいつ見てもヤバいな」

「あはは、ただの〝雑用スキル〟ですよ」

褒め上手な二人の言葉に僕は照れてしまう。

ポジティブなロックとギルネ様が励まし続けてくれれば、もう僕は一生頑張れる気がしてきた。

「あとの問題は〝食料〟か……、商品に食べ物はないからな。最悪、三日間飲まず食わずでリンハール王国まで歩かないと――」

「それならちょうどよかったです、千人分の食料を余らせていたので！　せっかくなのでこのままお昼にしましょう！」

僕は分厚い巨大な布を【生成（ジェネレート）】してレジャーシートの代わりに草原に敷いた。

その中心に、しまってあったテーブルと食材を出現させる。

このキャラバンは三十人位しかいないはずだ。

むしろ皆さんにはいっぱい歩けるようにたくさん食べてもらいたい。

「…………」

「私は何を食べようかな～。う～ん、今度はおにぎりがよさそうだな……ティムが直接手で触って握ったお米を……でへへ」

キャラバンの商人たちが再び呆然と食材を見つめる中、ギルネ様はもう注文を考えていた。

おにぎりをチョイスするなんて、僕の料理技術への期待値が凄く低いみたいだけど……。

「あはは……何だこりゃ。最高な夢でも見てるってのか？　もしかして、風呂に入れたりベッドで寝たりもできるんじゃゃねぇか？」

「ごめんなさい、お風呂はご用意できません。でも、夜は布でテントを張ってベッドをご用意しますよ」

「じ、冗談だよ――というかベッドは用意できるのかよっ⁉」

ロックは若干引きつった笑顔でため息を吐いた。

「サンドイッチは頼めるか？　できれば食べ応えのあるやつを」

「はい！　他の皆さんも、お好きなものを注文してください！」

僕はロックの注文を聞いて〝食べ応えのあるサンドイッチ〟を考えた。

僕の料理のレパートリーにある、『バーガー』がよさそうだ。

少し厚めのパンに焼いた薄いハンバーグを二枚挟む。

さらに中には三種類のチーズ、新鮮なレタス、刻んだ玉ねぎとたっぷりのケチャップをかき混ぜて入れる。

味のアクセントとしてお酢に漬けたキュウリも輪切りにして挟んだ。

少し大きいけど、ロックなら両手で摑んで口いっぱいに頰張れるはず、食べ応えは十分だ。

料理をお皿にのせたところで僕はロックをチラリと見た。

ロックは身体が大きい、〝バーガー〟だけじゃ少し足りないかもしれない。

僕は少し考えた後、このサンドイッチの中にたっぷり入ったケチャップと相性のよい付け合わせを作ることにした。

ジャガイモをスティック状に切って油で揚げ、軽く塩をふった。

『ポタト』の完成だ。

これならケチャップとの相性も抜群だ。

僕はできたての『ポタト』を同じお皿にのっける。

飲み物は清涼感がありつつ、この塩味に対しては甘い飲み物が合いそうだ。

僕はとある灰白色の鉱石（名前は知らない）を取り出して細かく削り粉末状にした。

それをレモン果汁と共に水に混ぜ、反応させた。

シュワシュワと気泡があふれ出る『ソーダ水』の完成だ。

この『ソーダ水』というのは、僕が発明した物で、飲むと軽く焼けるような刺激が口の中に広がるのだが、甘い味付けをすると何とも言えない美味しさになる。

僕がこのことに気がついたのは《料理スキル》の【味見（テイスティング）】によるおかげだ。

僕がこのスキルで味わったものは鉱物だろうが何だろうがその成分や性質を理解することができる。

もちろん、毒があってもすぐに【洗浄（クリーン）】で消すことができるから安全だ。

ちなみにこの〝灰白色の鉱石〟は僕が市場で見かけて、〝持っているだけで強くなれる鉱石〟と言われて騙（だま）されて購入したものだ。

そんなことはともかく、僕はこの〝ソーダ水〟に漬したパクチー、ライムを皮ごと絞って香り付けをする。

最後に蜂蜜を焦がしたカラメルを入れたら、黒いソーダ水から華やかな香りが炭酸の気泡と共に立ち上る。

『コーダ』の完成だ。

僕が見慣れない料理『バーガー』と『ポタト』、『コーダ』をロックに差し出すと、皆、一歩足を引いて身構えた。

「何だ、その料理は……というか、もう作ったのかよ！　速すぎるだろ！」

「安心してください、手は抜いてませんよ！」

「あぁ、めちゃくちゃいい匂いがするな。この黒い飲み物は少し怖いが……」

ロックはため息を吐いて警戒を解くと、僕の手から料理と飲み物を受け取った。

「まぁ、ここまでのやり取りでもう信頼はしてる。きっと味わったことがないくらいに美味しいんだろう？　期待してるぜ」

そう言うと、ロックは笑ってレジャーシートに腰を下ろした。

「さて、喉も渇いてるし、まずはこの黒い飲み物から――」

「あっ、ロックさんその飲み物は少し特殊で――」

僕が『コーダ』の注意を促す前にロックは口に入れると盛大に吹き出した。

口の中がシュワシュワしますよって注意しようとしたんだけど……。

「口の中が焼けるっ！　ティム、お前やりやがったな！」

「や、やってないです！　その飲み物は少し慣れが必要なんですっ！」

何とか誤解を解いて僕は『コーダ』の説明をした。

吹き出してしまった周辺を【洗浄】で綺麗にすると、ロックは再び『コーダ』に挑戦する。

最初は難しそうな表情でチビチビと飲んでいたが、すぐにグラスを傾けてグビグビと飲み始めた。

そして、ご満悦の表情で大きなゲップをする。

「何だこりゃ、美味ぇ！　けど、喉が痛ぇ！　ティム、これは身体に害はないのか!?」

「飲みすぎなければ大丈夫です！　僕の【洗浄】で体内から消すこともできますし——というか、食事と合うように作ったんですから『コーダ』だけで飲まないでくださいよ！」

僕はそんなことを言いつつも美味しく飲んでくれたことに安心した。

そして、二杯目の『コーダ』を作って渡す。

ロックは『コーダ』と共に『バーガー』や『ポタト』も「美味ぇ美味ぇ」と言いながら美味しそうに食べ始めた。

その様子を見た他の商人の皆さんのお腹の音が鳴った。

近くの男性商人さんが堪らず口を開く。

「お、俺も似たようなやつをくれ！　濃い味付けが好きなんだが——」

「では、『テリソースバーガー』を作りますね！　目玉焼きも挟んで……できました！　はい、どうぞ！」

今度はマヨネーズと胡椒、鶏肉も挟んだ甘いソースのバーガーを渡すと「こっちの方が美味そうだ！」と声を出して嬉しそうに受け取った。

そして、他の皆さんも次々に口を開く。

「わ、私……あまり料理とか分からなくて、何を注文したらいいのか……」

「お、俺たちもだ……とにかくロックのみたいに美味しそうなのを食べてぇ」

残りの商人の皆さんは困ったような表情でそう言って僕を見た。

「では、僕が皆さんのお好きそうなものを作っていきますね！」

僕はそう言って、頭の中のレシピからいくつか料理を選ぶ。

三年の間、千人の冒険者たちに料理を作り続けた僕の料理のレパートリーは無限だ。

一人ずつ好みを聞いて、それに対応した料理を作っていけばいいだろう。

「――はい！　皆さん大丈夫ですよ！　おかわりもいくらでもありますからね！」

僕は商人のみなさんの好みを聞きながら完成した料理を渡していく。

たったの三十人、いつもに比べたら随分と楽だ。

しかも、僕が料理を渡すとみんな頭を下げてお礼を言ってくれる。

皆さんの優しい心遣いに思わず泣きそうになったが、僕は男らしいので耐えた。

しかし、料理の味に感動した商人さんが僕に握手を求めてきたところで少し泣いてしまった。

「――ギルネ様はまだお決まりでないですか？」

僕が商人さんたちの料理を全員分作り終わっても、腕を組んで考え込んでいるご様子のギルネ様に僕は尋ねる。

「ワインを頼めば、ティムがブドウを素足で踏んで作ってくれるんじゃ……舐(な)めたい。――ん？

あぁ、すまん！　まだ迷っていてな、もう少しだけ待ってくれ！」

「そうですか？　お決まりになりましたらすぐにお作りいたしますね！」

ギルネ様はブツブツと小声で何かを呟いて、かなり迷っておられるようだった。

第七話　ギルドの崩壊、女神の誕生

冒険者ギルド『ギルネリーゼ』にて――

「よ、よいのですか、ニーア様。幹部ではなく、下級冒険者の俺がギルドの案内だなんて」

「あぁ、幹部たちは全員クエストに行かせたんだ。まだあの小娘に忠誠心が残っている者もいるからな、彼らにまずはクエストを遂行して私への忠義を示してもらう」

「な、なるほど……」

「少し手ごたえのあるクエストに行かせたからな、今日中には帰ってこられないだろう」

ニーアはギルド員の一人を引き連れてギルドの内部を見回っていた。

「このギルドはそもそもどこに冒険者たちの食料を蓄えているんだ？　施設修繕のための道具も必要なはずだし、『倉庫』が見つからんな」

「は、はぁ……自分たちはいつもティムにやらせていただけなので分からないです」

「……そうか、それにしても、埃（ほこり）一つ落ちていないな。大浴場は少しだけゴミが落ちていたが」

「自分たちはティムのスキルで身体を綺麗にさせていたのでほとんど浴槽は使っていないんですよ。ティムにやらせると一瞬ですみますし何だか身体の調子も良くなる気がして」

「はぁ……、口を開けば『ティム、ティム』と──」

「す、すみません！　ちなみに、清掃も全てティムがスキルですませていたようです」

「まぁ、あの小僧の役割は雑用係さえ雇えばなんとかなるからな。そう心配はするな」

ニーアが笑い飛ばしていると、急に外が騒がしくなってきた。

どうやら、今朝クエストに出かけていったギルド員たちが戻ってきたようだ。

「まだ昼過ぎだというのにもう戻ってきたパーティがあるのか。やはり、我がギルド員たちは優秀だな」

ニーアが満足顔で呟くと、下級冒険者は眉をひそめた。

「……どうも様子がおかしくないですか？」

外ではギルド員たちが何だか騒がしくしている。

「──クエストで仲間たちがやられちまった！　治療を頼む！」

「ひ、酷い怪我ね……すぐに治療室へ！」

負傷した仲間たちを抱えて冒険者が帰ってきた。

このギルドにおいては珍しくクエストでの事故が起こったようだ。

「はぁ〜全く、私は運がないな……」

就任したばかりのギルド長としては話を聞きに行くほかない。

ニーアは仕方なく、ギルドの建物内から出て門の方へ。

傷を負っていないクエストの同行者を見つけて尋ねた。

「クエストで重体とは珍しいな、何があった？」

「ニーア様！　それが、おかしいんです！　あいつら、あんなにヤワな奴らじゃなかったのに！」

「錯乱しているな。落ち着いて、被害状況を一つずつ話してみろ」

ニーアの言葉に、無事だった冒険者は深呼吸をした。

「は、はい！　一人はドラゴンに腹部を引き裂かれ、一人は火炎の息を受けて、一人は踏み潰されただけなんです！　それだけなのになぜか全員血を流して苦しんで……」

「うん。……うん？」

ニーアは首をひねる。

普通に死ぬと思うほどの攻撃を受けてまだ息があるのであれば幸運ではないか。

ニーアがそう考えていると、同行者は続けた。

「今までは、ティムが作った最低レアリティの『冒険者の服』しか着ていなくても俺たちの守備力があれば全くダメージはなかったんですが」

「そんな、竜人族でもあるまいし、人間が生身で受けられるはずがないだろう」

「いえっ、実際俺はドラゴンの攻撃を受けつつ、こいつらを運んでくることができました……」

確かに、目の前の冒険者は貧相な『冒険者の服』一式を装備しているようにしか見えなかった。

「まさかな……【鑑定(インスペクト)】！」

ニーアは目の前の冒険者の『冒険者の服』を鑑定した。

「装備名『冒険者の服』、物理耐性+、魔法耐性+、斬撃特化耐性、圧迫耐性、腕力増強、付加：仮縫い+（この装備は作製から二日で壊れる）、オールカバー、超衝撃吸収、火炎耐性——な、何だこれは！　お前はこんな代物をどこで？」

ニーアの問いに冒険者はきょとんとした様子で答える。

「ど、どうしたんですか？　この服は俺だけ二日連続で火吹き竜討伐に出るからティムに二日保つ服を作らせたんです。あいつが一瞬で作る服はたったの一日で壊れちまうから」

「あ、ありえんっ！　こんなもの……こ、これでは策を練って、低俗なギルド員に協力まであおって宝具などを手に入れた私が馬鹿みたいではないかっ！」

ニーアはワナワナと身体を震わせた。

「ニーア様！　クエストを失敗した冒険者たちが大量に戻ってきました！」

「クエストで負傷した仲間たちがギルドに運び込まれています！　ヒーラーの数が足りません！」

ギルドの医療班から慌ただしくニーアに連絡が入る。

「くそっ！　嘘だろ⁉　あんな、冴えない小僧が本当にこのギルドを支えていたというのか⁉」

酷い傷だらけの冒険者たちが次々とギルドに運ばれてくる。

みな、苦しそうにうめき声を上げていた。

そんな中、運ばれてきた〝冒険者の一人〟に、ニーアは驚愕した。

「が、ガナッシュ⁉　〝剣聖〟のお前までやられるなんて、どういうことだっ⁉」

「に、ニーア……わりぃ……」

フラフラの手でガナッシュはニーアの手を掴んだ。

「飲みすぎちまった……、吐きそうだ。あと、金貸してくれ」

「――そのまま死んでくれ給え」

ニーアはガナッシュの手を払いのけた。

クエストを失敗して運ばれてくる大量の負傷した冒険者たち。

その光景を前にして、ニーアは拳を握った。

「あり得んあり得んあり得んあり得ん……。なんだこれは、〝あの小娘だけでなく〟あの小僧にもコケにされているというのかっ⁉」

ニーアは地団駄を踏む。

悔しそうに歯を食いしばる口元からはかすかに血が滲んだ。

「に、ニーア様！　申し訳ございませんが、どうか負傷した冒険者の皆様の回復に助力をお願いいたします！」

緑髪のヒーラーの少女が地に頭をつけて懇願した。

「うるさいっ！　使えぬ奴らなど、どうでもいいわ！　私はギルド長だぞ⁉　私の魔力をそんなくだらないことに使いたくないわ！」

「どうか！　どうかお願いいたします！　お力を貸してください！　このままでは救える命が――」

緑髪のヒーラーの少女はその長い髪が地面に垂れ、服が泥だらけになることも気にせずに懇願を続ける。

「お嬢ちゃん、諦めろ。ニーア様は忙しいんだそうだ」

ガナッシュは二日酔いの頭を押さえながら笑った。

「ニーア、無理はいけねぇ。昨日は寝てないんだろ？　何もできずに指をくわえて眺めてろ、いや、お前の心境的には〝爪をかじって〟が正しいかな？」

「が、ガナッシュ……はは、何を意味を分からないことを言っているんだ？　お前はさっさと自分の部屋にでも戻って寝ていろ」

ニーアは少し顔を青ざめさせた。

「なんだ、俺の思い違いか？　だが、顔色が悪いぜ？」

「酔っぱらいのお前に言われたくはないな。私はこれで万全なんだよ」

「そうか？　なら、怪我人たちの回復を手伝ってやらねぇとな。お前ならいっぺんに治せるはずだろ、神器『ニルヴァーナ』を手に入れたお前なら」

「そ、そうなのですかっ⁉　お願いいたします、ニーア様！　どうか冒険者様たちを救ってください！」

緑髪のヒーラーの少女は涙を流しながらニーアの膝にすがりついた。

「……うっ。くそ、邪魔だっ！」

ニーアは緑髪のヒーラーの少女を蹴り飛ばした。

ガナッシュは彼女を受け止める。

ニーアの様子はおかしかった、明らかに何か狼狽えている。

ガナッシュの発言に、周囲の冒険者たちの視線も期待をするようにこの場に集まっていた。

「さ、酒飲みガナッシュの戯言(たわごと)だ！　みな、真に受けるな！」

「神器『ニルヴァーナ』は白魔道の最高位装備だ、広域回復魔法が使える。数年前にこのギルドが襲撃された際、ギルネ様が冒険者たちを救ったのはみんな覚えているだろう」

「が、ガナッシュ、金に困っていたな！　少し融通してやろう！　だからもう妄言は止めてどこかへ――」

「だがもし、もしも……の話、ニーアが〝夜通し試行錯誤したが、『ニルヴァーナ』を扱いきれなかった〟なら話は別だが――おっと」

ニーアの拳を、ガナッシュは千鳥足で躱した。

「馬鹿なっ！　ありえんだろうっ！　私は！　魔法で成り上がるために何十年も努力をしてきた！　あんな、私の半分も生きていない、〝雑用係〟なんかにうつつを抜かす小娘に扱えて、私に神器が扱えないわけがない！」

「嫉妬(しっと)か……。吐き気がするな、これが酒のせいかは分からんが」

ニーアは痛いほどのギルド員たちの視線に晒されながら『ニルヴァーナ』を呼び出した。

聖なる白杖がその手に現れる。

「ふぅ～、よし……今度こそ……ゆくぞっ！　【広域回復魔法(ルピ・ニルヴァーナ)】！」

ニーアの気合の入った声とは裏腹に、周囲には一切の魔法効果は表れなかった。

「くそっ！　くそっ！　なぜだ、あの小娘が昔やったときと同じようにしているはずなのになぜ魔法が発動しない！　この杖は偽物だ！　あの小娘め、私に偽物の神器を掴ませたな！」

ニーアは杖を投げ捨てた。

緑髪のヒーラーの少女は、今度は冒険者たちに向けて頭を下げる。

「ぼ、冒険者の皆様！　お願いします！　もう私たち医療班の魔力も尽きてしまいました！　どうか回復薬をここに集めてきてください！　負傷した冒険者の皆さんは危険な状態なんです！」

緑髪のヒーラーの少女は何度も地面に頭をつけてお願いをした。

ニーアに蹴り飛ばされてできた顔の傷など気にもとめていない。

目の前の命を一つでも多く救うために、必死になっているようだった。

「ふん、勝手にやってろ！　使えない冒険者たちなど死んでもかまわん！」

ニーアは杖を蹴り飛ばすと、ふてくされたようにギルド長の執務室へと戻っていった。


「あぁ……どうすれば。包帯が全然足りない、消毒液も……こんなとき、ティム君さえいてくれれば……」

泣きそうな表情で怪我人にキズ薬を塗る緑髪のヒーラーの少女を横目に、ガナッシュはニーアが捨てていった『ニルヴァーナ』を拾う。

「ほれ、お嬢ちゃん。こいつを試してみたらどうだ？」

「それは、『ニルヴァーナ』ですか？　ニーア様でも扱えなかった神器を私なんかが扱えるはず――」

「わかんねぇぞ？　案外、お嬢ちゃんの方が凄かったりしてな。とにかく、やってみることだ、コインは投げてみなきゃ裏か表かも分かりゃしねぇ」

「は、はい……そうですね……！　や、やってみます！」

緑髪のヒーラーの少女はガナッシュから白杖を受け取るとすがるように抱きしめた。

「お願いします、お願いします……ニルヴァーナ様。冒険者の皆さんの傷を、どうか癒やして差し上げてください……」

少女の涙が杖に落ちると――杖は輝きを放った。

《立ち上がりなさい、貴方がそんな様子だとみんなが不安になりますよ？》

「っ⁉　こ、声が⁉　声が聞こえます！」

緑髪のヒーラーの少女はキョロキョロと周囲を見回した。

どうやら自分にしか聞こえていないらしいと気づいて戸惑う。

《あの思いやりの欠片（かけら）もない男の手から放れられてよかったです。どうやらギルネリーゼとは違って貴方は私が助ける必要がありそうですね。まぁ、あの子は天才でしたからね》

緑髪のヒーラーの少女は狼狽えたまま、頭の中に響く声を聞いた。

《いいですか、広域回復魔法は杖を掲げて〝ルピ・ニルヴァーナ〟と叫ぶのです。噛んだり、言い間違えたりしてはダメですよ、格好悪いですからね》

「えっ⁉　は、はい！」

緑髪のヒーラーの少女は頭の中に聞こえてきた指示に従って立ち上がる。

そして、痛そうにうめき声を上げる多くの冒険者たちの前で『ニルヴァーナ』を掲げた。

「【広域回復魔法(ルビ・ニルヴァーナ)】！」

柔らかな光が空から降り注ぐ。

その光が怪我をした冒険者たちの身体を包んでいった。

次第に部屋からはうめき声がなくなり、怪我をしていた冒険者たちは不思議そうに自分のふさがった傷口を触りながら身体を起こした。

「み、皆さん……！　よかった、本当によかった！」

杖を握ったまま、緑髪のヒーラーの少女は涙を流して崩れ落ちた。

「め……女神様だ……」

奇跡を目の当たりにして冒険者の誰かが呟いた。

「た、助かった……てっきり俺はもう死ぬだけかと……！」

「本当に苦しかった、もう殺してくれとすら……」

「ニーア様でも扱えなかった神器を、あの緑髪の子が……」

命を救われた冒険者は次々に頭を下げる。

冒険者たちがひれ伏す様子を見てガナッシュは笑った。

「んで、女神様のお名前は？」

ガナッシュは杖を持ったままへたり込んでしまっている緑髪のヒーラーの少女に手を差し伸べる。

「――へ？　わ、私はフィオナと申しますが……」

「そうか、フィオナか。そうだったな……分かった」

彼女を立ち上がらせると、ガナッシュはギルド員たちに向けて言い放った。

「これで、お前らも分かったんじゃないか？　〝フィオナ〟と〝ニーア〟、〝俺達はどっちについていくべき〟か！」

「……えっ⁉　えっ⁉」

ガナッシュの突然の発言にフィオナは杖に身体を預けるように立ちすくんだ。

しかしすぐに言葉の意味が分かり、慌てて否定する。

「ガナッシュ様、何をっ⁉　わ、私なんてただの下級ヒーラーの一人にすぎません……人様の上に立つような人間じゃ――」

「ニーアは神器を使えなかったが、フィオナは使えるっ！　ニーアは冒険者を見捨てたが、フィオナは見捨てなかったっ！」

ガナッシュは話を聞かずにフィオナの両肩に手を乗せてギルド員たちの前に立たせる。

そして大声で発破をかけた。

「幸い、今は幹部が全員出払っている！　いるのはクエストをサボったこの俺と、このギルドの何もかもをめちゃくちゃにしたニーア！　そして、俺にはこの女神様がついている！」

「「う――うぉぉぉぉぉおおおお！」」

ガナッシュの演説に冒険者たちが沸き立った。

冒険者たちも解放されたがっていたのだ、ニーアによる恐怖の支配から。

初めて〝弱い者〟になったことで、〝いたぶられる立場〟になったことで、人の痛みを今更理解した。

そしてこの数年間、彼らは〝与えられてきた〟だけだ。

自分たちの力で環境を作ろうとしたことがない。

そんな子供のような都合のよい感情をガナッシュは巧みに煽動する。

「ニーアをここから追い出し、この少女、フィオナ様をギルド長にする！　お前ら、フィオナ様についてくるかー!?」

「「うぉぉぉぉぉおお！」」

しかし、肝心のフィオナはガナッシュに両肩を掴まれたまま、震えていた。

「そ、そんな……私がギルド長なんて……ぜ、絶対に無理です……」

ガナッシュは「仕方がない」とでも言うようにフィオナの耳元で囁く。

「フィオナ、お前も本当はティムが受けてきた扱いに納得がいってないんだろ？　だが、ティムについていくことができなかった。当然だ、このギルドの医療担当であるお前は患者を放っていけるほど無責任じゃないからな。それに、ティムにはギルネ様がついていった。〝自分なんかいなくても大丈夫〟だと諦めたんだろ？」

全てを見抜かれたようなガナッシュの言葉にフィオナは頬を赤く染めた。

「が、ガナッシュ様……。なぜそれを……？」

「俺はよくふらふらしてるからな、意外と周りがよく見えてるんだ。特に若者の色恋沙汰はいい酒のつまみになる。すまんな、趣味が悪くて」

歓声を上げて沸き上がる冒険者たちの中。

ガナッシュはフィオナの心までもを煽動した。

「フィオナ、ティムは〝最高の冒険者〟になるそうだ」

「は、はい！　ティム君ならきっとなれると思います！　優しくて、思いやりのある最高の冒険者に！」

「もし、お前がこの大ギルドの長になれば、いつか冒険者のティムを助けられるかもしれねぇぜ？」

「わ、私がティム君をっ⁉」

フィオナは『ニルヴァーナ』を握りしめた。


「ニーア！　ニーア＝プラウドはいるかっ⁉」

冒険者たちが荒々しくギルド長の執務室を開くと、ニーアは椅子に腰掛けていた。

ニーアは落ち着きはらったかのような様子で対応する。

「なんだ、お前ら騒々しい。冒険者の治療なら私は手伝わんぞ。そもそも、なんだその口のきき方――」

「ニーア、お前にはこのギルドから出ていってもらう」

ふらふらとした足取りでガナッシュがニーアの前に出た。

「な、なんだガナッシュ？　こんな有象無象（うぞうむぞう）を引き連れてくれれば私に勝てるとでも思ったのか？　酒も抜けていないフラフラの状態で？」

「勝てるさ、二人がかりだからな」

『ニルヴァーナ』を持ったフィオナがガナッシュの隣についた。

「……なんだ、先ほど私に泣きついていたヒーラーの小娘ではないか。使い物にならない杖なんて持たせて何をしてるんだ？」

「フィオナ、さっきお願いした補助魔法を俺に頼む」

「は、はい！　えっと、【状態異常回復(マ・ニルヴァーナ)】」

杖から放たれた柔らかな光がガナッシュを包み込んだ。

「ふぅ、気分が楽になったぜ。サンキューな」

「に、ニルヴァーナ様が怒ってます……『酒の酔い覚ましなんかに使うな』と……」

「おっと、〝三対一〟だったか。悪いな、ニーア」

フィオナが神器を使う様子を見て、ニーアは机に拳を力いっぱい叩きつけた。

拳の血が、書類を濡らしていく。

「ば、馬鹿なっ！　あり得ん！　魔術師(グリモア)の私ですら扱えなかったのにそんなただの――下級魔導師の小娘が神器を扱えるとでも言いたいのか⁉」

「フィオナの方がお前より〝上〟だったってことだろう。ニーア、だめだぞ？　酒ばっか飲んでないでちゃんと真面目に鍛錬をしないと」

「――――っっ‼」

声にならないといった様子で拳を握り、ニーアはガナッシュを睨みつけた。

ガナッシュは心から愉快そうに笑っている。

「ニーア、分かるだろう？　魔導師のお前がシラフの俺をこの間合いに入れちまった時点で勝ち目がねぇ。俺が敵対したと分からなかった時点でお前の負けだ。もっとも、そんな事考える余裕もないほどにここで悔しがってたなら話は別だが——って、この部屋の有様を見れば分かるか」

執務室は酷く荒れていた。

引き裂かれた書類が散乱し、棚は破壊されている。

飾るように置かれていた鉱石や宝具も投げつけられたように壁に刺さっていた。

「ここはフィオナの部屋になるんだ。八つ当たりはここまでにしておけよ」

「ふ、ふざけるな！　私よりもそんな小汚い小娘の方が優れているとでも——」

——チンッ。

刀を鞘（さや）に収める音がかすかに部屋に響いた。

——カシャンッ！

次の瞬間、ニーアの首にかかっていたギルド長の証の紐が斬られて床に落ちた。

酔いから覚めたガナッシュが最速の剣技を放ったのだ。

ギルドの冒険者たちにはもちろん、ニーアですら反応はできなかった。

「ニーア、お前の曇った瞳じゃ見えなかっただろうが……今、お前の首を斬り落とした。死人に口はない、もしもまだ戯言をぬかすなら今度こそ首を落とす必要があるが？」

「——くそっ！」

ニーアは部屋を出ていこうとする。

それを、ガナッシュが道を阻んで止めた。

「おっと、あぶないあぶない。ギルネ様から話は聞いてるぞ？　ここのギルドを辞めるときは〝ケジメ〟が必要だったな。どうする？　お前が〝ギルネ様にやらせた方〟と、〝ティムにやった方〟……痛い目を見たくないならお前が持ってる宝具は全て置いていきな」

「……くっ！」

ニーアは身に付けた宝具を全て外して投げ捨てるように机に置いた。

「くそっ、なんで神器は私ではなく貴様なんかに……！　この小娘が……！」

「――っ⁉」

ニーアがそう呟いた瞬間――

ガナッシュは不意にフィオナの目の前に手を出して、何かを握り潰すように拳を丸めた。

握ったガナッシュの拳の中から血が噴き出し、フィオナの顔にかかる。

「――おい、ニーア。本当に首を斬ってほしいならさっさとそう言えよ……」

ガナッシュは額から血管が浮き出るほどに激昂していた。

ニーアは血液がしたたるガナッシュの拳を見つめながら腰を抜かす。

「ば、馬鹿なっ！　無詠唱とはいえ、私の風魔法を素手で握り潰したのか⁉」

「馬鹿はてめぇだろ。フィオナの顔はてめぇが今捨てた宝具全てなんかよりも価値があるものだ。てめぇの汚ねぇツラとは違ってな！　オラァ！」

「――ぐはっ！」

ガナッシュはニーアを殴り飛ばした。

冒険者たちから歓声が上がる。

焦点が合わない瞳で床に倒れるニーアを見下ろしながら、ガナッシュは握ったままの自分の拳をもう一方の手の平に打ち付けた。

「……やっぱり、俺は酒にでも酔わないと我慢ができねぇな。ニーア、早く消えてくれ。このままだとフィオナにもっと嫌なものを見せることになっちまう。お前の首が落ちるよりもな」

「――――っっ!!」

ニーアは怯えた様子で部屋から走って出ていった。

ガナッシュは頭を抱えてため息を吐く。

「……フィオナ、悪かったな。優しいお前はニーアにやり返すことなんて望んでなかっただろ」

「い、いいえ、ガナッシュ様！　ティム君とギルネ様が出ていかれた後、私は部屋に引きこもって泣いていましたので、聞いたお話でしかないのですがニーア……は、戻ってきたティム君に酷いことをしたと聞いています」

フィオナはにこやかにガナッシュに向き合った。

「なので、スカッとしました。私だってムカつくことくらいはあります」

「なんだ、言ってくれればもう二、三発は殴ったのに。フィオナの口からギルド追放を言い渡したら、きっとあいつ憤死(ふんし)してたぞ」

ガナッシュは笑いながら、ギルド長の証を拾い上げた。

「さて、もう一度結んで……と。ほら、フィオナ」

ガナッシュはフィオナの首にギルド長の証をかけた。

「ほ、本当に私がギルド長になるんですね……」

「心配するな、このガナッシュ様がついてる」

「で、ですが……もし他の幹部の皆様が戻ってきて、反対されてしまったら……。私もニルヴァーナ様を使えば能力強化はできますが、こちらはガナッシュ様しか――」

「あぁ、まだクエストに行ってるあいつらか。そういえば俺もクエストを依頼されてたな、サボって酒を飲んじまったが……」

ガナッシュは懐からクエストの受注書と緑色に輝く石を取り出して、机に置いた。

「〝討伐報告〟をサボってた。Aランクのアダマンタートルを討伐して、『心臓鉱石(アダマンタイト)』を採取した。今、ギルド長に納品する」

「……へ？」

フィオナとギルドの冒険者たちは騒然とした。

「この程度の依頼をまだ終わらせられないってことは、幹部も大した奴はいねぇみたいだな」

「あ、アダマンタートルって最高硬度を持つ鉱石モンスターじゃ……どうやってこんな短時間で」

「そんなの、頑張って急いで斬ったに決まってんだろ」

冒険者の質問にガナッシュは得意顔で答えた。

そして、ギルド長の証を首にかけたフィオナの肩に手を置く。

「さて、フィオナ。このギルドはもうお前の思い通りだ。どうする？」

「わ、私は……。うん、私はっ！」

フィオナは『ニルヴァーナ』を強く握る。

――そしてギルド員達に向き合った。

「このギルドを変革します！　クエストは『人命救助』『雑用』『護衛』などの〝社会貢献活動〟を主とします！　ギルド内の雑用係は全員で〝当番制〟とします、雑用係を新たに雇用したりはしません！」

「………………」

フィオナの言葉にギルド員たちは言葉を失った。

何もかもが変わりすぎる。

今まではモンスターを狩って、飯を食って、酒を飲んで、雑用は全てティムに任せて。

それだけでよかった。

「ふ、フィオナ様、それはあんまりです。俺たちは腕っぷしを買われてこのギルドに入ったのに」

「そ、そうですよ！　それが雑用なんて――」

冒険者の数人が抗議の声を上げた。

しかし、フィオナは折れない。

「これは決定です。あなたたちには〝自分たちがいかに助けられていたか〟を自覚してもらう必要があります。嫌ならここを出ていってかまいません」

「そうだ、出ていくといい。　もっとも――」

抗議の声を上げた冒険者たちの腰に差した剣が輪切りになって床に落ちた。

「こんなにゆっくり斬っても反応できないようじゃ、また同じようにモンスターに殺されかけるだけだろうがな」

ガナッシュはすでに刀を鞘に収めていた。

冒険者たちはいまだにガナッシュの刀身すら一度も見ていない。

「それぞれ思うこともあると思います。今日は各自部屋に戻ってゆっくりと考えてください。そして、思い返してみてください。〝自分たちがどのようにして冒険者足りえたのか？〟を」

フィオナはそう告げると、ガナッシュだけを部屋に残して執務室の扉を閉めた。

扉を閉めきると、緊張の糸が切れたかのようにフィオナは扉の後ろでへたり込む。

かなり無理をしてギルド長として振る舞っていたようだ。

「フィオナ、最高だったぜ。あの様子だと昔からずっと言ってやりたかったんだろ？」

ガナッシュは親指を上げて笑顔で突き出した。

「が、ガナッシュ様、ご助力いただきありがとうございました」

「良い案だと思うぜ、アイツらはまだ子供だ。歩き方から教えてやらなきゃならねぇ……全く、誰があんな奴らを入団させたんだか」

「ガナッシュ様、私の入団はガナッシュ様がじゃんけんで決めましたよね……」

「……ま、まぁ、人を育てるのもギルドの役割だよな！」

ガナッシュは誤魔化すように頭をかいた。

「これだと幹部たちは全員辞めちまうんじゃねぇかな？　一応アイツら武闘派らしいし、旅にでも出るかもしれねぇが」

「旅先でティム君たちに会っちゃったりして、ティム君に酷いことをしなければいいのですが……」

「そうだな。それと、ギルドの活動方針も全て変わるんだ、ギルド名も『ギルネリーゼ』から変えた方がいいと思うぜ」

ガナッシュの提案にフィオナは困ったようにこめかみに手を添えた。

「そ、そうですね……〝冒険者ギルド〟から〝救護院〟のような場所になるわけですから……えと、名前は何にしましょう……」

ガナッシュはニヤリと笑った。

「それなら良い案があるぜ、『フィオナ・シンシア救護院』なんてどうだ？」

「フィオナ・シンシア……あっ！」

フィオナは顔を真っ赤にした。

「なーに、この帝国の名前を入れただけだ。『シンシア』なんてよくあるファミリーネームだし、誰にも分かりはしないさ」

「そ、そ、そうですね！　帝国の名前を入れただけですもんねっ！」

フィオナは何度も頭を縦に振った。

「それで、フィオナはこのギルドをどうするのが目的なんだ？」

「……私はこのギルドの社会貢献で帝国に認められ、〝ギルドとして大きな力〟を持とうと思います」

「それが、冒険に出ちまったティムの助けになるのか？」

「はい。実は昔、勇気を出してティム君の部屋に行ったことがあるのですが、そのときにティム君が私に少しだけ話してくれたんです。ティム君には、〝もっと大きな打ち倒すべき相手〟がいます！」

「――な、何っ⁉」

ガナッシュは興奮すると、フィオナに執務室の椅子を差し出した。

「よし、ここに座って、そのことを詳しく話してくれ」

「す、すみません、さすがにガナッシュ様でもティム君の事情を私が勝手にお話しするのは――」

「あぁ、そっちのことじゃない。男にはみんな秘密があるもんだからな、聞こうとは思わねぇさ」

ガナッシュは懐から酒瓶を取り出した。

「どうだ。〝勇気を出してティムの部屋に行って〟、それで手くらいは握れたのか？」

「が、ガナッシュ様……？」

フィオナの面食らったような様子を他所にガナッシュは今日一番の真剣な表情で語り始めた。

「いいか、ギルネ様は手強いが、お前の方がティムを想ってた時間はなげぇ。諦めんじゃねぇぞ」

完全に恋バナをサカナに酒を飲み始めようとしているガナッシュにフィオナは困惑する。

《フィオナ、私もそのティムという青年と貴方の話が気になります。話しなさい》

「に、ニルヴァーナ様まで⁉」

フィオナは完全に逃げ道を失った……。

第八話　腹ペコの赤髪少女、レイラ

商人の皆さんたちと昼食を食べ終えて、日が暮れるまで歩いた。

夜は皆さんを【手もみ洗い（ハンドウォッシュ）】して汚れと疲労を取る。

「夜の見張りは俺たちが交代でやるから、二人は寝ていてくれ。と言っても、モンスターが襲ってきたら起こしちまうが」

「ありがとうございます！　ギルネ様、お言葉に甘えて眠らせてもらいましょう！」

「うむ！　ティムは一人で寝られるか？　大丈夫か？　心細かったりしないか？」

「ギルネ様、僕だってもう冒険者ですよ！　野宿は初めてですが、大丈夫です！」

「普通、野宿はベッドで寝ないけどな……」

僕が作り上げた、遊牧民族のゲルのような大きなテントを前にしてロックは呆れたように笑うとため息を吐いた。

翌朝になると、僕たちはリンハール王国に向けて再び歩を進めた。

「ギルネ様！　あの〝スライム〟くらいなら僕でも倒せそうです！」

「いいや、ダメだティム！　もし、ティムがスライムの粘液で身体中をドロドロにされたら私の理性がもたん。ティムに襲いかかってしまうだろう」

「す、スライムの粘液には錯乱効果があるんですか⁉」

「ギルネ様！　今度はあの〝スモールルーパー〟はどうでしょうか⁉　レベルも低そうですし！」

「とんでもないぞ、ティム！　もし、ティムがあの触手に絡みつかれてみろ！　私はティムに視線を奪われて、もう動けなくなってしまう！」

「身体が動かなくっ⁉　麻痺（まひ）させる効果があるなんて……」

僕は魔物を見つけるたびに戦ってみたいとギルネ様に進言した。

だが、どうやら僕は魔物を甘く見すぎていたらしい。

弱いと思っていた魔物たちですらギルネ様を状態異常にさせかねないほどの力があるようだ。

「うぅ……すみません。結局全てギルネ様に戦闘をお願いしてしまい……」

「大丈夫だ！　先ほどの二匹はティムが装備を作っても（私への）対応が難しい種だったからな！」

「ぼ、僕も、早く強くならないと……」

落ち込む僕にギルネ様は優しくお声をかけてくださる。

「ティム、何も焦ることはないんだ。最初は採集クエストからでいい」

「で、でも！　ギルネ様がいないと何もできないようじゃ――」

「『私がいないと』……？　ティム、私はずっといるぞ？」

ギルネ様は小首をかしげて不思議そうに僕に答えた。

僕は思わず赤面してしまう。

このままじゃギルネ様にずっと面倒をみてもらうことになる。

そ、それは……凄く嬉しいけど……。

いや、そもそもギルネ様にご迷惑だし……。

何より全然男らしくない……。

「あ、歩き通しですけど、皆さん疲れていませんか？」

僕は商人の皆さんに問いかけた。

代表するようにロックが口を開く。

「ティムが俺たちに作ってくれたこの『行商人の靴』のおかげで全然疲れねぇ！　最高だ！　この調子なら明日の朝には着いちまうだろうな！」

そう言って、ロックは履いている緑色の靴を僕に見せた。

僕が商人の皆さんにお作りした、足への負担を軽減する靴だ。

靴の内側には裁縫スキルで【生成（ジェネレート）】したとても柔らかい衝撃吸収のコットンを詰め込んでいる。

「辛くなったらすぐに教えてくださいね！　僕が何とかしますから！」

「ティムは大丈夫か？　わ、私がおんぶしてもいいぞ！　いや、抱っこでもいいぞ！」

ギルネ様のご提案に僕は顔を赤くする。

「ぎ、ギルネ様……流石にもう勘弁してください。盗賊に襲われたときだって恥ずかしかったんですから」

「じ、じゃあ！　逆にティムが私をおんぶするのはどうだっ？」

「いや、何でだよっ！　最高に意味がわかんねぇ！」

ギルネ様の言葉を聞いて、横からロックが笑いながら冷静に突っ込んだ。

ギルネ様、実はお疲れなのだろうか。

こんなときこそ、男の見せ所だ。

僕が、ギルネ様をおんぶ……。

きっとギルネ様が僕の背中に密着して……。

「ギルネ様、すみません。僕のような最低な男にはギルネ様を背に乗せる権利なんてありません……」

「――わわっ！　ティム、血が！　また鼻から血が出てるぞ！　【回復魔法(ヒール)】っ！」


そんなこんなで何とか無事にリンハール王国へ到着した。

「うぅ……着いちまったか……」

「もっと、ティムの料理が食べたかった」

「あの、信じられないくらいフカフカのベッドでもう一度寝たかった……」

到着したとたん、商人たちが悲しみだした。

ロックが「しっかりしろ！」と商人たちを叱(しか)った。

そして、商人たち全員が一列に並んで僕たちに頭を下げて感謝を表してくれた。

一人一人と握手をして何度も互いに感謝を伝え合う。

また涙腺が緩んでしまいそうになった。

僕は【収納(ストレージ)】していた商品や馬車の荷台を取り出す。

するると、ロックが提案した。

「命を救ってもらった代金としては安すぎるが、もし欲しいものがあったら持ってってくれ。お金が必要なら、今俺たちの中でかき集めて全て渡すぞ」

「――い、いえっ！　皆さんは馬を失ってしまってこれから大変なはずです！　いただくことなんてできません！」

「全く、お前らほど最高な奴らにはもう後にも先にも出会うことはないだろうな！」

ロックは茶色いハットを脱ぐと胸に当てて、深くお辞儀をした。

僕にしてみればロックも凄い人だった。

商人たちの長として、みんなを精神的に引っ張り続けていた。

ロックはずっと〝笑顔〟だった。

盗賊に襲われた直後、本当は絶望していたはずだ。

馬もない、食料もない、もしかしたら全員無事にリンハール王国に到着するのはもう無理かもしれない。

それが分かった上で、すぐに「命があるだけで最高だ！」とみんなの前で笑い飛ばしてみせた。

後ろ向きな僕とは大違いだ。

「――あ、あのっ！　ティム君！」

今度は僕のもとに女性の商人の皆さんが集まってきた。

何やら瞳を輝かせている。

そして、矢継ぎ早に話しかけてきた。

「す、凄く頼りになって、カッコよかったよ！」

「服とかがほつれてもすぐに直してくれて、助かっちゃった！」

「最初はヒョロヒョロした子だなぁなんて思ってたんだけど……」

「おかげで、命拾いしただけでなくて凄く楽しくて贅沢な旅行になっちゃった！」

「そ、それにティム君って可愛いし……。ねぇ、よかったらこの後私たちと――」

「――ティム、さっさと行こう。休んでばかりもいられないぞ」

「わわっ！　ぎ、ギルネ様!?」

ギルネ様は僕の腕を引っ張った。

頬を膨らませている。

僕がなかなか動こうとしないので怒らせてしまったのだろうか。

「――お、おい、二人ともっ！　まだ行かないでくれ、せめてもの礼をさせてほしいんだ！」

急いでこの場を離れようと僕を引っ張るギルネ様にロックが呼びかけた。

「二人とも、これから冒険者になるんだろう？　なら、この国の『デフレア』っていう冒険者ギルドに行けば魔装置で〝ステータス判定〟を受けられるはずだ。ステータス判定は意外と高額で八千ソルくらいかかっちまうんだが、俺は商売でたまたまもらったフリーパスチケットを持ってる。よかったら全部持ってってくれ」

ロックは二枚のチケットを僕たちに差し出した。

「ティム、ステータス判定は有用だ。商人にはあまり必要のないものだし、ここはありがたくいただいておこう」

「は、はい！　ありがとうございます！　僕が皆さんに作った『D・S・C』と『行商人の靴』はお好きに使ってください！」

チケットを受け取ろうと出した僕の手を、ロックは固く握って握手をした。

そして、僕の目を真っ直ぐ見つめて語る。

「ティム、今回の件はいくら感謝しても感謝しきれない。今はまだ俺は小さなキャラバンの長でしかないが、いつかは国々を股にかける〝最高の商人〟になってみせる。そして、ティムとギルネの二人を助けたい。もしも何かで困ったら俺を頼ってくれ」

「ロックさん……」

いつでも前向きで、夢を持って。

周囲を励まし、元気づけ、笑い続ける。

こういうのが男らしさなんだと思う。

ロックの男らしさは僕にとって理想だ。

僕は【裁縫(ソーイング)】でロックと同じようなフチ付きハットを作ってかぶった。

そして、ロックの真似をして笑顔で伝える。

「――最高です！」

僕とギルネ様はリンハール王国の門でロックたちと別れると、中心地へと向かった。

リンハール王国はシンシア帝国の半分ほどの領土しかないが、シンシア帝国に負けないくらいの立派な王城があり、そこを中心に栄えている。

大通りはシンシア帝国と変わらず多くの商人が屋台を連ね、武器や防具、魔道具に魔鉱石、食料品や書物などを売っていた。

そんな城下町の真ん中に建物を構えているのが、冒険者ギルド『デフレア』だ。

僕たちが元いた『ギルネリーゼ』と比べるとずいぶんと小さく感じる。

いや、さすがにあれと比べちゃうと何でも小さいとは思うんだけど……。

ロックから聞いていた話だと、ここのギルドのクエストは『デフレア』のギルド員しか受けられないが、〝ステータス評価〟の魔装置である『バリュー』はお金を払えば誰でも使わせてもらうことができるそうだ。

『ギルネリーゼ』にいた頃は無料で使えたけど、あの装置は一人じゃ使用できないから僕はなかなか使うチャンスはなかったなぁ。

まぁ使っても落ち込むだけなんだけど……。

「ギルネ様、着きましたね」

「うむ、なかなかに立派なギルドではないか」

僕とギルネ様は扉を開いて中に入ると早速ギルドの受付へ向かった。

受付には長髪と短髪の双子の女の子が並んで立っていた。

僕たちに気がつくと、長髪の方の女の子がワタワタとした様子で話しかけてきた。

「と、当ギルドにどのような御用でしょうかっ⁉　私は受付のアルマです！」

慌てた様子の彼女にギルネ様は落ち着いて答えた。

「〝ステータス評価〟をお願いしたい」

「す、〝ステータス評価〟……？」

首をかしげてしまったアルマさんに対して、今度は隣の短髪の子がため息を吐いた。

「はぁ……姉さん。あの魔装置『バリュー』のことよ」

アルマさんは「あ、アレか！　ご、ごめんねカルマちゃん」と必死に謝り、僕たちに案内を始める。

「えっと、ウチのは最近開発されたばかりの最新式ですから……一回の利用はお値段が高くて〝一万ソル〟になってしまいます」

アルマさんはたどたどしく説明をする。

どうやら、アルマさんは新人さんらしい。

そして、少し値上げしている。

ギルネ様は不思議そうに首をかしげた。

「最新式？　〝基礎ステータス〟と〝冒険者スキル〟のレベルが見られるだけじゃないのか？」

「え、えっと、〝生活スキル〟も見られるんです……一般的には〝雑用スキル〟なんて呼ばれてしまっているアレですね……」

「最近は、この〝生活スキル〟を見て結婚相手を決める人もいるくらいで、婚活の際にはアピールにもなって需要があるんですよ～！」

アルマさんの説明に妹のカルマさんが明るい様子で補足をした。

双子の姉妹は性格がお互いに対照的な様子だ。

「お姉ちゃん、暗いって！　お客さんには笑顔を見せなくちゃ！」

「ご、ごめんねカルマちゃん……私、根暗だから……」

小声でそんなやり取りをしている。

最新式という『バリュー』の説明を聞くと、ギルネ様は慌てたように身を乗り出した。

「わ、私は普通のでいいかなっ！　ティムに比べたら全然……幻滅されたら困るし、まだ練習中なんだ……」

そう言ってギルネ様は不安そうな表情でうつむいてしまう。

もちろん、僕はそんなことで幻滅なんてするはずない。

というか、僕が幻滅されることはあっても僕の方がギルネ様に幻滅することなんてあり得ない。

僕は両手の拳を握って自分の顔の前に持ってくると、ギルネ様を勇気づけた。

「ギルネ様！　自信を持ってください！　あの卵焼きは僕が今まで食べた中で一番美味しかったですよ！」

「ティムっ……！」

ギルネ様は目を輝かせて僕を見つめる。

「いいなぁ～、二人とも」

僕たちを羨ましそうに見つめる受付嬢のお二人。

姉のアルマさんは顔を赤くしている。

僕は【収納（ストレージ）】からロックに貰ったチケットを差し出した。

それを見たアルマさんは再び首をかしげた。

「えっと……それは何でしょうか？」

「はぁ～、姉さんこれはフリーパスチケットだよ。お客さんに聞いてどうするの」

「ご、ごめんね、カルマちゃん……お姉ちゃん馬鹿で……せっかくここに紹介してくれたのに役立たずで……」

「いいからっ！　さっさとご案内してよ！」

アルマさんは少しだけ要領が悪いのかもしれない。

妹のカルマさんに苛（いら）ついた様子で怒鳴られてしまっている。

僕たちのチケットを二枚慌てて受け取ると、案内を始めてくれた。

「えっと、別室になりますが、お二人とも同時に〝ステータス評価〟を受けることができます……えっと、どっちを――」

「姉さん！　私、可愛い子の方を担当したい！」

アルマさんがおろおろしている間にカルマさんが元気よく手を挙げた。

「可愛い子……えっと、どっち……かな？」

「あぁ、この言い方じゃ分かんないね。こっちの女の子の方ね！」

「わわっ⁉」

カルマさんはギルネ様の手を引っ張って、魔装置の個室の一つに入っていってしまった。

「で、では！　貴方は私が担当させていただきます……あの、頑張ります……こっちの個室に一緒にお入りください」

「は、はい！　僕はティムです！」

僕は緊張しながらおどおどとした姉の方のアルマさんについていった。


ギルネリーゼが連れてこられた個室にて――

「では担当させていただきます、カルマと申します！」

「ちょ、ちょっと待った！　カルマ！　ティムも同じように個室で二人っきりになっているのか？」

「……？　はい、私の姉のアルマとよろしくやってると思いますよ？」

「よし、即行で終わらせよう！　ティムが襲われているかもしれん」

「あぁ～、大丈夫ですよ。姉はへたれのグズなので、無害です」

「そ、そうなのか……？」

「不安があるとしたら、ちゃんとこの魔装置を使えているのかってことですね～」

カルマはそう言いながら、部屋にあるキーボードを手早く叩く。

そして、ギルネリーゼを個室にある円が描かれた床の中心に立たせた。

壁から発せられた青白く細い光がギルネリーゼの身体を上から下へと移動する。

「……はい！　終わりましたよ！　こちらが結果になります！」

カルマは手際よく作業を終わらせる。

〝基礎ステータス〟〝冒険者スキル〟〝生活スキル〟が印字された魔皮紙を三枚ともギルネリーゼに渡した。

「……結果、見せてもらってもよいですか？　私、可愛い女の子の個人情報見るの好きなんです！」

「べ、別によいが……。私に変なことはしないでくれよ？」

ギルネリーゼは若干怯えつつ〝冒険者スキル〟の紙だけカルマに渡した。

〝個人情報〟という中で、一番被害が少なそうなのがこれだった。

「ふむふむ、剣、槍、斧、弓……この辺りは全部『G（最低）』判定ですね、魔導師タイプかな。おっ、素手が『E』判定ですよ！　格闘家の素質があるかもしれません！」

カルマは興奮しながらギルネリーゼのスキル表を読み上げる。

「そして魔術が……『C』！　凄いですね！　これならすぐにシルバーランクの冒険者になっちゃいますよ！」

「ありがとう、でも私のは『C』じゃないよ」

「……へ？」

カルマはもう一度魔術の項目を見てみた。『C』の上に『(一)』と書かれている。

「こ、コレって、もしかして……〝周回〟ってことですかっ⁉　す、凄い……噂でしか聞いたことがない表示です！」

「そうだ、私は一度『S』ランクにまで上がって二周目に入ってる。だから『(一)C』だな。もう満足したかな？」

「は、はい！　凄いものを見させていただきました！　ありがとうございます！」

カルマは頭を下げて、紙を返した。

「こちらこそ、手際よくすませてくれてありがとう。よ、よし！　早くティムが無事かどうか確認しに行かなくては……！」

「あっ、ちょっと待ってください！　使用中は入れませんよー！　外で待っていてください！」

「むぅ……そうか。心配だ……『検査だから』とか言って、服なんか脱がされていないだろうか」

ギルネリーゼは個室から外に出ると、ギルドの壁際でティムを待つことにした。


ティムの個室にて――

「えっと……では、その床の円の中心に立って……まず服を脱いでください」

「えぇっ⁉　わ、分かりました……」

「あっ、ご、ごめんなさい！　やっぱり脱がなくて大丈夫みたいです！」

「そ、そうですか……よかった……」

「で、で、でもっ！　脱ぎたかったらどうぞ！」

「何でですかっ⁉」

魔装置『バリュー』の中に僕と一緒に入ったアルマさんはマニュアルのようなものを一生懸命読みながら機械をいじっていた。

だ、大丈夫なんだろうか……。

「あの、アルマさん。大丈夫ですか……？」

「ご、ご、ごめんなさい！　私、初日なので全然慣れてなくて！　グズでノロマで――」

「い、いえっ！　いいんですっ！　僕を練習台だと思って気楽に使ってください！」

さすがにアルマさんが気の毒になってきた。

妹さんに何度もため息吐かれてたしなぁ……。

アルマさんはマニュアルを必死に読みながら、キーボードを叩いていた。

やがて、壁から発せられた青白く細い光が僕の身体を上から下へと移動する。

「こ、これで終わりました……！」

「よ、よしっ！　やったね！　大成功だっ！」

ついハラハラしながらアルマさんを見ていた僕は凄く喜んでしまった。

アルマさんは「ありがとうございます！」と泣きそうになりながら何度も頭を下げている。

僕は深呼吸をして渡された魔皮紙に書いてあるステータスを見る。

〝基礎ステータス〟及び〝冒険者スキル〟は——ほとんどが軒並み『G（最低）』評価だった。

（うっ……ここまでは予想通り。凄く落ち込むけど……）

気になっていたのは僕の〝雑用スキル〟だ。

ロックたちも褒めてくれていたし、ギルネ様は凄く期待を持ってくださっているようだった。

〝僕の唯一の取り柄〟だ、これが高くないと僕の存在意義までなくなってしまう気がする。

僕はおそるおそる〝雑用スキル〟の紙を見た。

『ティム＝シンシア』
〝裁縫〟（九）D
〝清掃〟（五）E
〝洗濯〟（七）F
〝料理〟（十一）D
〝工作〟（四）F
〝鍛冶〟（五）E
〝整理整頓〟（九）E

僕は肩を落とした。

全部『G』とかに比べるとマシではあるけど……最高でも『D』しかない。

期待よりも評価が低すぎる……。

僕は何年間も雑用をしていたのに。

やっぱり、ギルネ様は僕に気を使われていたんだ、僕の能力なんて全然凄くなかった……。

「はぁ～……。僕は何の価値もないんですね……」

「そ、そんなことないですよ！　私に比べたら全然良いです！　〝雑用スキル〟だと『D』判定もあるわけですし、腕力は『E』判定ですよ！　意外と力持ちで素敵だと思います！」

アルマさんが僕のステータス評価を見て慰めてくれた。

この言葉で嬉しくなってしまっている自分が情けない。

僕がやってきた鍛錬で上がったのは腕力だけか……。

「……ちなみに〝雑用スキル〟の紙にだけついてるこの上の数字は何なんですか？」

「うぅ……ごめんなさい、妹が作ってくれたこのマニュアルには書いてありません。た、多分私が何か変なの押して出ちゃった数字……かもしれません」

「そうですか。じゃあ、気にしなくていいですね……はぁ、低いなぁ……」

「あ、あの……私みたいなポンコツでよければ慰めてさしあげましょうか……？」

「だ、大丈夫です……現実を受け止めますから」

僕はフラフラとした足取りでアルマさんと共に部屋を出た。

「――姉さん、時間がかかってたけど、ちゃんと『バリュー』を操作できたのっ⁉」

部屋を出た瞬間、カルマさんがアルマさんに詰め寄った。

するると、アルマさんは顔を真っ青にして自分の失敗を告白しようとする。

「カ、カルマちゃん……実は――」

「だ、大丈夫！　アルマさんはしっかりと僕のレベル値を出してくれたよ！　もう完璧に！」

僕はアルマさんを擁護した。

操作ミスで出てしまった謎の数字については秘密にした方がいいだろう。

アルマさんは涙ぐんだ瞳で僕に無言の感謝を向けてきた。

「そ、そう……お客さんがそう言うならいいけど……」

「そう！　アルマさんは一生懸命やってくれたよ！　ありがとう！　じゃあまたね！」

僕はそれだけを言うと、その場を離れてギルネ様を捜し始めた。

「失敗した姉さんをお仕置きできないのは残念ね、姉さんの可愛い泣き顔を見るのが私の生きがいなのに……」

「――ひぃっ⁉」

妹さんの方がアルマさんに何かを言っているのを背後に感じながら周囲を見回す。

アルマさん、また妹さんにため息とか吐かれてなければいいけど……。

ギルネ様はすぐそばの壁際にいた。

しかし、何やら冒険者に絡まれている。

トラブルだろうか。

「お嬢ちゃん、可愛いねぇ。どう？　剣だったら教えてあげるけど？」

そんな口説き文句で、ギルネ様は詰め寄られていた。

――赤いくせっ毛髪の〝女の子〟に。

「ギルネ様、その人はどなたですか？」

僕は、自分と同じくらいの年齢に見える、赤いミディアムヘアーの彼女について尋ねた。

「おぉ、ティム！　終わったんだな！　分からん、私も今話しかけられた！」

ひとまず、言い寄られたのが腕っぷしの強い大柄な男性冒険者でないことに安心しつつ僕はギルネ様の隣に立つ。

「あら？　お連れ様がいたのね？　まぁ良いわ、私はレイラ。あなたたち、私から剣を習わない？」

「剣を？」

僕とギルネ様は顔を見合わせた。

「あなたたち、冒険者でしょ？　私は剣が得意なの、駆け出しっぽいあなたたちになら教えられると思うんだけど？」

「ティ、ティム……どうする？　強くなるためにはちょうどよいかもしれないが」

剣を教われば剣のスキルレベルが上がって、剣技を覚えることもできるだろう。

彼女から直接伝授してもらえる技もあるかもしれない。

しかし、一つだけ問題があった。

「はい、ですが……。レイラ、僕たちはあまりお金を持ってないんだ」

「あら？　レッスン料を気にしているのかしら？　それはいらないわ、なにせその紫髪の女の子が受講してくれるんだから」

　レイラは輝く瞳でギルネ様を見た。

「こんなに可愛くて綺麗な子がいれば、絶対に他にも私のレッスンを受けたい人が集まるはずよ！　これはお金儲(もう)けになるの！」

「そ、そういうことですか……」

「私は、それでティムが剣の稽古をつけてもらえるなら別にかまわないぞ」

　僕は少し考えた。

　このレイラって子は多分悪い子じゃない。

　ただ純粋にお金儲けがしたいだけだ。

　でも、ギルネ様を客寄せのようにしてしまうのは……。

「さぁ、どうす――――〝ぐぅぅ～～～〟」

　とても大きなお腹の音が鳴った。

　レイラは赤面すると、すぐに腰に下げていた水筒の水を飲み始める。

　どうやら空腹を誤魔化そうとしているらしい。

「し、失礼したわね……。さぁ、どうするの？」

　彼女は取り繕うと、再び聞いてきた。

僕は彼女のことを観察する。

よく見ると、服やズボンは所々ほつれてしまっている。

もしかしたら、服はもちろん食料を買うお金すら持っていないのかもしれない。

「レイラ、僕たちは今からご飯を食べるんだけど。よかったら一緒にどうかな？　無料でレッスンを受けるわけだし、ごちそうするよ」

僕はレイラにご飯を食べさせるために上手く言い訳をした。

顔色もよくないし、栄養が足りていないのかもしれない。

「……！　で、でも、貴方たちもお金はそんなに持ってないんじゃ……」

「食べ物だけはいっぱい持ち歩いてるんだ。ほらっ、よければあげるよ」

僕はパンを焼いて差し出した。

僕のスキルを使えばいつでも焼きたてだ。

それを、レイラは申し訳なさそうに受け取った。

そして、パンをかばんにしまってしまう。

「あ、ありがとう。後で食べさせてもらうわ」

「今食べた方がいいんじゃ……。焼きたての方が美味しいよ？」

「い、いいの。私は後で食べるから」

なぜか頑なに今食べようとしないレイラにギルネ様が言い聞かせる。

「ティムの言う通りだ。私たちに食べ物はいくらでもあるからな、大事にとっておく必要はないぞ」

ギルネ様のお言葉で、レイラがかばんにパンをしまった意味が分かった僕は、また新たにパンを二つ作って出した。

バターを生地に練り込んだロールパンと腸詰めにした魔物肉を味付けしてパンに挟んだものだ。

僕が食べ物を出す様子を見て、レイラは驚いた。

「ほ、本当に食べ物をいっぱい持ってるの!?　ならお願い、私の〝妹〟にお腹いっぱい食べさせてあげて！」

レイラは突然、ギルドの床に頭をつけて懇願し始めてしまった。

「ち、ちょっと、髪が汚れちゃうよ！　分かったから！」

僕が驚いてレイラを立たせると、ギルネ様はレイラに優しい目を向けた。

「うむ……事情を聞こう。歩きながらでいい、パンを食べながらでもよいからな」

僕たちはギルドの外に出た。

「私は妹と二人暮らしなの、スラム街に住んでるんだけど。妹のアイラは病気で……衰弱しちゃってるからできるだけ栄養をとらせてあげたいの」

街の大通りから小道を抜けて、レイラの妹がいるというスラム街へと歩きながら僕たちは事情を聞いた。

レイラは一口も食べずに僕があげたパンを三つとも大事そうに抱えている。

万が一、僕たちがこれ以上食べ物を渡さなかった場合は、今持っているパンを全部その妹のアイラに食べさせるためだろう。

僕はそんなレイラの心構えに心の中で感嘆しつつ気になったことを聞いた。

「それで、お金を稼いでいたんだね。剣の腕があるならクエストを受ければいいんじゃない？　一般冒険者でも受けられるクエストはあると思うんだけど」

「あなたたち、この国に来たばかりなのね。スラム街に住んでる人たちはみんな『ブベツ』よ」

「『ブベツ』……？」

そう言うと、レイラは首の後ろを見せてくれた。

不意にあらわになった綺麗なうなじに、僕はついドギマギしてしまう。

そこにはトカゲのタトゥーが入れられていた。

レイラはこのタトゥーについて話し始めた。

「――二年くらい前に王都民全員が王城に集められたの、健康診断とか言われてね。そのときに王国からこの〝魔術刻印〟を入れられた者は『ブベツ』と呼ばれて住居や職業を奪われたわ。そして中心街に住むことも、クエストを受けることも、救護院を利用することもできなくなっちゃったの。ドブさらいのような誰もやりたがらない仕事を受けさせてもらったり、物乞いのような真似をして何とかみんな生きてはいるけどね」

あまりに酷いレイラの話に僕は面食らってしまった。

一方でギルネ様は落ち着いたまま口元に手を添える。

「なるほど、差別か。〝トカゲの尻尾切り〟……は考えすぎかな」

ギルネ様はそう呟くと、苦虫を噛み潰したような表情をした。

「理由は様々考えられる。単に上流階級の者たちが平民の不満を逸らすためにやっているのかもな。現実的に国を運営するとなると綺麗事だけでは立ちゆかないこともある。だからと言って……擁護する気にはなれんがな」

「そんな、酷すぎますっ！　何のためにそんなことを……！」

ギルネ様の話を聞いて、僕は怒りに打ち震えた。

そんな僕の様子を見てギルネ様は悲しい目で僕に問いかける。

「ティム、〝仲間の結束を強めるお手軽な方法〟は何だと思う？」

「えっ⁉　……みんなで助け合うことですか？」

「うん、ティムはやっぱり良い子だな。方法の一つは〝仲間はずれ〟を作ることだよ、君が私のギルドでそうされていたように……な」

ギルネ様は罪を告白するようにそうおっしゃった。

言われて、僕は思い返す。

冒険者たちが僕を笑い者にするとき。

僕に無理難題を押し付けるとき。

こき使って暴力を振るうとき。

彼らはいつも〝仲が良かった〟。

新しい冒険者が入団しても、一緒に僕を笑い者にすることですぐに打ち解けていった。

僕に向けて、同じように石を投げることで、確かに〝仲間の結束は強まっていた〟のだろう。

「……ティム。人間の本性とはな、意外と醜くできているものなんだ。そうして〝仲間はずれ〟にされると声を上げるのも難しくなってしまう」

ギルネ様はため息を吐いた。

僕は歩きながらレイラの姿を見る。

とてもやせ細っている。せっかくの綺麗な赤髪もボサボサだ。

衣食住が揃っていた僕なんてまだマシだった方だろう。

こんな状況でもレイラはパンに手をつけず妹に食べさせようとしている。

本当は自分だってお腹が空いて堪らないはずなのに。

レイラは妹思いの優しい子だ。

そんな子が、こんな苦しい思いをしたままでいいはずがない。

——僕は決意と共に拳を握る。

「ギルネ様……それならっ！」

僕にだって、できるはずだ。

いや、これはできるかどうかの問題じゃない。

——僕がやるかどうかだ！

「僕が彼らに手を差し伸べます！　〝ギルネ様が僕にそうしてくださった〟ように！」

第九話　このスラムに救いの手を

ギルネ様と共にレイラについていくと、町並みがだんだんと寂れてきた。

そして、間もなくスラム街としか言いようのない景色へと変わる。

路上にゴミが散乱し、路地裏からは腐臭が漂っていた。

「ご、ごめんね。二人をこんな所に連れてきちゃって……。私たちの寝床はここよ」

そう言ってレイラは住居とも呼べない朽ち果てた建物に入ると、一角に掛かった布を上に押し上げた。

扉すらないその場所は僕たち二人が横たわるくらいのスペースしかなく、かき集めたような毛布の上で細い身体の小さな女の子が眠っていた。

探せばもっと広い場所もあるだろう、しかしこの子を世間からカモフラージュして危険から遠ざけるためには、人がいるようには見えないこのような狭い場所が最適なのかもしれない。

小さな女の子は僕たちに気がつくと薄く目を開けた。

その瞳からは生気が感じられない。半ば死を受け入れているようにすら感じる。

「お姉ちゃん……おかえり」

「アイラ、無理して声を出さなくてもいいの」

「言うよ……だってあと何回言えるか分からないもん……」

レイラの妹――アイラは精一杯の笑顔で迎えた。

身体を横たえたまま弱々しくそう呟くと、酷く咳き込む。

僕は慌ててギルネ様にご提案した。

「ギ、ギルネ様！　急いでこの子の身体から病原菌を落とします！」

「あぁ、ティムの【洗浄（クリーン）】だな。レイラ、悪いがティムをアイラの身体に少し触らせてやってくれ」

僕たちを信頼してくれている様子でレイラは頷いた。

しかしアイラは僕の姿を見てかすかな声を出す。

「だ……だめだよ……病気が移っちゃうよ。それに私……汚いし……」

「大丈夫、安心して……」

弱々しい抵抗をみせるアイラの頭に僕は優しく手を乗せる。

こうしていると、妹のアイリを思い出す。

僕は【洗浄（クリーン）】を行使した。

そして、手を離すとアイラが不思議そうに張りのある声を出した。

「あ、あれ……？　咳が止まっちゃった。な、なんだか、凄く身体の調子がいいみたい」

「アイラ！　何だか、凄く綺麗になってるわよ！　水浴びをした後みたい、いや、それ以上に！」

アイラは戸惑った表情で身体をゆっくりと起こした。

レイラは興奮した様子でアイラの手を握る。

ギルネ様は少し安心したような表情を見せつつ僕に尋ねた。

「ティム、〝あっちの汚れ〟はどうだった？」

「ギルネ様……残念ながら。アイラ、〝魔術刻印〟を見せてもらっていい？」

「えっ、う、うん！」

アイラは僕たちを信頼してくれているのか、長い髪をかき上げて首の後ろを見せてくれた。

首の後ろには、トカゲのタトゥーがまだ残っている。

「ふむ、墨を皮膚の下に注入して魔力で保護されているな。私が魔力をどうにか取り除いて、ティムが【洗浄（クリーン）】で墨を消しされば――」

「いえ、ギルネ様。ガンコな汚れですが、僕のスキルでいけそうです」

僕は魔術刻印に指を当てると、《洗濯スキル》の【漂白（ブリーチ）】を使った。

ガンコな呪いや強力なステータス低下も落とせる、僕の第二段階目の【洗浄（クリーン）】だ。

――僕が指を離すと、刻印も消えていた。

「ふぅ……何とか消せましたね」

「う……嘘、『ブベツ』の刻印が消えちゃった……」

レイラは信じられないような表情でアイラの首の後ろを触った。

もう〝汚れ〟などなくなった、綺麗な首を。

「これで病気は大丈夫だが体力を消耗している、栄養失調はレイラほどは酷くなさそうだな。ティム、ご飯を食べさせてあげよう」

「はい！　お粥は食べられるよね？　今、作ってあげるから」

そう言って僕は料理を始めた。

鳥ガラから取った出汁でお米と一緒に土鍋で煮る。

大根、人参、長ネギをみじん切りにして、鳥挽肉と共に投入。

すりおろしたショウガと、生薬も数種類加える。

僕は完成したお粥を人肌程度の温度にすると、スプーンですくってアイラに差し出した。

懐かしい、アイリが熱を出したときもよくこうやって面倒をみてあげていたっけ。

「はい、あ～ん」

アイラは顔を真っ赤にすると、目をつむって僕が差し出したスプーンに口をつけた。

「食べたら、身体が熱くなってくると思うけど、それは食材の滋養強壮効果だから安心してね」

「ふ、ふぁい……。た、確かに凄く身体が熱くなって、きた……」

「あはは、まだ早いんじゃないかな？　顔が赤いね、無理はしちゃダメだよ」

「お、落ち着け、ギルネリーゼ＝リーナブレア。相手は衰弱した元病人だ……しかも、こんなに小さい子なんだ……嫉妬なんかするな……」

僕がアイラにお粥を食べさせてあげている様子を見て、ギルネ様は歯を食いしばりながら何かを呟いていた。

ギルネ様もお粥が食べたいのかな……？

スラム街の人たちをできるだけ早く綺麗にしてあげて、僕たちもご飯を食べよう。

「レイラ、ここにいる『ブベツ』にされた人たちを全員連れてきてくれる？　僕が全員綺麗にするから」

「えっ、で、でも八百人くらいいるわよ？」

「それくらいなら大丈夫。今、出かけちゃってる人たちも連れ戻してくるようにお願いして！」

「わ、分かったわ！　すぐにみんなを集めるから！」

そう言うとレイラは飛び出して行った。

僕は慌てて声をかけた。

「あっ、別にそのパンを食べてからでも――ってもう行っちゃったか。倒れないといいけど……」


「みんな！　ティムが後でご飯をくれるから、身体を綺麗にし終わってもここに残ってね！」

「みな、焦る必要はないからな！　押し合わずに綺麗に一列で並んでくれ！」

レイラとギルネ様がスラム街の住人たちを誘導してくれる。

そして僕は一人一人、綺麗にすると共に忌々(いまいま)しい『ブベツ』の刻印を消していった。

「これで……これでもう差別はされないんだな！　〝人〟として見てもらえるんだな！」

「ありがとう……！　本当にありがとう！　これで家族を養える！　娘もいじめられなくなる！」

僕が綺麗にしていくたびに人々は涙を流して感謝をしてくれた。

それに感化されて僕もたえず涙を流し続けてしまう。

「ティムお兄ちゃん……大丈夫？」

てゆく。

「ごめんね涙が止まらなくて……うぅ、僕は男らしくないとダメなのに」

何とか座っていられるくらいに回復したアイラに隣で心配をされながら、僕は【漂白(ブリーチ)】を行使してゆく。

病気で動けない人の所へは直接出向いて病原菌を除菌した。

住居を《清掃スキル》で綺麗にして、アイラに食べさせてあげたものと同じお粥もその場で作って食べさせてあげる。

その中には、アイラ以上に痩せ細っている大人の男性もいた。

酷い栄養失調で、このままだと数日ももたないだろう。

「お兄さん、お願い！　お父さんを助けてあげて！」

娘さんが僕の服を摑み、必死に泣きついてきた。

この有様だとお粥を食べるのも無理そうだ。

僕は栄養ドリンクを作って、少しずつ男性の喉に流し込んだ。

だいぶ顔色が良くなったが、それでもまだ声も出せないようだ。

「これだけじゃダメだ、毎日栄養をとっていかないと！」

「で、でも……うちに食べ物なんて——」

「大丈夫、僕がここに置いていくから！」

そう言って僕は作った栄養ドリンクを入れ物に入れて置いていく。

でも、これだけじゃ不十分だ。

ちゃんとご飯も食べないと元気にはならない。

いつでもこの子が作ってお父さんに食べさせられるようにする必要がある。

まずはお粥だ。

僕は《料理スキル》から作ったお粥に【凍結乾燥（フリーズドライ）】を発動した。

物体をマイナス三十度で急速に凍結、さらに減圧して真空状態で昇華、乾燥させるスキルだ。

このスキルで作った乾燥料理はビタミンなどの栄養を失うこともなく、風味も劣化しない。

そして水やお湯をかければいつでも食べることができる。

ギルドにいた頃に、冒険者の皆さんが出先でも僕の料理が食べられるようにと開発した技術だ。

お粥だけじゃ足りない、もう少し元気になったら固形物も食べられるようになるはずだ。

僕は【凍結乾燥（フリーズドライ）】を使ったヌードルや炊き込みご飯、スープやお茶漬けなどを作って、入れ物に入れていった。

すべて栄養満点で長期保存ができる。

「ここにあるものは全部お湯をかければ食べられるようになるから、水でもできるし、そのまま食べても大丈夫だよ」

僕の作ったインスタント食品に娘さんは目を丸くした後、何度も頭を下げて感謝をしてくれた。

――このようにして、動けないほどに衰弱した人々も僕は助けていった。

そして、レイラに伝えてもらっていた通り最後はスラム街の人々に炊き出しをした。

これで僕が持っている食料はかなり少なくなるだろう。

「――皆さん、魔術刻印は消えましたか？　隣の人の首の後ろを確認してあげてください！」

僕の指示を受けて『ブベツ』ではなくなったことをお互いに確認し合うと人々は涙を流して喜び、抱き合い、ハイタッチをしていた。

そんな、人々が喜ぶ様子を見ながら僕は深く感じた。

〝人のために尽くす〟という喜びを。

この喜びを忘れない限り、きっと僕は冒険者になろうが何になろうがずっと『雑用係（サーバント）』でありつづけられるだろう。

僕が【生成（ジェネレート）】した布を敷いたレジャーシートの上で食事をとっているスラム街の皆さんの様子を見ながら、ギルネ様は僕に語りかけた。

「ティム、どうやらもう大丈夫そうだ。私たちもそろそろ食事を食べよう」

「はい、ギルネ様は〝お粥〟をご所望ですよね？　材料を残してありますよ！」

「よ、よく分かったな！　ちなみに私は猫舌だからな！　だ、だからティムがフーフーして冷ましてくれると――」

「ご安心ください、ギルネ様！　スキルで温度調節も自由自在です！」

僕が誇らしげに胸を叩くと、ギルネ様は乾いたような声で「そうか、ティムは凄いなー、あはは……」と喜んでくださった。

食事が終わると、僕はスラム街の皆さんの服を作らせていただいた。

装備としての機能性は特にいらない。

ただの衣服なら本縫い状態でも一瞬で作ることができる。

一人につき、上下三セットずつを渡した。

ちゃんとした服に着替えてしまえばもう彼らが『ブベツ』であったことは誰も分からないだろう。

「ギルネ様、衣服は全員にお渡しできたと思います」

「うむ、コホン……えーでは。このスラム街で『ブベツ』として迫害を受けてきた人々に告ぐ！」

ギルネ様は魔法を使って少し声を大きくしているようだった。

その音量でスラム街の住人全員に向けて演説を始める。

「君たちは、『ブベツ』ではなくなった！　これで仕事も受けられるようになることだろう！　しかし、恐れなくてはならないのは、ブベツではなくなったことが〝バレること〟だ！」

ギルネ様は堂々としたご様子で話を続ける。

「君たちは捕らえられ、再び『魔術刻印』を入れられてしまうかもしれない！　だから、いっぺんに仕事の受注には向かわずに、全体で人数を決めて身を潜めながら少しずつ働きに出るんだ！」

誰もが口を閉じ、ギルネ様と、その隣にいる僕を食い入るように見つめていた。

「そして、君たちの目標は〝この国を出る〟ことだ！　差別のない国へ！　お金を貯めて、他国行きの馬車に乗せてもらえるまで全体で協力し合う必要がある！」

ギルネ様は決して優しい声ではなかった。

「本当の闘いはこれからだ」とでも言うような発破をかけた。

でも僕には「ガンバレ！」と言っているように聞こえた。

「ティムは君たちをスタート地点に立たせたにすぎない！　ここからは君たちが〝自分で自分たちを助ける〟のだ！　誰もが仲間を売らず、信頼し合い、助け合わなければならない！」

強く拳を握り、天高く拳を掲げた。

「決して油断をするな、団結を絶やすな、毎日全員で話し合え！　〝幸せ〟を勝ち取るんだ！」

ギルネ様のお言葉にスラム街の住人全員が手を叩いた。

大丈夫、スラム街の人たちはみんな傷つけられた分、人の痛みを知っている。

僕は一人一人と触れ合ってそれを感じた。

「……とはいえ、〝いざというときの救済〟もある。これは本当にどうにもならなくなったときにだけ利用してほしい手段だ」

そう言うと、ギルネ様は僕に目で合図をした。

一瞬ギルネ様の美しい瞳に心を奪われてしまったが、僕はすぐに意識を取り戻して補足した。

「フチ付きの茶色いハットを被ったロックという商人に『ティムとギルネ様に頼ってくれと言われた』と話をしてください！　力になってくれるはずです！　また、腰に太ったネコをかたどったクッションをつけている商人がいましたら、彼らはロックの仲間です！　きっと、ロックのもとまで連れていってくれるでしょう」

僕は早速ロックを頼ることにした。

だが、これは緊急時の手段だ。

ロックたちもまだ馬を手に入れていない可能性もあるし、すでに馬を手に入れて国を出ているかもしれない。

『ブベツ』だった人々を逃がすのは王国に目をつけられる行為だろうし、気軽にロックに頼むことはできない。

とはいえ、ロックのことだから「最高だ！」なんて言って二つ返事で手伝っちゃうんだろうけど……。

「──そして、一番大切なことがあります！」

僕はこの演説の締めくくりとして、〝重要なこと〟を伝えた。

「皆さんで稼いだお金で、まずは〝女性の皆さんの下着〟を買ってください。作れなくてすみませんでした」

僕は情けなく頭を下げた。


「ティム──様、ギルネ、様！　本当にありがとう──ご、ございます！」

演説を終えると、僕たちのもとにレイラが走り寄ってきて頭を下げた。

「あはは、レイラ、敬語が苦手なら無理しなくていいよ」

「その通りだ、急に変えられても調子が狂ってしまうからな」

おそらく敬語を使ったことがなかったのだろう。

無理をしたようなレイラの態度に僕たちはつい笑ってしまった。

「もう、どうやってこの恩を返せばいいか分からないの。何でもいいわ、私に何かできることはないかしら……？」

「何を言ってるのレイラ、最初から約束してたでしょ」

「うむ、そうだな」

僕とギルネ様は笑顔で顔を見合わせる。

そして、レイラに言った。

「僕たちに剣を教えてよ！」

第十話　天才はみんな、教えるのが下手

「よし、ここなら広くてちょうどよさそうね！　ここで剣の練習をしましょう！」

剣を教えるためにレイラは僕たちをスラム街の一角の広い場所に連れてきた。

時間はお昼を過ぎて二時間くらい、まだ日没までは時間がある。

ちなみにレイラの妹のアイラには僕がフカフカの布団を作って、消耗した体力が回復するまで安全で静かな場所で寝てもらっている。

「ところで二人共、自分の剣は持ってるの？」

「あ、そういえば……ティム、どうにかならないかな？」

「はい、ギルネ様。冒険者の皆さんは何人か僕に武器を預けていましたので、そのまま持ってきてしまっているんです」

僕は【収納（ストレージ）】から剣を引き抜いた。

「おぉ、空間から剣が！　神器を召喚するときみたいだな！」

「そ、そんなこともできちゃうの……？　私なんか役に立てるのかしら……」

僕のスキルを見てレイラは不安そうな顔をした。

確かに、空間から剣を引き抜くって何か凄そうに見えるよね。

これ、ただの《整理整頓スキル》なんだけど。

「そういえば、レイラはどこで剣を習ったの？」

ギルネ様に剣を一本お渡ししながら僕は尋ねる。

「私は偶然出会った人が教えてくれたの。最初は怪しかったんだけどね、最後は私にこの剣までくれちゃった」

そう言ってレイラは手作りだろうか、不格好な鞘から剣を抜いた。

薄い桜色の鮮やかな刀身が美しくきらめく。

そんな剣を見てギルネ様は驚愕の表情を浮かべた。

「聖剣『フランベル』じゃないか！」

「ギルネ様、知っているのですか？」

なにやらワナワナと身体を震わせるギルネ様に僕は尋ねた。

「あぁ、知っている。知っているともさ……。レイラ、悪いが〝それをくれた人〟の話を詳しく聞かせてもらってもよいか……？」

「えっ？　う、うん」

レイラは思い出すように語り始めた。

「あれは、私がまだ『ブベツ』にされる前ね。町を歩いていたら、路地裏で倒れている人がいたの。私が『大丈夫？』って聞いたら『飲みすぎちまった、吐きそうだ、金を貸してくれ』って言われたの。だから私は『そのまま死んで』って言ったんだけど――」

「……ギルネ様、もしかして」

「いや、ティム。先入観はよくない、話をもう少し聞いてみよう」

僕とギルネ様はわずかな希望を持って話の続きを聞くことにした。

「直後、その男は私に向けて吐いたわ。私は驚いて屋根の上まで飛び退いたんだけど、それを見たら『まるで山猫みたいな身のこなしだな』とか言って、私にこの剣を渡してきたの。『お前は凄い才能がある、俺に剣を習わないか？』とか言って。私は妹を守れる強さが欲しいと思っていたから、怪しかったけどお願いしたわ。授業料として千ソル要求されたけど、まだ『ブベツ』にされる前だったし、二、三回くらい雑用クエストをこなせば貯まる金額だったから支払ったわ」

「あ、あいつ！　こんないたいけな少女から金を巻き上げたのかっ⁉」

「ギ、ギルネ様落ち着いてっ！　落ち着いてください！」

僕はギルネ様をたしなめる。

「一通り剣術を教わったら、『その剣はやる、俺が振るには軽すぎるからな』って言われてこの綺麗な剣をもらったの。千ソルで剣までもらうのは気が引けたけど、きっと私が分からないだけで安物なんだと思って……これで剣を教えられるし、最後の財産だと思って手放さなかったんだけど」

「聖剣『フランベル』は国宝級の剣だぞ……」

ギルネ様は死んだような瞳で呟いた。

「最後は酒瓶を片手に『俺が教えた剣技が役に立つ日が来ないといいな』なんて言ってこの町からはいなくなっていたわ」

「うん、確実にガナッシュだな」

「確実にガナッシュ様ですね」

僕が相槌を打つと、ギルネ様は深くため息を吐いた。

「ガナッシュから『フランベルは山猫の魔獣に襲われて奪われました。猫は光り物が好きですからね、まぁ俺も路地裏で〝光るモノ〟を見ちまったわけですが』なんてわけわからんことを聞いたときは、卒倒しそうになったがまさかこんなことになってるとはな……くそっ、〝猫〟という言葉でつい許してしまった私も甘かった」

レイラは急いで剣を差し出した。

「あの、私この剣返すね！　これが少しでもティムたちの役に立ってくれたら嬉しいわ！」

「いや、聖剣『フランベル』は紛れもなくレイラのものだ。レイラが使ってくれ。それにしても……ふふふ」

ギルネ様は妖しく笑い声を上げた。

「ガナッシュとじっくり話し合いたいことがどんどん増えていくなぁ。いつか会うのが楽しみだ」

ガナッシュ様にめちゃくちゃな嘘を吐かれていたギルネ様は間違いなく怒っていた。

「ぎ、ギルネ様、今はガナッシュ様のことは置いておいて、レイラの教えを受けましょう！」

「そうだな、アイツの流派というのが少し気に入らんが……」

僕は一応、恩人であるガナッシュ様をかばいつつギルネ様と共に剣を構えた。

「じゃあ、まずは剣の握り方ね。二人とも、それくらいは知ってるかもしれないけど自分で振ってるうちに崩れてしまっているかもしれないわ。私の真似をして剣を構えてみて」

レイラの指導が始まった。

僕とギルネ様はレイラの手の握りを見て真似をする。

「ギルネは……うん、綺麗ね。ティムは……少し違うわ、それだと振っているうちに手を痛めてしまうかも。この指はもう少しこっちの方ね」

そう言うとレイラは正しい位置に直すために僕の手を自分の手で動かした。

どうやら、僕は人に教えてもらわずに一人で剣を振っている期間が長かったため、自己流のクセがついてしまっていたようだ。

突如、その様子を隣で見ていたギルネ様が持っていた剣を落とす。

「ちょ、ちょっと待った、レイラ！　少し、ティムへのボディタッチが過剰なんじゃないかっ⁉」

ギルネ様の言葉に驚いたレイラは急いで手を離す。

「え？　あっ、ご、ごめん。あんまり触られるのは嫌……だよね？」

「いえっ、ギルネ様。僕は特に気にしませんよ、剣を教えてもらう立場ですから」

僕がそう言うと、レイラは嬉しそうに笑った。

「そっか、よかった！　もう少し力を抜いて、腰は――」

「レ、レイラ！　こっちも教えてくれ！　剣の拾い方が分からん！　だ、だから一旦そのティムの腰から手を離すんだ！」

ギルネ様は僕以上に熱心に学ぼうとしていた。

すでに一流の魔導師なのに凄い向上心だ。

僕も見習わないと……！


「ここまで剣を振ったら『剣が身体の一部になった』ような感覚があると思うんだけど……」

レイラがそう言うと、ギルネ様は頷いた。

「うむ、剣筋の邪魔をしない〝呼吸〟というか、自然の流れのようなものが理解ってきたな！」

「そう、それそれ！　よかった！　ちゃんと教えられているみたいで、安心したわ！」

「……？」

レイラの話もギルネ様の話も僕には全く分からなかった。

まだ、一時間くらい言われた通りに剣を振っただけなんだけど。

何か……〝剣の極意〟レベルの話をしてません？

「ご、ごめんレイラ……僕はまだ感覚が摑めてないみたいで……」

「わ、私こそごめんね！　説明が上手くできなくて、感覚で教えちゃってたから」

「ティム、焦ることはないぞ！　ティムは男の子だからもっと実戦的な方が覚えがよいのかもしれん！」

「そうね！　じゃあ、早速、剣技を会得していきましょう！」

そう言って、レイラは実際にスキルを一つずつ発動しながら僕たちに教えていった……。


「ごめんなさいごめんなさいごめんなさいっ！　絶対に私の教え方が悪いんだわ……だってティムはあれだけ凄いことができる人なんだから」

「ティ、ティム！　今日はもう無理をしないでおこう、体調が悪いのかもしれん！　剣以外にも道はあるしな！　色々と試していけばいいんだ！」

「うぅ……本当にごめんなさい……。もう少し、もう少しだけ練習をさせてください」

「ティム……ギルネの言う通り、頑張りすぎるのもダメよ？」

その後もスラム街の一角で日が暮れるまでレイラに剣術を教えてもらっていた。

剣技を次々と体得してゆくギルネ様とは対照的に僕は一つも剣技を覚えることができない。

二人は何かと理由を付けて僕をめちゃくちゃ励ましてくれている。

しまいにはレイラが「自分の教え方が悪い」と泣き出しそうになってしまう始末だ。

うぅ……情けない。

「――さて、私はそろそろ晩ご飯になりそうな魔獣を外で仕留めてくるよ！　保存している食料もほとんどないんだろう？」

僕が剣を振り続けてフラフラになってしまった頃、ギルネ様はそうご提案された。

確かに、そろそろ晩ご飯の時間だ。

ギルネ様の言う外とはこの城郭都市の壁の外のことだ。

徘徊している魔獣を仕留めてきてくださるということだろう。

僕がギルドにいるときも、僕は魔獣を狩ることができないから冒険者の皆さんが自分たちの食べたい魔獣の肉を狩って持ってきてていた。

だからギルドを出たときに余った食料を僕が収納していたというわけだ。

「ティムはここでレイラと休憩していてくれ」

ギルネ様はそう言って剣を置いた。

一人での狩りもギルネ様なら全く問題はないだろう。

「ありがとうございます。ギルネ様、お気をつけて！」

「ひ、一人で大丈夫なのっ⁉」

レイラは心配そうにギルネ様に問いかけた。

「大丈夫だ、そんなに遠くまでは行かないよ。この壁伝いに走っていけば近くの門にたどり着くだろう。じゃあ、ひとっ走り行ってくる」

ギルネ様はそう言うと、風のように走り去る。

このスラム街は追いやられるように国の端っこの壁際にあるので外に出るための門も近い。

「じゃあレイラ、少し休もうか」

僕はクッションを二つ作って、レイラと共に崩れたレンガの塀に腰掛けた。

「……ティム、本当にごめんね。私がもっと上手く教えてあげられれば——」

「レイラ、いいんだ。僕に才能がないのは僕が一番よく分かってる……嫌ってほどにね」

僕がシンシア帝国の王子として生まれて、〝まだ期待されているうち〟は様々な英才教育を受けていた。

あらゆる武器、魔法、そして勉学。

今ではその全てにおいて落ちこぼれてしまったのが僕だ。

勉強は寝る間も惜しんでがんばったんだけど……。

頭のできすらも悪いらしい、僕はやっと人並み以下くらいだ。

「……それでも、私はティムの〝良いところ〟をいっぱい知っているわ」

落ち込んでいる僕に、レイラは優しく微笑んだ。

「優しくて、凄くがんばり屋さんで、何より、〝私の命よりも大切な妹〟を救って、大勢の人々を助けてくれた。忘れないで、私にとってティムは絵本の世界からそのまま飛び出してきたようなヒーローなの」

「レイラ……ありがとう」

レイラは一生懸命僕を励ますと、僕の瞳を見つめた。

宝石のような赤い綺麗な髪と瞳に僕は思わず見惚れてしまう。

「だ、だから私、もっと役に立ちたいの！　お願い、私なんかでよければ何でも言って！」

「レイラ、じゃあ……　〝お願い〟があるんだ」

僕もレイラの瞳を真剣に見つめ返した。

〝ギルネ様がこの場にいない〟、今だからこそこっそりと言えるお願いだ。

「今夜、宿屋の部屋を取っておく。だから、アイラを連れて二人で来てくれるかな？」

「えっ……えっ!?　それって……！」

「うん、レイラたちとはもっと〝深い関係〟になりたいんだ」

レイラは顔を真っ赤にした。

そして、コクリと頷いて僕に身を乗り出す。

「ティ、ティム、私嬉しいっ！　ティムには凄く可愛くて格好いいギルネがいるから、私たちなんて眼中にもないと思ってたんだけどっ！」

「あはは、そんなはずないでしょ？　レイラたちはもう大切な仲間だよ」

レイラは自分を卑下してしまっているようだった。

でも、気持ちはよく分かる。

全てが完璧なギルネ様と比べてしまったら誰だって自分が嫌になってしまう。

「で、でも！　私たち〝初めて〟だから、その……色々と……」

「大丈夫心配しないで、僕が教えてあげるよ。僕とギルネ様の隣の部屋を取っておくから」

「と、隣の部屋っ⁉　ティムはそういうのが好きなの⁉　で、でも分かったわ、アイラも多分ティムにだったら……全然いいと思うし……」

「ありがとう。そして、夜になったら……〝僕たちの部屋に来て〟くれる？」

「えっ⁉　まさかギルネも入れて全員で⁉　いや、そっちの方が嬉しいけどっ！　ほ、本当にいいの⁉」

「もちろんだよ、みんなで――」

レイラは凄く興奮しているようだった。

こんなに僕たちを好いてくれているのは嬉しい。

これならみんなで楽しめそうだ。

「――いっぱい〝お喋り（しゃべ）〟をしよう。そして、どうか〝ギルネ様と深いお友達になってほしい〟んだ」

「――あれ？」

僕はいまだに忘れられない。

ギルネ様が僕にギルドでのお話をされていたときの悲しそうな瞳を。

もう孤独を感じさせたくない、だから「友達」が必要だ。

レイラは同年代で、同じ女性だし。

それに、ギルネ様に敬意を持ちつつも、〝敬語が使えない〟という距離感がむしろいい。

僕にはできないことだ。

「故郷の国を離れて、ギルネ様もきっと寂しさを感じられているはずだと思う。四人部屋は取れないかもしれないけど、まずは一晩〝友達として〟一緒にいてほしい。レイラたちは〝宿屋が初めて〟って話だけど、利用方法は僕が――ってレイラ、どうしたの？　顔なんか押さえちゃって……？」

僕が話を続けていると、レイラは急に顔を押さえて静かになってしまった。

「う……」

「『う』……？」

「うわぁぁぁぁああああ！」

突如、レイラは半狂乱状態になって地面に転がった。

あまりの事態に僕は狼狽しつつ、手を差し出す。

「レ、レイラ!?　どうしたの!?　落ち着いて！」

「ティム、やめて、私なんかに触っちゃだめ！　ティムが汚れちゃうわ！　もう一生私に関わっちゃだめ！　というか、殺して！　ギルネが帰ってきたらギルネの前で私を惨たらしく殺して！」

「ほ、本当にどうしたの!?　さ、触らないから落ち着いてよ！」

「私は最低なクソ女なの！　人の大切なものに手を出したクズよ！　しかもあろうことか私の恩人なのに！」

レイラの言葉に合点がいった僕は必死にレイラを擁護した。

「〝聖剣の話〟ならレイラは悪くないよ！　そんなに凄いものだなんて知らなかったわけだし、そもそも――」

「違うの！　違うのよ……！　うわぁぁぁああん！　し、しかも、私、可愛い妹まで利用して……！」

全く理由が分からないまま泣き止まずうつ伏せに倒れ、一向に顔を上げようとしないレイラの前で、僕は手を出して慰めることすらも許してもらえず途方にくれるしかなかった……。


「う、う、う……私は純粋で無垢（むく）なティムに手を出そうとしたクズ女……」

「お姉ちゃん、大丈夫だよ。ティムお兄ちゃんは何も分かってないから。このまま黙っていよう、私も共犯者になるから」

どうしていいか分からなくなった僕は妹のアイラを抱えて連れてきた。

そして遠くから二人の様子を見守っている。

ぼそぼそと何かを話し合った後、今は抱き合っているので落ち着いたようだ。

何ていうか、凄く尊い光景だ。

すでに日は完全に落ちて、二人が話し合っている間に僕が周囲にかがり火をセットしたので何らかの儀式のようにも見える。

火を付けたのはもちろん《料理スキル》でだ。

「——ティム、これは一体、何事だ？　何かの儀式か？」

大型の牛の魔獣を雷でこんがりと焼いて仕留めたギルネ様が帰ってきて、二人の様子を見てそう呟かれた。

魔獣は物凄い大物だ、それをギルネ様は魔法で浮かせてここまで持ってきている。

こんなものを浮かせたまま大通りを通っていたならたいそう注目を集めていただろう。

今回は目的地がスラム街だったから町の端を歩くだけでよかったが、次にギルネ様が狩りに行かれるときは僕も同行して【収納(ストレージ)】した方がよさそうだ。

そんなことを考えながら僕はギルネ様にお返事をする。

「僕にもさっぱり……おそらく、聖剣を自分のものにしてしまった罪悪感からだと思いますが……」

「全く、そんなのレイラは被害者と言ってもいいくらいじゃないか。これもガナッシュの罪だな、忘れないように書き留めておこう」

「あはは、できたらお手柔らかにお願いしますね」

ガナッシュ様の身を案じつつ、僕は姉妹二人に呼びかけた。

「二人とも、ご飯にしよう！　いっぱい食べれば気分も紛れるよ！　ギルネ様、布を敷きますね！」

「魔獣はその上に置くぞ、どっこいせっと！」

ギルネ様は浮遊させていた牛の大型魔獣を置いた。

僕たちが泊まっていた宿のベッドと同じ大きさはある。

「うわぁ～、ギルネ様！　凄い大物ですね！　百人前くらいありそうですよ！　細かく切って保存しましょうか！」

巨大な肉の塊に僕は思わずテンションが上がる。

励まされて回復したレイラもアイラを抱えて戻ってきた。

レイラはもう大丈夫そうだ。

巨大な魔獣の死体を見て驚いている。

「ごめんなさい、取り乱したわ……もう大丈夫。じゃあ、私が剣で切り分けるね！　この大きさなら、少し時間がかかっちゃうかも」

そう言って一度抱きかかえていたアイラを下ろそうとするレイラを僕は手で制止した。

「大丈夫、僕がやるよ。一部はそのまま、ステーキにしちゃおう」

僕は《料理スキル》で包丁を【生成（ジェネレート）】する。

そして、大きめにさいの目切りにした。

目の前の牛の魔獣が一瞬にして、保存のしやすい大きさにカットされて布の上に積み上がった。

余分な血液は切ると同時に【脱水（デジック）】で消しているので、血が周囲に飛び散ることもない。

「は、速っ……太刀筋が全く見えなかったんだけど」

「あはは、雑用スキルだけは少し高いからね」

「……確認なんだけど、ティムは剣が全然使えないのよね？」

「知っての通りだよ。もう僕に剣は向いてないのかなぁ」

「う〜ん、まぁいいわ！　ご飯にしましょう！」

何やら少し納得がいかないような表情をした後、レイラは待ちきれないような様子で僕に笑顔を見せた。

「食べない分は【収納（ストレージ）】してと……今、テーブルと食器をご用意いたしますね！」

「ティム、さっきまで君が座っていたクッションをもらってもいいか？　顔を押し付け――いや、柔らかそうだから使いたい」

「もっと柔らかくていいクッションをお作りしますよ！　少々お待ちください！」

僕がそう言って先ほどのクッションを消してしまうとギルネ様はなんだか少し悲しそうな表情をされた気がした。

僕はテーブルや椅子、新しいクッションや食器を一通り並べた。

牛魔獣の肉は薄くスライスしてから、花をかたどってお皿に盛り付けてゆく。

レアからウェルダンまで、焼き目で綺麗なグラデーションを描きつつ完成された肉の花の〝茎〟は塩ゆでしたアスパラガス、〝葉っぱ〟はバターでソテーにしたほうれん草と小松菜で再現して副菜とした。

一番レアな部分は全く火を通していない。

【洗浄（クリーン）】で毒素を全て取り払っただけのものだが、非常に新鮮な肉のうま味を味わうことができるだろう。

そして、飾り包丁でうさぎや猫をかたどったニンジンを煮付けにして添える。

これならアイラが喜んでくれるかもしれないし、猫はギルネ様のためだ。デブネコセーフティクッションを作ったときのご様子を見るにおそらく猫がお好きなのだろう。

プレートを完成させると、次はステーキソースだ。

ソースは種類ごとに小皿に分けて、スライスされたお肉をそのソースにつけて食べるようにした。

ガーリック、オニオン、サワークリーム、赤ワイン、ハニーマスタード、フルーツ、レモンペッパー、唐辛子、それぞれを基調としたタレを八種類用意する。

甘いのから辛いのまで全て取りそろえたし、飽きることもないだろう。

そして、ジャガイモのポタージュスープを作り、パセリを振りかけた。

テーブルの上に全てを並べて、最後にテーブルに立てたキャンドルに火を灯す。

「できました！」

「「うわぁ〜！」」

料理を見て、女性陣から感嘆の声が上がった。

「凄いわ！　芸術品みたい！」

「ティ、ティム！　猫が！　ニンジンの猫ちゃんがいるぞ！　何だこれは、食べてよいのか!?」

「ティムお兄ちゃん、凄すぎるよ！　こんなの夢みたい！」

意図した通りに喜んでくれたみんなを見て、僕は心の中で大きくガッツポーズをした。

そして、一応アイラの体調を確認する。

「薄くスライスはしたんだけど、アイラはもうお肉は食べられるくらい元気かな？　辛そうならスープだけでも――」

「もう大丈夫だよ！　ティムお兄ちゃんのお料理やお布団のおかげですごく元気になったから！」

「よかった！　お肉と野菜を食べて、もっと体力をつけよう！」

僕がアイラの手を繋いで一緒にテーブルに着く間に、レイラは申し訳なさそうな表情で自分の人差し指を合わせていた。

「い、いいのかしら……本当に、こんなに幸せにしてもらっちゃって……私、剣も上手く教えられなかったのに……そ、それに二人の邪魔になっちゃうんじゃ……」

そんな様子のレイラの手をギルネ様は摑んだ。

「レイラ、食事は大勢で食べた方が美味しくなるんだ。ティムの料理を、私たちとご飯を一緒に食べてほしい。それにおそらく、ティムにとってはそれが一番の恩返しだ。作った料理を食べてもらうのは、誰だって凄く嬉しいものだからな」

「そ、そういうことなら！　私、一生懸命味わうわっ！」

ギルネ様もレイラと手を繋いで一緒に席に着いた。

こうして、みんなで楽しくご飯を食べた。


リンハール王城に向かう大通りから西側に大きく外れた場所にある格安宿屋『フランキス』。

レイラに教えてもらったこの宿屋はなんと、入浴料込みで二人部屋が一泊たったの千ソルだ。

しかし、立地が悪いせいだろうかあまりお客さんが入っているようには見えない。

お財布事情も考えて僕たちはここを拠点とすることに決めた。

「おう、坊主！　せっかく可愛い女の子をたくさん連れてるのに四人部屋がなくて残念だったな。うちの可愛い看板娘のエマに免じて許してくれや」

そう言って豪快に笑うのはこの宿のご主人であるダリスさんだ。

受付で記入した僕たちの名簿を見ながら僕らと同じくらいの年の娘さん――エマは茶色いポニーテールを揺らしてダリスさんに怒りながら僕らに笑顔を見せる。

「もう、お父さん変なこと言わないでよっ！　ティム君たち、こんなボロ宿で申し訳ないけどゆっくりしていってね！　連泊希望なのね嬉しいわ！　できたらいっぱい泊まっていってね！」

どうやらとても明るい子らしい。

部屋の前に着くと、僕は早速レイラとアイラの二人を前に胸を張る。

「レイラ、ここの入浴は八時からだって！　寝間着はどういうのがいい？　レイラは〝初めて〟なんだから、僕に何でも頼ってよ！」

「あ……ありがとう」

「お姉ちゃん、ドンマイだよ……！」

僕がレイラに宿屋の使い方を説明していると、なぜかレイラは顔を赤くする。

何かを思い出したかのように恥ずかしそうだ。

レイラはそそくさと逃げるように自分たちの部屋に入ってしまった。

「じゃあ、ティムお兄ちゃん。また後でね」

アイラもレイラに続こうとしたところで僕は呼び止めた。

アイラにはお願いしたいことがあったからだ。

「ちょっと待って！　アイラの寝間着だけど、少し手を加えてもいいかな？」

「う、うんっ！　ティムお兄ちゃんの好きなようにして！　私に着せたい服があるなら、私はそれを着るよ！」

アイラはなんだか興奮したように頷いてくれた。

「ありがとう。じゃあ、また後でね」


入浴前に僕はギルネ様、レイラ、アイラ、三人分の寝間着を作る。

結局三人ともから「ティムの着せたい服を作ってくれ」と言われてしまったので僕は結構頭を悩ませてしまった。

お風呂上がりのギルネ様やレイラが僕の作った服を着る……。

何だか変な妄想をしそうになった僕は頭を振って邪念を振り払い洋服作りに集中し、完成品を渡した。

入浴を終えて、僕が渡した寝間着に着替えるとレイラとアイラは僕たちの部屋に遊びに来てくれた。

「――大変、お騒がせいたしました……」

そして、いきなりレイラがパジャマ姿のまま土下座をした。

「ギ、ギルネ様……何かあったんですか？」

僕は厚手のネグリジェを身に纏ったギルネ様に質問した。

「うむ、浴場で私が入っていった瞬間にレイラがなぜか顔を真っ赤にして鼻血を出してしまったんだ」

「お姉ちゃん、のぼせちゃったのかな？　大丈夫？」

「全っ然大丈夫！　そしてごめんなさい……」

レイラは重ね重ね何度も謝っていた。

なぜか若干ギルネ様の方に身体を向けながら。

「アイラ、僕がお願いした寝間着を着てくれてありがとう」

「うん、ティムお兄ちゃんはこういうのが好きなんだね……す、少し恥ずかしいけど……喜んでくれたら嬉しいな」

そう言って、アイラは寝間着についているフードを頭に被った。

取り付けられた猫耳がぴょこんと上に現れる。

「ね、ね、ね、猫ちゃんだぁぁ！」

ギルネ様がそんなアイラの姿を見て飛びついた。

僕の思惑通り、ギルネ様は喜んでくださったようだ。

物凄い勢いでアイラに頬ずりをしている。

アイラは嫌がるでもなく、むしろ嬉しそうだ。

でもギルネ様、それ猫にやったら絶対に嫌われちゃいますよ……。

「わ、私じゃなくてよかった……ギルネにあんなことされてたら死んでたわ……」

レイラは二人の様子を見てそんなことを呟いていた。

「ギルネとティムはどうしてこの国に来たの？」

ギルネ様はアイラを抱きかかえ、レイラは僕が作ったデブネコクッションを抱えたままお喋りが始まった。

「うむ、それはティムが私のことを情熱的にギルドから連れ出してだな――」

「ギルネ様が〝僕をギルドから追放〟して、ギルネ様もギルドを辞められたので新たなスタートを切るために国を出てきたんだよ」

僕が事情を説明すると、場は静まりかえった。

「えっ、ギルネお姉ちゃん、そんなことしたの……？　お兄ちゃんから居場所を奪ったの……？」

「ま、待ってくれアイラ！　これには深い事情があったんだ！　そんな怖い目で私を見ないでくれ！」

「えぇ……ギルネ。さすがの私でもそれは少し……」

「レ、レイラまでっ⁉　ティム、お願いだからもう少し言い方を考えてくれ！」

ギルネ様は涙目で僕を叱りつけた。


「――それで、ティムが片手でそのニーアをボコボコにしてだな――」

「ギルネ様、ボコボコにされたのは僕の方ですよ……そして、ガナッシュ様――レイラの剣の師匠に宿屋まで運ばれて――」

改めて、僕とギルネ様はレイラとアイラにギルド追放からここに至るまでの経緯を話した。

ところどころ、ギルネ様の記憶違いを修正しつつ……。

「――う、うぅ……ティムお兄ちゃん、本当に辛い思いをしてきたんだねぇ……」

「よかった！　二人でそんな所を抜け出せて、本当によかったよぉ……」

レイラとアイラはそのお話を聞いて泣いていた。

な、泣くような話だったのかな……？

レイラとアイラの方がよっぽど大変だったはずだけど……。

きっと二人とも自分のこと以上に人の痛みを感じてしまう優しい性格なのだろう。

ひとしきり涙を流すと、レイラは疑問を口にする。

「でも……そもそも何でティムは冒険者になりたいの？」

「うむ、そういえば私もそれは聞いたことがなかったな。私がティムに会うまでの話はまだ聞いたことがない」

「すみません、本当は僕についてきてくださっているギルネ様には〝僕のこと〟を真っ先にお話ししなければならなかったんですよね……ですが、なかなか踏ん切りがつかなくて――」

僕がそう語る途中でギルネ様が優しくお声をかけてくれた。

「いや、ティム。いつか話してくれたら嬉しいが、別に無理はしなくていいぞ」

「い、いいえっ！　ギルネ様、話させてください。僕は話さなくちゃならないんです、僕はギルネ様にとても大きな恩がありますから、それをお伝えしたいんです。レイラたちも、できれば聞いていてほしい。たとえそれで僕が〝幻滅〟されてしまったとしても、友達として過去の僕も知っていてほしいんだ」

僕が覚悟を決めてそう言うと、三人は顔を見合わせた。

「ティムが……私に恩……？　それに、幻滅なんてあり得ないが――」

「そ、そうよ！　ティムに幻滅なんてするはずないじゃない！」

「そ、そうだよティムお兄ちゃん！　安心して！」

ギルネ様たちは頷き合うと、僕に真剣な眼差しを向ける。

心を落ち着かせるように深呼吸をすると、僕は語り始めた。

〝僕の愚かな過去〟を……。

「昔の僕は……自らの才能に溺(おぼ)れた〝最悪な人間〟でした――」

第十一話　神童ティム＝シンシアと失墜

今から十五年前、僕はシンシア帝国の王子として生まれた。

シンシア帝国の王家の中でも、〝稀代の天才〟として。

「おい、なんだよこの食事は。こんなものを僕に食べさせるつもりか？　これを作ったゴミクズをここに呼べ」

ティム＝シンシア、当時十歳。

王族の血筋は〝ロイヤルライン〟と呼ばれ、平民とは一線を画する能力成長が期待される。

とりわけ、王家で行われる最高精度の〝基礎ステータス判定〟で僕はあらゆる潜在能力がすば抜けて高かった。

全ての武器を扱うことはもちろん、魔術もすでに帝国の宮廷魔導師に勝るほどだった。

兄弟やお父様からも絶大な信頼を得ていて、僕自身それに驕（おご）っていた。

だからだろう、僕の兄弟やお父様たちの使用人たちに対する酷い扱いに一切の疑問も持たず、僕もそれに倣（なら）っていた。

「お、お兄様……このお料理も一生懸命作ってくださったものですし、あまり酷いことは――」

「アイリ、これを見ろ、上手くカモフラージュされているがこれは僕の大嫌いなピーマンなんだよ。まるで僕に毒でも盛るかのように隠されている。他国のスパイかもしれないな」

僕は呼び出した料理人である初老の男性使用人を睨んだ。

「も、申し訳ございません！　ティム様は最近栄養が偏っておられましたので、お野菜を中心に、そのピーマンも苦味が出ないように工夫を凝らして――」

「いいや、僕への嫌がらせだろう。何一つ口に入れてやるものか、僕が飢えて体調を崩したらお父様はお前をどう思うかな？」

「お、お願いいたします！　ティム王子、どうかお食事を！」

「お、お兄様。もうよいのではありませんか？　一緒にご飯を食べましょう、そのピーマンは私が

いただきますから！」

「ふん、アイリに救われたな。クビにされて仕事を失うのが怖いんだろう？　僕の気分を損ねないようにせいぜい苦心することだな」

——絵に描いたような傲慢さだった。

それはこの城の他の王子たちがそのように振る舞っていたからという理由だけでは説明がつかない。

愉快だったんだ。

僕の一言で、ちょっとした行動で、心底困っている使用人たちを見るのが。

まるで全てが上手くいっているかのように僕は誤解していた。

〝あの日〟までは……。

「おい、アイリ！　大丈夫か⁉」

「お……兄様。ごめんなさい……今までありが……とう」

ある日、アイリが不治の病である『フタツキ病』を患(わずら)ってしまった。

この病原菌は普通、人に発症させるには至らない。

難産で生まれたような身体の弱い赤子が何かの拍子にこの病原菌に触れ、まれに発症してしまう程度の病気だった。

しかし、特に身体が弱く、免疫力が無いアイリだからこそこんな病魔に侵されてしまったのだ。

身体が病気に蝕まれ、医術師によるともう二カ月ともたないのだという。

僕は鬼のような形相でその医術師の胸ぐらを摑んだ。

「ふざけんな！　何とかしろ！　僕の最愛の妹だぞ！」

「すみません、ティム王子。あらゆる手段を模索したのですが……」

「お兄様……いけません。みなさんは私のために……がんばってくださいました」

「もうよい！　役立たずどもなんかに頼るか！　僕は天才だ、僕が二カ月以内にアイリを救ってみせる！」

それだけを吐き捨てると僕は王宮の大図書館に向かった。

「──何だか城門前が騒がしいな？」

「あぁ、なんでも男が暴れているらしい。今、取り押さえている」

そんな世間話をしている兵士たちの横を通り大図書館の扉を荒々しく開く。

目の前には膨大な数の本が並べられた棚が切り立った崖のようにそびえ立っていた。

まるで地層でも見せつけるかのように知識が壁として重々しく陳列されている。

本に囲まれた閑静な場に、似つかわしくない僕の荒々しい足音が響いた。

こんな土くれのような知識などに用はない。

必要としているのは、この奥に眠る埋蔵金、宝だ。

僕は自分の出す騒音が他の利用者の快適な読書を妨げていることなど一切気にとめず、一番奥の魔術結界が張られた扉の前に来た。

ここに厳重に保管された〝禁書〟の中なら世の中の理を超えた魔術、すなわち〝禁術〟も書かれているんじゃないか。

(あるはずだ、何か方法が……!)

僕は王子の権限を使い、ここの番をしている者を脅して魔術結界を解かせる。

そしてお父様にバレないように禁書を持ち出した。

新しく収められた魔導書から順に見ていくと、その禁術はすぐに見つけることができた。

『術士の持つ〝才能〟を〝生命力〟に変えて、対象者に与える』禁術。

これなら病を治し、病魔に破壊された身体の細胞をも修復できる。

その禁術の名は【失墜】。

できる、二カ月以内にこれを理解して会得する。

僕には自信があった。

何より僕に迷いなくやる気を出させたのは『この禁術を編み出した魔導師』のプロフィールだった。

〝ギルネリーゼ=リーナブレア　十歳〟。

今の僕と同じ年齢の子供が考えついたんだ、同じ天才なら僕ができないわけがない。

「ティム王子……お願いいたします。少しお休みになられてください……」

「ふざけんな!　僕の邪魔をするな、僕は一分一秒でも惜しいんだ!」

「で、ですがもう何日も魔導の勉強で睡眠を取られていないのでは……」

「邪魔をするなと言っているだろう!　ここから出ていけ!」

僕は何日も【失墜（エクリプス）】を会得するために魔術の鍛錬をした。

部屋にこもって理論を解析し、僕の身体を気遣うふりをして邪魔をする使用人どもを追い出す。

次期王位に就く僕に気に入られようとでもしているのだろうが、逆効果だ。

今の僕は妹を助けることしか頭にない。

——一カ月後、僕はようやく禁術を会得した。

何とか間に合った……。

僕は気絶するようにその場で倒れた。


目を覚ますと、僕はベッドの上だった。

思えば、何日間も寝ていなかったからだろう。いや今も寝ている場合なんかじゃない。

アイリはこうしている間も苦しんで、僕に助けを求めているはずだ。

僕はこんな所で呑気（のんき）に寝てしまった自分に腹を立てつつ身体を起こした。

隣では使用人たちがまるで心配でもするかのように僕を見ている。

一体こいつらはいつまでついているのだろうか、うんざりしつつも問いかける。

「おい、僕はどれだけ寝ていた？」

「三日です。ティ、ティム坊ちゃま、まずは栄養をとられてから——」

「くそっ、寝すぎだ！　どけっ、ゴミクズ共！」

体力はある程度回復した、今なら禁術もアイリに使うことができるだろう。

僕はズキズキと痛む頭を無視して身体を起こす。

「ティム坊っちゃま、お待ちください！　まだお体が万全では――」

「黙れ！　邪魔だ！　何の役にも立たないクズどもが僕に関わるな！　ついてくるなよ！」

僕は使用人たちを撥ね除けてアイリのもとへと向かった。

そんなに王の寵愛を受けたいのだろうか、あいつらはいつも僕についてまわる。

療養のための殺風景な部屋に着くと、アイリが息をするのも辛そうにベッドで横たわっていた。

側についていた医術師は僕が命令して出て行かせる。

「アイリ、もう少しの辛抱だ。今、お兄ちゃんが助けてやるからな」

僕はアイリを抱きかかえて、部屋を出る。

廊下を通る使用人たちがアイリをかかえる僕を見るたびに、僕は誰にも言わないように脅して口封じをした。

僕がアイリに禁術を使おうとしていることは極秘だ。

そして、目的地である誰もいない地下の一室に着いた。

ここなら、邪魔も入らずに禁術を使うことができるだろう。

体得した複雑な魔術式を頭の中で組み立てつつ、床に広大な魔法陣を描いて、その中央にアイリを横たわらせる。

禁術に必要な鉱石、素材は宝物庫から全て持ち出している。

僕はそれらを必要な位置に捧げた。

そして、詠唱——

禁術、【失墜（エクリプス）】の説明には「術士の持つ才能を失う」と書かれていた。

一体どこまでを失うのだろうか、武芸だけか、魔法も、勉強もできなくなるのだろうか。

安いもんだ、何なら腕や足をくれてやってもいい。

だから、頼む……上手くいってくれ……！

アイリを……妹を助けてくれ……！

「あれ……身体が辛くない。……っ!? お兄様!? 大丈夫ですか、お兄様!?」

見事、禁術を成功させて魔法陣や捧げた鉱石、素材が消えるのを見送った僕はそんな声を遠くに聞く。

そのまま意識を失って医務室に運ばれた。

身体の検査をした結果、〝特に異常はない〟ようだった。

——〝僕が持っていたあらゆる才能が全て失われていること〟を除けば。

「ティムよ、お前には期待をしていたんだが。まさかこうも落ちぶれてしまうとはな。才能も、何もかもを失っているではないか」
何も知らない父、エデン＝シンシアは僕にそう告げた。
もちろん、〝禁術〟の使用はご法度だ。
使用したことが知れれば、対象者である妹にも罰がくだる。
僕は事情を察していた使用人たちも全員脅して口を封じておいた。
妹の病気は〝奇跡が起こって治った〟ことになっている。
意識が朦朧としていたアイリももちろん知らないだろう。
お父様の言う通り、僕はもう天才ではなくなっていた。
いや、きっと凡人以下だろう。
以前は、鍛錬などせずとも全て最初から分かった。
しかし今となっては剣を振っても、魔術を学んでも、何一つ理解することができない。
だが、僕には何の後悔もなかった。
これでかけがえのない妹を救うことができたからだ。
「ティム、お前をこの城の使用人とする。他の王子たちの世話や雑用を献身的に行え」
お父様は僕にそう告げた。
「晒し者」としての価値を見出したのだ。
落ちこぼれてしまえば、僕のようになるぞと他の王子たちに発破をかけるため。
こうして、僕は〝王子〟としての価値を失った。

「――ふふふ、よかったなお前ら。憎きティム王子がお前らと同じゴミクズに成り果てたぞ。もう僕を守るものは何もない、ほら殴れ、蹴れ、僕がお前たちに酷いことをしてきた憎しみを込めてな」

城の使用人たちを前にして僕はそう強がってみせた。

因果応報だ、僕は彼らにひどい言葉を浴びせ続けてきた。

僕は震える身体で固く瞳を閉じて拳を握る。

すぐに、僕の握った手が使用人の両手に包まれるのを感じた。

僕は覚悟が決まらないまま――より固く目をつむった。

「ティム坊ちゃま……我々は貴方様の味方です。どうか、ご安心ください」

予想外の言葉に僕はゆっくりと瞼を開く。

目の前には、いつも僕の食事を作ってくれている初老の使用人が跪(ひざまず)いて僕の手を取っていた。

僕は彼の名前すら知らない、いつも勝手なことをしてくるので特に辛く当たっていたはずだ。

「おい、僕はもう王子じゃないんだ。僕なんかに媚(こび)を売っても何の益もないぞ」

「ティム坊ちゃま、色々とお辛いでしょう。今日はゆっくりと休まれてください」

「聞いているのか？　使用人は〝王子〟に気に入られないと意味がないだろ」

「使用人用のものになってしまいますが、浴槽をご準備させていただきます。まずはそちらで」

「――だからっ！」

僕は叫んだ。

自覚があった。

自分の愉悦のために彼らに辛く当たっていたと。

僕は代償を支払わなければならない。

「――ティム坊ちゃま」

初老の使用人は僕の頭を撫でた。

「貴方はまだ十歳の子供です。欲望に負け、自分勝手に振る舞い、一日中遊び回って、親に甘え、反抗し、イタズラをし、たまに親を手伝い褒めてもらう。それが普通なのです。なのに、貴方は色々と背負いすぎました」

そして、頭を下げた。

「ティム坊ちゃま、〝良い気味〟です。貴方が王子でなくなったことで、貴方はこれからたくさん学ぶことになるでしょう。その中で貴方はたくさん後悔される、私たちと協力しなければならない。やっと、貴方は私たちが〝王子〟ではなく〝ティム＝シンシア〟のためにご奉仕していたと理解せざるを得ないのです」

初老の使用人は僕の手を引いた。

「さぁ、お風呂にしましょう、自分で身体を洗うことはできますね？　お食事もちゃんと食べてもらいますよ、夜ふかしはいけません、しっかりと寝てください。そして、妹様の件……ご立派でした」

「はは、なんだよ――」

強がってばかりいた僕の目から涙がこぼれた。

「いつもと言ってることが一緒じゃないか……」

新しく使用人となった僕に先輩使用人たちは炊事、洗濯、掃除、裁縫など、全ての雑用のやり方を丁寧に教えてくれた。

僕は〝雑用〟は覚えていくことができた。

理由は何てことない、おそらくもともと才能がなかったから【失墜(エクリプス)】の代償からは逃れられたのだろう。

剣や魔術とは違い、雑用なんてやったこともなかった。

使用人たちは誰も彼もが僕に優しい。

王子だった頃の僕の横暴な振る舞いを、みんなどういうわけか許してくれていた。

「ティ、ティム様……あの、お掃除のやり方は……」

ある日、僕と同じくらいの年のメイドの子が掃除のやり方を教えようとしてくれていた。

僕を見て、とても緊張している……いや、怖がっているのかもしれない。

「君の名前は？」

「メ、メイリアと申します……！」

「メイリア、君のご両親もここで働いているのか？」

「は、はいっ！」

「なら、僕は君のご両親にも酷い言葉を投げつけているかもしれない。僕が憎くないのか？」

僕は思わず聞いてみた。

自分の親が一生懸命仕事をしていただけなのに、理不尽に怒りをぶつけられていたと知ったらどう思うのだろう。

僕の思いとは裏腹にメイリアは変わらない様子だった。

「あの……私も同じなんです。よく親に悪口を言っていました。『ご飯が不味い』だとか、『服が気に入らない』だとか、『お仕事ばっかりしてないで私と遊んで』だとか――」

メイリアはモップを握ったまま、話を続けた。

話すうちに、メイリアの緊張も解けていっているようだった。

「自分でやってみるまで知りませんでした、お料理を作るのもお洋服を縫うのもこんなに大変なことなんだって。だから、ティム様も私と同じなんだと思いま――」

話の途中、急にモップを手から落とすと、メイリアは顔を青ざめさせて土下座をした。

「す、すみません！　ティム様を私なんかと同じと言ってしまって！　あの、妹様のお話も聞いています！　私、感動して、凄く、凄く尊敬していて――」

「メイリア、王子扱いはやめてくれ。僕は新人の使用人に過ぎない。ほら、僕の手を取って」

「は、はい……ありがとうございます。あ、で、でも自分で立ち上がります。私の手はお仕事でボロボロなので、ティム様に触らせてしまうわけにはいきません……」

メイリアは恥じるように手を自分の後ろに隠してしまった。

そんなメイリアに僕は敬意を持って呟く。

「……そうか、じゃあ僕も手をボロボロにしないとメイリアの手を取る権利はないな」

僕は使用人の仕事をしていくうちに少しずつ理解してきた。

「ティム坊ちゃま、料理とは美味しいものを作ればいいというわけではございません。食べる人が健やかに過ごせるように考えて作るのです。言い換えると〝愛情を込める〟ということです」

「ティム坊ちゃま、服作りとは〝ただ身を隠す布〟を作っているだけではございません。着る者の魅力や体温、体調の安全をも同時に作り出しているのです」

「ティム坊ちゃま、洗濯で重要なのは〝どんな汚れなのか〟を見極めることです。汚れごとに違うアプローチをして落としてゆく必要がございます」

毎日、その道のスペシャリストが僕に教えてくれる。

雑用はとても奥が深い。

人のために自分の労力をいとわない。

僕が一度でも彼らの仕事ぶりを見て知っていたなら僕は彼らを誇りに思い、敬意を持って接していただろう。

そんな後悔が僕をさらに仕事へとのめり込ませた。

「おい、〝使用人〟、僕の靴を拭け」

「はい、セシル王子。お足元を失礼いたします」

「ふん、下手くそめ」

王子たちは僕に世話をさせるのがお気に入りのようだった。

王位継承の〝第一候補〟だった僕が落ちぶれたことを心底喜んでいる。

あれだけ僕を慕っているように接していたのは、〝僕〟だったからじゃない。

僕が王になったときに贔屓してもらうためだったようだ。

「——お兄様、大丈夫ですか？　今日もセシル王子に蹴られていたようですが……」

「あはは、アイリ。靴磨きが上手くいかなくてね。もう僕を『お兄ちゃん』なんて呼ばなくていいよ、それに僕に会うのもよした方がいい」

アイリはよく僕に会いに来てくれた。

すっかり元気になった姿を見て僕は満足する。

あとは、この国の姫として、僕がいなくても何不自由ない生活が送れるだろう。

王子たちの目もあるし、僕にはもう関わらない方がいい。

アイリにとっての僕の役割はここまでだ。

——仕事に行こうとする僕の服をアイリが摑んだ。

「そんな、嫌です！　そ、そうだ！　私の専属の使用人にしましょう！　もちろん、ティムお兄様は部屋で寛いでくださって構いません！　それなら——」

「アイリ、僕は自分の愚かだった振る舞いを今償っているんだ。そして同時に様々なことを学んでる」

僕は服の裾を摑んだアイリの手を握った。

「アイリ、『ピーマンは栄養があるから食べた方がいい』んだ。それに、美味しい食べ方もある。僕が王子のままだったら一生知らなかったかもね」

「お兄様……」

僕は悲しむアイリの頭を撫でると、ゆっくりとアイリの手を服から外した。

それ以降、僕はアイリと距離を取るようにした。


「おい、グレタス！　大丈夫か⁉　くそ、アイツ……‼」

「ティム坊ちゃま、いけませんっ！」

ある日、シンシア皇城（おう）の闘技場で初老の使用人グレタスが、第三王子エレンに剣で斬られた。

とある冒険者にエレンが決闘を申し込み、エレンが敗れたのだ。

ねぎらいの言葉をかけにいったグレタスが腹いせに斬られた。

頭に血が上ってエレンを殴ろうとした僕をグレタスが止める。

——そうだ、今は先にグレタスの治療を……。

「おい、王子。決闘に勝ったのは俺だ。約束通り願いを聞いてもらうぞ」

エレンの相手をしていた赤い長髪の冒険者は剣をしまうと、エレンに向けてニンマリと笑った。

「お前が今斬った、グレタスという男の傷を治せ。回復魔法くらいはできるんだろう？　そして、二度とグレタスに害を加えるな」

「くそっ、決闘の約束を違えることはできん……何たる屈辱だ……」

「安心しろ、今回の決闘のことは黙ってこの国を出てやるさ。さすがに皇帝にまで目をつけられたら面倒だからな」

エレンは仕方なく回復魔法をグレタスにかけると、ふてくされたように闘技場から出ていった。

赤髪の冒険者はグレタスと僕に駆け寄り、声をかける。

「おい、大丈夫か？　全く、この国はどうなってんだ？」

「ありがとうございます！　あの、貴方は……？」

僕は目の前の若い成人男性の素性を尋ねた。

エレンが怒りで顔を真っ赤にして連れてきた男だ。

僕とグレタスは彼とエレンの決闘の証人として呼び出された。

「俺は流れの冒険者だ。町で威張り散らしてる奴がいたから、ぶん殴ったら決闘を申し込まれてな。自分でも少し大人げなかったが、〝王族の血筋〟なんてチート持ってるんだから別にいいよな」

そう言うと、赤髪の冒険者は豪快に笑った。

「使用人の少年よ、あの王子を殴ろうとしたな？　だが、殴れなかった。お前には〝力〟がないからな、今のままじゃ逆にあいつらを調子づかせるだけだ。それじゃこの国は変えられねぇよ」

赤い長髪の冒険者は僕の頭に手を置いた。

「冒険者になれ、経験値を積め、上手くやるんだ。そうすりゃ俺みたいに王子も殴れる。そして、全員の目を覚まさせてやれ。『いつまで寝てんだっ！』ってよ」

そう言って笑うと、冒険者は城を出ていった。

「冒険者……か」

グレタスを医務室に運び込んだ後、僕は呟いた。

――その夜。

僕は荷物を背負って、アイリの部屋を訪ねた。

「アイリ、部屋に入ってもいい？」

「ティムお兄様っ⁉　い、いま扉を開けますね！」

扉が開き、アイリが満面の笑みで迎えてくれた。

思えば、アイリは王子だった頃の性根が腐ってた僕を知っているはずなのに、昔から変わらず慕ってくれている。

アイリは使用人にも優しかったし、僕よりもずっと精神が成熟していたのだろう。

本当に自慢の妹だ、救うことができてよかった。

「アイリ、僕はこの城を出て冒険者になるよ。お別れを言いにきたんだ」

「っ⁉　それでしたら、私も共に――」

そこまで言うと、アイリは下唇を噛んだ。

そして大粒の涙を流す。

「――行きたかったですわ……」

「ありがとう。離れても僕はアイリをずっと愛してる。幸せになるんだよ」

アイリは本当に立派だ。

僕の邪魔になってしまうとすぐに分かり、身を退いたんだろう。

アイリは僕と違ってこの城で姫としての大切な役割があるはずだ。

もしも僕と共に城を抜け出したら、アイリを連れ戻すために追手が来てしまう。

「ティムお兄様、私は分かっています、私の命を救ってくれたのはお兄様であることを。お兄様は私が知らない方がいいと思って黙っていましたが、きっとそのせいでお兄様は――」

僕は人差し指でアイリの口をふさいだ。

「アイリ、その話は誰にもしてはいけないよ。この国では禁術の使用は御法度なんだ、アイリが罰を受けることになったら僕は悲しいからね」

僕はすぐに踵(きびす)を返した。

これ以上妹の悲しそうな表情を見てしまうと、決心が揺らぎそうだったから。

「アイリ、約束する。僕は必ずここに戻ってくる、だから――」

最後に渾身(こんしん)の笑顔をアイリに見せた。

「僕、最高の冒険者になるよっ！」

「はい、アイリはお兄様をお待ちしております！」

涙に濡れたアイリの精一杯の笑顔は三年経った今も忘れられない。

こうして、僕は城を出て冒険者を目指したのだった。


「これで二十連敗か……やっぱり僕は王族の血筋（ロイヤルライン）の恩恵がないと何もできないのかなぁ……」

城を飛び出して数日。

僕はシンシア帝国の城下町で途方に暮れていた。

どこの冒険者ギルドに行っても僕を採用してくれない。

普通、武器の腕か魔術の腕のどちらかを見せると冒険者として採用してもらえる。

しかし、僕はそのどちらもてんでダメだ。

入団の実力審査には〝雑用〟なんて項目は存在しない。

「さぁ～、買っていきなぁ～！」

「商人さん、これと……これも頂いていいですか？」

「おぉ、お目が高いねぇ！　最高だ！　おまけにリンゴも二つつけよう」

「え、え、いいんですか？　ありがとうございます！」

商人と町人たちの声を適当に耳に入れながら僕は町の一角の壁際に腰を下ろした。

もうお金もなくなってきた、空腹に耐えながら次の冒険者ギルドの目星をつけて、何とか入団させてもらわないと、それか雑用仕事を――

「あの、リンゴ……食べる？」

「……？」

僕が顔を上げると、緑髪の女の子が僕にリンゴを差し出していた。

思わず僕は呟いた。

「……女神様？」

「ご、ごめん、私なんて女神様じゃないよ。君のお腹の音が聞こえたから」

緑髪の彼女はそう言って笑いながら僕の隣に座った。

リンゴを一つ僕に渡すと、もう一つをかじりだした。

「私はフィオナ。君のお名前は？」

「ぼ、僕はティム……フィオナ、リンゴをくれてどうもありがとう」

「何だか落ち込んでるみたいだね？　あっ、ティム君も食べて、そしてできたら聞かせてほしいな」

フィオナは小動物のようにリンゴをシャリシャリとかじりながら僕に聞いてきた。

僕もリンゴをかじりながら悩みを打ち明ける。

「実は、冒険者ギルドに入団したいんだけど、どこにも入れなくてね……」

「ティム君も⁉　私もどこかの冒険者ギルドに入る予定なんだっ！」

「フィオナも？　冒険者になりたいの？」

「うん、私はヒーラーとして人を救いたいの。できれば、このギルドに入りたいんだけど」

そう言うと、フィオナはギルド員募集のビラを見せてくれた。

帝国一の大きさを誇るギルド『ギルネリーゼ』。

そして、そのギルド長は〝ギルネリーゼ＝リーナブレア〟。

僕の妹を救った禁術を編み出した天才少女だ。

「五大ギルドの一つだから入団するのは難しいんだけど、これだけ大きな冒険者ギルドならもしかしたらヒーラーの手が足りていないかもしれないし、困っている人がいるんじゃないかと思って……」

「そっか、フィオナは立派だね。困っている人を助けるために入団するんだから。それに比べて僕は自分のことしか考えてなかったや」

もちろん、冒険者ギルドを見ていく中で『ギルネリーゼ』は真っ先に僕の目にとまった。

【失墜（エクリプス）】を編み出したギルド長のギルネリーゼ様は僕にとって命以上の恩人だ。

僕の残りの人生は彼女への恩返しに使ってもいいくらいなのかもしれない。

でも、今の力不足な僕じゃ返せる術（すべ）もない。

「僕も『ギルネリーゼ』に入れたらいいんだけど、下級ギルドすら入れてくれなかった僕なんかじゃこんな大ギルドは無理だよね……」

「ううん！　そんなことないよ！　私だって自信はないもん！　でも私が諦めたらもしかしたら救える人を救えなくなっちゃうかもしれないし！」

「本当に凄いよ、フィオナは。僕には……とても……」

「ティム君……入団試験に何度も落ちてどうやら完全に自信を失っちゃってるみたいだね」

フィオナの言う通り、僕は完全に自信を喪失していた。

僕の才能は、単に王族の血筋（ロイヤルライン）による特権だった。

才能を失った僕には冒険者として何の価値もなかった。

フィオナは僕を同情するかのように見つめた。

そして、何だか少しだけ恥ずかしそうに視線を下に向ける。

「で、でも……ティム君にも『ギルネリーゼ』を受けてみてほしいな……」

「えっ、どうして？」

「ど、どうしてって……それは――」

「うっ、うおぇぇぇぇぇ」

僕たちが話している場所のすぐそばの路地裏から、誰かが吐いたような音がした。

「くそっ、いいところで吐いちまった……いや、ギルドの採用官はまだ手を挙げてる奴がいなかったはずだ……ここは俺様が……」

どこかの酔っぱらいが路地裏でぶつぶつと喋っている声だけが聞こえる。

「あはは、もうここを離れようか……ティム君、たくさんの冒険者ギルドに落ちちゃって辛いだろうけど頑張ってね」

「うん、フィオナ。君なら絶対に上手くいくよ、応援してる」

「ありがとう。『ギルネリーゼ』で待ってるから！　ティム君も絶対に受けてね！」

――こうして、僕はフィオナと別れた後に『ギルネリーゼ』の入団試験を受けにいった。

「以上が、僕が『ギルネリーゼ』に入団する前の話になります。ギルネ様、僕の妹を救う魔術を編み出してくださったこと、本当に感謝しています」

「…………」

「…………」

「…………」

僕が話し終えると、三人はポカーンとした表情で言葉を失っていた。

昔の僕がこんなに傲慢な人間だったと知って幻滅してしまったのだろうか。

思わず、僕の身体が震える――

「ティ、ティムお兄ちゃん……王子様だったの⁉」

「王子を殴った赤髪の冒険者って……まさかね……」

「ティム、【失墜(エクリプス)】を使用したのか⁉　何て無茶を！」

三人が同時に喋り出して交通渋滞を起こした。

取りまとめるように、ギルネ様がコホンと咳払いをする。

「ひとまず、ティムにお礼を言おう。話すのに勇気を振り絞っただろう。そして何も心配しなくていい、変わらず私はティムの味方だ」

「もちろん、私もよ！」

「私もだよ、ティムお兄ちゃん！」

「うぅ……ありがとうございます」

三人が僕を温かく受け入れてくれたことに僕は安心して、ため息と共に頭を下げた。

正直、とても怖かった。

僕はこの三人に嫌われたらもう自分を支える手段がないから。

「ただ――」

ギルネ様が人差し指の腹を僕の前に突きつけた。

「聞きたいことは山ほどある。まずはフィオナという女とはその後どうなったのか――」

「確かに、気になるわね……可愛い子なのかしら。あと、ティムの妹のアイリちゃんも詳しく！」

「お、お二人とも、最初に気にするのはそこなんですか……？」

「あはは、ティムお兄ちゃん、今夜は寝かせてもらえないかもね。私はあまり夜ふかしできないから先に寝ちゃうけど……応援してるよ！」

アイラが両手を握って僕を元気づけてくれた。

こうして、宿屋の夜は更けていった……。

第十二話　鮮血の薬草採集クエスト

――翌朝。

ティムとギルネがまだすやすやと眠る中、レイラはまだ少し眠そうに瞼を開いた。

「う〜ん、いつの間にか寝ちゃってたみたいね……」

レイラはそう呟くと、自分の両腕に違和感を覚えた。

アイラが抱きついているのだろうか。

そう思いながら左腕を見てみると……ティムが腕を掴んで眠っていた。

「えっえっ⁉　わ、私……もしかして我慢できずに手を出しちゃった⁉」

次におそるおそる右側を見ると、今度はギルネがレイラの腕を抱きしめて寝ていた。

完全に胸が腕に密着している。

「――あっ」

レイラはまたコテンと意識を失った。

「お姉ちゃん、どう？　驚いた？」

アイラがイタズラっぽい表情でレイラの顔を覗き込んだ。

一番早く起きたアイラが、寝落ちしている二人を勝手に動かして抱きつかせたようだ。

「あれ、また寝ちゃったのかな……って！　お姉ちゃん、血がっ！　また鼻から凄い血が出てるよ⁉」

この朝の騒動でティムたちは目を覚ました。


「鉄分を取らなくちゃ。それと、ビタミンCとクエン酸……レイラはまずこれを飲んで！」

僕はレイラのために大急ぎで市場から購入してきたプルーンやミカン、レモン、アボカドを牛乳と共にかき混ぜてさらにハチミツなどで味を調えた。

今朝もレイラがいっぱい鼻血を出しちゃった原因は分からないけど、失血してしまっているなら血を作る栄養素が必要だ。

僕は体内で血液を作るのに特化した特製のフルーツオレを作る。

そして、なぜかしきりに遠慮をしているレイラに渡した。

「ティ、ティム……そんなに大げさに心配しないで。私なら本当に大丈夫だから……と、というか、これは持病の発作みたいなもので――」

気丈に振る舞っているレイラをギルネ様は一喝する。

「いーや、心配だ。今日、レイラは休んだ方がいいな。剣の鍛錬はまた今度にしよう」

「お姉ちゃん、ごめんね……体調が悪いのにイタズラなんてしちゃって……」

「い、いいのよアイラ！　本当にいいの、むしろよくやったわ！」

アイラは泣きそうな顔で反省しているが、レイラはそんなアイラの頭を何度も撫でて励ましていた。

僕も妹を持つ身だ、アイラのためにレイラが毎日無理をしていたことは容易に想像できる。

なのに、すぐ剣の指導なんてさせてしまったのは、僕の考えが甘かったからだ。

きっと無理がたたって身体に異常が出ているのだろう、僕もレイラを休ませるというギルネ様の意見に賛成だった。

そのまま、部屋でみんな朝食を食べることにした。

ちょうどよいので、今朝は全員に栄養満点のフルーツジュースと『サラダバーガー』を作る。

大きな輪切りのトマト、チーズと玉ねぎたっぷりのミートソースをパンで挟んで軽くトーストしたら完成だ。

アイラは一口頬張ると、瞳を輝かせた。

「ティムお兄ちゃん！　これもすっごく美味しいよ！」

「ありがとう、アイラ。あはは、ほっぺたにミートソースがついちゃってるよ」

「――えっ？」

僕はアイラの頬のソースを指で取ると、自分の口に運ぶ。

うん、ソースも美味しくできてる。

僕が心の中で満足していると、アイラはなぜか顔を赤くして「ありがとう……」と呟いた。

その様子を見ていたギルネ様も『サラダバーガー』にかぶりついた。

「――全く、アイラは子供だな。ティム、今朝の食事も最高に美味しいぞ！」

そう言ってくださったギルネ様の顔は盛大にミートソースだらけになっていた。

レイラは大笑いしているが、僕は思わず慌ててしまう。

「ギ、ギルネ様……ソースだらけになってますよ！　【洗浄(クリーン)】！」

僕が急いで綺麗にすると、ギルネ様はなにやらガッカリされた。

きっと笑わせようとしたのに僕の反応が悪かったせいだろう……。

レイラを見習わなくちゃ……！

食事を終えると、寝間着から冒険用の服に着替えた。

そして、今日の予定を考える。

剣の鍛錬以外にもできることはたくさんあるはずだ、そんな僕の考えを読んだかのようにギルネ様が僕に質問をする。

「──さて、ティム。君の『冒険者になりたい』という夢は聞かせてもらった。そのために今日は何をしようか？」

「はい、ギルネ様。今日は大衆ギルドへ行き、初めてクエストを受けてみたいと思います！」

大衆ギルドとは、ギルドに所属していない一般の人でもクエストを受けることができる場所だ。

基本的に簡単なクエストしかない。

薬草の採集から始まり、掃除やおつかいなどの雑用などでもお金を稼ぐことができる。

「レイラ、今日は宿屋で休んでて。アイラはレイラの様子を見ててくれる？」

「ティムお兄ちゃん！　任せて！」

「だ、大丈夫なんだけどなぁ……じゃあ、私は休ませてもらいながらアイラと一緒にティムが冒険者として強くなれる方法を考えておくわ」

レイラは戸惑ったような表情で僕たちの意見を受け入れた。

こうして、今日は僕とギルネ様の二人でクエストに挑戦することにした。

「ギルネ様、僕が最初に作った冒険者の服のままでいいのですか？　もっとちゃんとした防具などを買ったり──」

「ティム、はっきりと言っておこう」

ギルネ様は僕に向き直った。

「ティムの作った服はかなり頑丈だ、そんじょそこらの防具なんかよりも私の身体を守ってくれる。難しいかもしれないが自信を持ってほしい」

「ギルネ様……はい！　その服は僕の自信作です！」

昨夜の話を聞いてからギルネ様とレイラは何かと僕を元気づけようとしてくれる。

地に落ちてしまった冒険者としての自信を、僕に持たせようとしてくださっているみたいだ。

だから僕も自信を持つことにした。

ギルネ様に嬉しい言葉をいただくと、僕は宿屋のカウンターに向かう。

「では、今夜の分の宿も同じ部屋で取ってお金を支払ってきますね！」

「いや、待てティム！　私にいい考えがある」

ギルネ様は悪そうな笑みを浮かべた。


「な、なんじゃこりゃ……どこぞの王室か……？」

宿屋の主人、ダリスは僕がリノベーションした宿屋の部屋を見て一言呟いた。

実際、僕が王子のときに住んでいた王室をそのまま再現したのだ。

ギルネ様のご指示である。

「ふふん、店主よ！　まだ驚くには早いぞ！　ティム、やってやれ！」

「はい！《清掃スキル》――」

僕は宿屋の床に手を触れた。

「広域清掃術、【大掃除(エリア・クリーン)】……！」

「……？　一体何を――」

「お父さん！」

宿屋の看板娘、エマが慌てて廊下から駆け寄ってきた。

「お、お父さん！　何か急にうちのボロ宿が凄く綺麗になったんだけど⁉」

「な、なんだと⁉」

ダリスは慌てて宿屋中を見回りに行った。

そして、宿屋を一周して僕たちの目の前で息を切らしている。

「さて、店主よ！　他の部屋もこの王室のようにしてやろう！　だから代わりに私たちの宿代をタダにするのだ！　そして、今日の宿泊費もタダにしてくれ！」

「ぎ、ギルネ様！　さすがにそこまでは――」

「とんでもねぇ！　これなら宿代が普段の何倍も取れちまう！　なんなら何カ月でも住んでくれてもいいんだぜ！　俺は義理堅いんだ！」

ダリスはそう言うと、僕の手を力強く握って握手をした。

激しい手の上下運動に僕は身体ごともってかれてしまう。

「それじゃ、店主よ！　部屋を貸しておいてくれ！　私たちはクエストに出る！」

「お、お部屋、ありがとうございます！　行ってきます！」

「ああ、気をつけてな！」

「行ってらっしゃ〜い」

宿屋の親子に見送られながら、僕とギルネ様は大衆ギルドに向かった。


二人が見えなくなると、宿屋の店主、ダリスはエマに語りかけた。

「よし、エマ。あのティムって子と結婚しろ」

「お、お父さん、無理だよ……凄く可愛い女の子を三人も連れてるんだし」

「お前だって可愛いじゃねぇか、貸し切っておくから風呂場に突っ込め。『お背中を流します』なんて言って事故で身体を見せちまえば、あの義理堅そうな少年は責任取ろうとするだろ」

「さ、最低だねお父さん……。そんなことしたって幸せにはなれないよ」

「そうか？　俺は幸せになったけどな」

義理堅い男ダリスは笑いながらエマの頭を撫でた。


宿屋を出ると、大通りでは人々が頭を下げ、道を作っていた。

「リンハール王国王子、アサド＝リンハール様の出立であるぞ！　者ども、控えよ！」

鎧を着た王子の取り巻きの兵士たちが大声を上げている。

「ティム、ここは私たちも頭を下げよう」

「はい、ギルネ様」

周囲の人々に倣って、膝をつき頭を下げる。

間もなく、大通りの真ん中をマントを身に着けた青年が歩いてきた。

褐色の肌に黒髪の短髪、やや鋭く整った目元。

年齢は僕よりも年上だろうか、大人顔負けの落ち着いた雰囲気を纏っている。

腰には宝石で装飾された短剣が二本差さっていた。

そして首の後ろには……『ブベツ』の証とそれを否定するように×印で消されていた。

やや急ぐような足取りで優雅に気品をもって僕たちの前を通過してゆく。

「……あれがリンハール王国の王子ですか。凄い色男でしたね、それに首の後ろに『ブベツ』の印を消したような印がありましたが……」

「うむ、まさか王子が『ブベツ』にされるわけもないし、何か理由があるのだろうな。ティムはいずれシンシア帝国の王子を倒さなくちゃならんかもしれないからな。腕試しに戦ってみてもいいかもしれんぞ？」

ギルネ様は立ち上がると笑いながら僕にそう言った。

いつもだったら、僕は否定するだろう。

そんな、後ろ向きな自分の感情を押し殺す。

「そ、そうですね……！　ぼ、僕だっていずれは王族の血筋（ロイヤルライン）持ちに勝てるくらい強くならなくてはなりません！」

「おおっ！　いいぞ、ティム！　前向きだな！」

「そ、それは……昨夜あれだけやられればですね……」

「昨夜……？」

「覚えてらっしゃらないんですね……そ、それなら、大丈夫です！」

慌てて誤魔化すように手を振ると、僕は昨日の宿屋での出来事を想起した……。


昨夜、格安宿屋『フランキス』にて――

「ティムは一生懸命頑張っているのに報われないことが多いな」

「そうよね……凄く可哀想というか……せめて私が何かできないかしら」

「お気持ちだけで結構ですよ。僕だって昔は人の頑張りを蔑ろにしていた人間ですから」

夜もかなり深まった頃、ギルネ様、レイラとそんな話をしていた。

「親が王様なら甘えることもできないし、使用人に八つ当たりをしてしまうのは仕方がないことだと思うぞ」

ギルネ様がそう言うと、レイラも深く頷いた。

「いきなり王位継承の第一候補として周囲からの期待と責任の重圧を一身に背負ったんだものね。

さらに妹の病気まで重なって禁術を猛勉強して才能を犠牲に使用して。その努力を知らない実の父に〝落ちこぼれ〟呼ばわりまでされて……」

「しかも当時は十歳だろ、そんなの普通じゃない」

「ごめん、同じ年で禁術を編み出したギルネが言うと物凄く説得力がないわ」

ベッドで眠るアイラの可愛い寝息を聞きながら、三人で顔を突き合わせる。

そして、とても眠そうなギルネ様は突如ご提案された。

「……二人でティムを励まそう」

「……そうね、ティムを励まそう」

ほぼ寝かけているレイラもオウム返しをするように了承した。

僕はふらふらと船を漕ぎかけている二人の様子に戸惑う。

「――はい？」

「アイラを起こさないようにしないとな」

「そうね、耳元で励ますのがいいと思うわ」

「あの、お二人とも……お気持ちだけで――」

「ダメよ、ティムは少し後ろ向きすぎるもの」

虚ろな目の二人に詰め寄られ、僕は動くことができなかった。

きっと夜ふかしで二人とも脳が働かなくなっていたんだと思う。

二人は僕の両側につくと順番に囁き始めた。

「ティム、頑張って」

「がんばれがんばれ」

「偉いぞ、良い子だ」

「私たちはずっとティムの味方よ」

「ティムは凄いぞ」

「私のヒーローよ」

「髪の毛サラサラで凄くいい匂いする」

「まつげ長い、肌が綺麗、可愛い」

そんな調子で僕がのぼせ上がって倒れるまで元気づけられてしまった。

すぐに言葉なんか耳に入らなくなって、耳にかかる二人の息遣いだけでギブアップだったんだけど……。

そして、そのまま朝までみんなで寝落ちしてしまったらしい。

とにかく、二人にそれだけやってもらったんだ。

僕はできるだけ前向きに頑張らなくちゃ。


「よう！　クエストの受注希望か？」

大衆ギルドに着くと、受付の金髪男性が僕たちを迎えてくれた。

「うむ、そうだ。王子の出立に立ち会って少し足止めを喰ったがな」

ギルネ様が少しだけ顔をしかめつつ話を振った。

すると、金髪男性が事情を話してくれた。

「あぁ、どうやらさっき特級モンスターの怪鳥ガルディアがこの王国の付近に現れたという情報があったみたいでな、それでアサド王子が調査と討伐に向かわれるそうだ」

「わざわざ、王子自らが出るのですか？」

「アサド王子は差別撤廃を掲げて王位継承を目指してるからな。大物を倒して自らのレベルを上げたいんだろう。アサド王子は今、第一王子のベリアル様よりも実力が劣っているみたいだしな」

聞けば、リンハール王国の王子たちは例にもれず武闘派で、幼少時から冒険者と同じ野外でのクエストで実戦を積んでいるらしい。

僕も王子だった頃は他の王子たちと共に過酷な戦闘訓練を受けていたけど、城の闘技場を出てクエストを受けたことはなかったから驚いた。民草に混じって前線に出ていくなんて、帝国とは違って国民と統治者の距離が近いのかも。

それに差別撤廃を掲げているとは偉い人だ。

「なるほど、首の後ろの『ブベツ』のマークと×印はわざと入れてるんですね」

ぜひ聞こうと思っていたアサド王子の首の後ろのマークについて納得すると僕は頷いた。

どうやらアサド王子は『ブベツ』とされた人々の力になってくれているみたいだが、それでも差別がなくなっていないところを見るに、国政としては差別を是認しているのだろう。

権力のある人や王国の人間は皆王国に従うだろうし、アサド王子は孤独な闘いを強いられているのかもしれない。

「あぁ、そうだ。二人もクエストを受注する際には首の後ろを見せてもらうよ。可哀想だけど、『ブベツ』に仕事を回しちまうと俺たちが罰されちまう」

受付の金髪男性はため息を吐きながら僕たちの首の後ろを確認すると、クエストの一覧を見せてくれた。

「雑用から低難易度の討伐依頼まではここで受注できる。討伐した際は目的の素材を忘れずに持って帰って納品してくれよ」

「ギルネ様！　討伐依頼がありますよ！　討伐依頼！」

「ティム、討伐依頼はまだ早いと言っただろう。まずは採集依頼にしよう」

「で、ですがせっかく自信をつけさせていただいたのに……」

僕は実は少し過保護な気がしていたギルネ様に進言した。

早く、魔物の一匹でも倒して僕の男らしいところを見せたい。

僕に期待をしていただいているんだ、裏切らないように頑張らないと。

僕が心の中で意気込んでいると、ギルネ様は少し気恥ずかしそうに呟いた。

「ティム、その……できたら私との〝約束〟を思い出してほしいな……」

「――約束？　あっ！」

そうだ、僕はギルネ様と約束していたじゃないか。

恥ずかしい、僕は自分の野心ばかりにかまけてギルネ様を忘れてしまっていた。

僕たちの〝最初のクエスト〟はこれ以外あり得ない。

「お兄さん、このクエストを受けます！」

「はいよっ！　簡単な依頼だが、気をつけてな」

随分とお待たせしてしまった。

これでようやく、止められていた時計が動き出したみたいだ。

もうあのときの僕とは違う。

今度は自分の意思でこのクエストを受注し、達成してみせる。

僕たちは、「薬草採集クエスト」を受注した。


「う～ん、薬草って意外と生えていないものなんですね。近場は取り尽くされてしまったのでしょうか」

「もう少しだけ国から離れる必要がありそうだな、ここは見晴らしがいいから襲われる心配はなさそうだがティムは念のため私から離れないようにしてくれ」

「僕も、いつでも空間から剣を出せるように準備をしておきます！」

僕とギルネ様は二人でリンハール王国の南門を出て、草原で薬草を探していた。

僕を守る気満々のギルネ様に僕は慌てて戦えるアピールをする。

とはいえ、周囲を見渡せば遠方に弱そうな魔物や魔獣は見えるけど、襲ってくるような様子はない。

だから、安全に探すことはできるんだけど薬草は意外と見つからなかった。

わずかに見つかる薬草を僕は【収納(ストレージ)】しつつギルネ様と共に場所を移っていく。

「――ギルネ様、次はこの辺りの草むらを探してみましょう！」

「そうだな！　おぉ、この辺りは綺麗な花も多いな！」

ギルネ様は目を輝かせて草むらを駆けた。

とても楽しそうだ、僕と一緒にこうして出かけることを待ち望んでいたようにすら感じる。

とはいえ、薬草を集め終わらないと帰ることはできない。

薬草がなかなか見つからないことに対して僕が落ち込んでしまわないように明るく振る舞ってくださっているのかもしれないし、あまり気を使わせてしまわないように僕が早く見つけ出さないと。

僕は身を屈めて薬草を探す。

身体が泥だらけになっても【洗浄(クリーン)】ですぐに綺麗にできるので気にせず探し回った。

しばらく探して少しずつ薬草が集まってきた頃に、ギルネ様が両手をご自身の背中の後ろに隠しつつ、ソロリソロリと僕に近づいてきた。

「――それっ！」

「わっ⁉」

「あはは、ティム！　可愛いぞ！」

不意にギルネ様は僕の頭の上に何かを乗せた。

そして、僕を見て大きな声で笑う。

「うん、やはり王子様には王冠が必要だからな。しかし、ティムには花の冠の方が似合っているな！」

どうやら僕の頭の上にはギルネ様が作った花の冠があるらしい。

僕は少しだけ恥ずかしい思いをしつつ指で頬をかいた。

「あはは、ありがとうございます。でもきっとアイラの方が似合いますよ！　きっと本物の妖精（ようせい）みたいになります！」

ギルネ様の「似合っている」というお言葉に僕は些細な抵抗をみせた。

僕からは溢（あふ）れんばかりの男らしさが出ているので花の冠なんて似合わないはずだ。

少なくとも、ギルネ様にはそう思ってもらいたかった。

「確かにな！　アイラにも作って持って帰ってやろう、きっと喜ぶはずだ！　薬草はなかなか見つからないがティムと一緒だと楽しいな！」

気を使っている様子など見られない、本当に楽しそうに笑うギルネ様を見て僕は安心してため息を吐いた。

「僕も同じ気持ちです。ギルネ様、もしお疲れでしたらおっしゃってくださいね」

僕は風に揺れる草花と共に笑顔で駆け回るギルネ様を見る。

まるで絵画みたいだ、僕の瞳には今、美しいものしか映っていない。

僕のこれまで積んできた善行は全てこの景色を見るためだったと言われたら、きっと僕はもう一度見るためにいくらでも同じ行いを繰り返すだろう。

「そうだな、ティム。そろそろ少し休憩でも――」

少しだけはしゃぎ疲れたご様子のギルネ様が笑顔で息を切らす。
――しかし突如、ギルネ様は血相を変えた。
「ティムっ！」
名前を呼んで僕に飛びつき手で突き飛ばす。
僕は呆然としたままただ突き飛ばされていた。
「〝物理(プロテク)――」
同時にギルネ様が詠唱のようなものを言いかけた瞬間。
一瞬で僕の目の前を巨大な黒い影が通過した。
僕の目に映ったのは、破壊されて宙を舞う作りかけの花冠と――
――血を吐いてその何かに吹き飛ばされるギルネ様だった。
何も理解できなかった。
直後、すぐそばで巨大な何かが地面に墜落し、砂煙を上げる。
グギャアアアア!!
酷く苦しむような声と共に砂煙が晴れると、そこには傷だらけの怪鳥の姿があった。
三メートルを超える巨体が、今にも体勢を整えて再び僕に突進でもしてきそうだ。
その大きな瞳はまるで目の敵のように僕を睨みつけていた。
「――うぉぉぉおおお！」
畳み掛けるように、今度は男の雄叫(おたけ)びが聞こえた。

地面に墜落した怪鳥にとんでもない速度で走り寄る人の姿があった。

浅黒く日に焼けた肌に、黒い短髪、二本の短剣。

王子、アサド＝リンハールだ。

「医剣技、【切除（カットオフ）】！」

両手の剣を重ね合わせ、まるで一本の巨大な太刀のように扱い、回転しながら怪鳥の首を斬り落とす。

首が落ちると、怪鳥は動力を失ったかのように動かなくなった。

吹き出した血を浴びて、僕はただただ腰を抜かしてしまう。

「あ、あぁ……」

そして、這いずるようにして突き飛ばされてしまったギルネ様のもとへと向かった。

頭が働かない。

ただ、怖い。

そこに横たわるギルネ様を見るのが。

「ぎ、ギルネ様……ギルネ様……！」

僕は口から血を流したまま気を失っているギルネ様に何度も呼びかけた。

さっきまであんなに笑って、駆け回っておられたのに、今はもう動かない……。

冒険者の服も千切れてしまっている。

僕が、ギルネ様の身を守るためにお作りした服が……。

「おい、助かった！　怪鳥ガルディアの足止めをしてくれたのは君たちか！　弱らせたところで急

に方向を変えて逃げられてしまって――」

「お、お願いです！　助けてください、ギルネ様が！」

僕はすぐにアサド王子の足に摑みかかる。

そして懇願した。

お願いだ、何でもする。

ギルネ様を助けてくれ……！

「なるほど、ガルディアは彼女にぶつかったのか……。なぜ、わざわざ彼女に突進を……？」

そう言って、アサド王子が気を失ったギルネ様を見ると、なぜだかとても驚いたような表情を見せた。

「――と、とにかく原因は分からんが、ただの不幸な偶然かもしれんな。急いで傷の具合をみよう【診察(コンサル)】」

アサド王子は少しだけ頰を赤く染めると目をつむって手をかざした。

「うん、魔導師か、防衛魔術は……間に合っていないな。だが、怪鳥ガルディアは彼女にぶつかって墜落した……防具が優秀だったのか？　意識はないが、呼吸はできているな」

アサド王子は懐から小瓶に入った赤い液体を取り出し、【投薬(ブリスク)】と唱えるとギルネ様の口に液体を流し込んだ。

ギルネ様はむせることなく薬を受け入れる。

「安心してくれ、大怪我には違いないが今すぐに治療をすれば命に別状はない、壊れてしまったようだが防具が優秀だったおかげだ。薬品と回復魔術で治療できるだろう。迷惑をかけてすまなかった」

そう言うと、アサド王子は詠唱を始めた。

僕は隣で祈ることしかできない。

自分の命よりも大切な人が危険な状態なのに、僕はあまりにも無力だった。

「【診察(コンサル)】……よし、怪我自体はもう治ってるな。だが、しばらくは目を覚まさないだろう。君たちの名前は？」

「ぼ、僕はティム、このお方はギルネ様です」

「俺は王子のアサドだ。よろしくな、ティム。君に『モンスター避けの薬』をかけよう、これならギルネ嬢を抱きかかえて国まで戻ることはできるね？」

そう言うと、アサド王子は小瓶に入った透明な液体を僕の頭にふりかけた。

「怪鳥ガルディアを逃してしまったのは俺の失態だ、壊れてしまった装備は弁償しよう。ギルネ嬢が目を覚ましたらぜひ城に来てくれ、この通行証を門番に見せるんだ」

そう言ってアサド王子は僕に一枚の木札を渡した。

僕はまだ目を覚まさないギルネ様のことが心配で、アサド王子の言葉があまり頭に入ってこない。

「本当は付き添ってあげたいところだが、俺も忙しくてね。悪いが先に帰らせてもらうよ」

そう言うと、アサド王子は斬り落とした怪鳥ガルディアの首を片手で掴んで背負った。

「――君と元気になった彼女が城に来るのを待っている」

それだけを言い残し、リンハール王国の方角へと走り去る。

「……ギルネ様、失礼いたします」

残された僕は一言呟くと、眠っているように意識を手放しているギルネ様を抱きかかえた。

周囲に魔物はいなかった。

モンスター避けと言っていた薬品のおかげというよりも、おそらくガルディアの存在に気づいて周囲の魔物たちが逃げ出したのだろう。

僕はギルネ様をかかえてリンハール王国の宿を目指した。

――強い自責の念と、目を覚まされないギルネ様への不安に駆られながら。


「ギ、ギルネ⁉　大丈夫なのっ⁉」

「ギルネお姉ちゃん、死んじゃやだよ～！」

僕が意識の戻らないギルネ様をかかえて帰ると、レイラとアイラは大騒ぎだった。

心配はないはずだと僕は二人に伝える。

とはいえ、僕自身も非常に不安だった。

アサド王子は怪我は治っていると言っていた。

でももし、もしもこのまま意識が戻らなかったら……。

「レイラ、お医者さんを呼ぼう！」

「わ、分かった！　あ、でもフリーランスの医術師は凄い高額だからお金を持ってないと来てくれないかも――」

「じゃあ、場所を教えてくれ、僕が連れてくる。頼み込んで、それでもダメだったら無理やり引きずってでも――」

「ほら、金だっ！　お嬢ちゃんは大急ぎで医術師のもとへ向かってくれ」

ダリスさんが息を切らして部屋に入ってくると、そう言って握りしめた大金をレイラに渡した。

「ダリスさん!?　わ、分かったわ！」

そして、レイラはすぐに走っていった。

「すみません、ダリスさん。必ずお返しします」

「馬鹿野郎、ガキが変なこと気にしてんじゃねぇ。エマが慌てて俺の所に来て言ってきたんだ、『お父さん助けて！』ってな。コレ以上の理由はいらねぇ」

ダリスさんは僕の背中を叩いた。

やがて、レイラが医術師の先生の腕を引っ張ってこの部屋まで連れてきた。

僕はとにかく急かしたい気持ちを抑えて、声を殺し、医術師の先生がギルネ様の診察を終えるのを祈りながら待った。

「――ふむ、問題ありませんね。完治しております。急速に回復させたため、体力を消耗して眠っているだけです。そう時間がかからないうちに起きるはずですよ」

「ほ、本当ですかっ!?」

「えぇ、責任を持って断言いたします。診察だけでお代をいただくことになってしまうのでそれくらいは」

僕は安心してため息を吐いた。

よかった、ギルネ様は助かる。

今はただ眠られているだけだ。


医術師の先生が帰ると、僕はギルネ様のベッドの隣にイスを用意して座った。

レイラとアイラは隣のベッドに座ってずっと心配そうに見つめている。

「……ティム、私とアイラはそろそろお風呂に入ってくるね」

夜が深まり始めた頃に、レイラはアイラの手を引いて僕に話した。

「うん、レイラはのぼせないように気をつけてね」

「ティムお兄ちゃん、ギルネお姉ちゃんはきっと目を覚ますから。心配のしすぎもダメだよ？」

「ありがとう、アイラ。僕がギルネ様を見ていたいだけだよ、もう心配はしてないから安心して」

きっと思いつめた表情をしてしまっていたのだろう。

アイラに心配されてしまった。

それでも自分の無力さに、情けなさに、後悔が尽きない。

僕の自信作だった装備はギルネ様を守れなかった。

あの弱った魔物がただ突進しただけで壊れた。

ギルネ様は僕を守る際に隙ができて、防衛魔術で自分の身を守ることもできず、大怪我を負ってしまった。
そんなギルネ様に……僕は何もすることができなかった。
もし、アサド王子がいなかったら？
アサド王子が助けてくれてなかったら？
僕は考えるのが怖い。
きっと、ギルネ様はもう冷たくなっていた。
ギルネ様がギルド長だったときは強力な神器や宝具を装備していた。
きっとその頃なら今回の危機も上手くやり過ごすことができたのだろう。
でも、ギルネ様は僕を信じてその全てを放棄してついてきてくださった。
〝僕の能力〟を信じて……。
僕はいまだに目を覚まさないギルネ様を見つめながら考える。
──僕の目標はシンシア帝国の王子たちの考えを改めさせることだ。
きっとあの怪鳥を討伐したアサド王子と同等かそれ以上の実力を持っている。
一方の僕はどうだ？
全く上がらない実力。
ステータスもスキルも最低レベル。
唯一の取り柄だった《裁縫スキル》で作った装備も簡単に壊れてしまった。
あんなに……ギルネ様は期待してくださっていたのに……。

どんなに努力しているつもりでも無力な僕は期待を裏切ることしかできない。

「僕には……無理だ……」

あまりにも無謀な自分の夢に、つい呟いた。

自分一人で死ぬだけならまだいい。

でも、僕はすでにギルネ様を巻き込んでしまっている。

ギルネ様に、死ぬかもしれないような大怪我までさせて。

僕は守られて、祈ることしかできなかった。

でも……もう引き返せない。

ギルネ様が失ったものは戻ってこない。

ならば、僕にできることは一つだけ。

〝僕がギルネ様に失わせてしまった幸せをお返しすること〟だ。

ギルネ様が幸せに、健やかに暮らして、幸福な人生を送れるように僕がお手伝いをする。

僕がお金を稼ぎ、レイラやアイラのようなご友人をたくさん作り、いつかギルネ様が素敵なお相手とご結婚されたら召使いとして仕えさせていただく。

妹の命を救ってくださったギルネ様が幸せになれるよう僕の人生を捧げる。

僕の力でできることなんて、よくてその程度だったんだ……。

夢から目を覚まそう、このままじゃ僕はいつかギルネ様を死なせてしまう。

――こうして僕は人知れず冒険者の夢を諦めた。

第十三話　夢を忘れた君と二度目の誓いを

「レイラとアイラ、そしてティム！　心配をかけてしまったな！　私は元気になったぞ！」

翌朝、ギルネ様は目を覚まされた。

そんなギルネ様を僕たち三人は取り囲む。

「ギルネ！　大丈夫？　痛む所はない？」

「ギルネお姉ちゃん～！　よかったよ～！」

「ギルネ様……！　本当に……本当によかった……！」

レイラがギルネ様の身体を確認する傍ら、思わずアイラと一緒に涙を流してしまう。

もう男らしさなんて気にしてられない、ただギルネ様が目を覚まされたことが嬉しくて堪らない。

涙を拭(ぬぐ)うと、僕はギルネ様に経緯をお話しした。

モンスターが突進してきたこと、そしてアサド王子が助けてくれたこと。

全てを聞き終えると、ギルネ様は腕を組んで深く頷かれた。

「――そうか、大変だったな。それはそうと、次は〝ティムの番〟だ！」

「はい……？」

ギルネ様のおっしゃる意味が分からずに僕は首をひねった。

少し怒ったような表情でギルネ様はそんな僕に顔を近づける。

僕は目前に迫ったその美しいお顔を直視できずに思わず視線を逸らした。

「どうせ寝ている私のことをずっと見守っていてくれたんだろう？　目の下に小さなクマができているぞ」

「あっ、そうなんだよギルネお姉ちゃん！　私たちが寝てって言っても全然聞いてくれなかったの！」

アイラが告げ口をするように頰を膨らませてギルネ様に報告すると、レイラは呆れたようにため息を吐いた。

「全く、ティムは心配性なんだから」

そう言って笑うレイラを、ギルネ様はじっとりとした目で見つめた。

「レイラ、君の目の下にもクマができてるぞ。眠れなかったんだな？」

「うっ……バレたか」

レイラは冷や汗を流しながら頰をかいた。

僕はギルネ様のことばかり見てしまっていて気がつかなかったけど、確かにレイラの目元も少し黒い。

「あはは、レイラもギルネ様が心配だったんだね」

「違うよティム、レイラはきっと君のことも心配していたんだ」

ギルネ様がそう言って微笑むと、レイラは顔を赤くした。

そうか、僕も心配をかけてしまったのか。

こんなんじゃダメだ、これからは誰にも心配をかけないようにちゃんと笑顔で頑張らないと。

「アイラ、病み上がりの私の面倒をみてくれるか？」

「うん！　任せて、ギルネお姉ちゃん！」

アイラは胸を張った。

ギルネ様がアイラの面倒をみてくださるようだ。

「アイラもこう言ってくれていることだ、二人とも安心して眠ってくれ」

「ありがとう、ギルネ。アイラ、ギルネを困らせちゃダメよ？」

「せめて、お食事だけでも……って僕が保存しているのは牛のお肉くらいしかありませんね」

「さっきエマが私たちの食事を作ってくれていたわ。ご厚意に甘えましょう」

こうして、僕とレイラは安心して眠りにつくことができた。


「ティム、おはよう」

「ティムお兄ちゃん、おはよう！」

「ギルネ様、アイラ、おはようございます」

僕が目を覚ますと、アイラが駆け寄ってきた。

部屋の机の上には本とペン、紙切れが置いてある。

ギルネ様がアイラに読み書きを教えていらっしゃったらしい。

「ティムお兄ちゃん、見て見て！　私、みんなの名前が書けたんだよ！」

「本当だ、上手く書けてるよ。アイラ、頑張ったなぁ」

「えへへ～、頭撫でられるの好き～」

アイラは自分の名前を書いた紙を見せてくれた。

僕は妹の小さい頃を思い出しながら頭を撫でる。

なぜか僕とレイラの名前の間には小さくハートマークが書かれていた。

「レイラは……まだ寝ているんですね」

「私とティム、二人分の心配をしていたからな、よく眠っている」

「よかった、安心している表情ですね」

僕は隣のベッドで安らかに寝ているレイラを見て微笑んだ。

「今日の宿泊客が他にいるか聞いてくるよ。これだけ寝ると二人は夜も元気いっぱいだと思うから
な、あまり騒がしくもできないかもしれん」

ギルネ様が笑いながら部屋を出てゆく。

すると、アイラが近寄ってきて、僕の耳元で囁いた。

「ティムお兄ちゃん、寝てるお姉ちゃんには何をしてもいいからね。私、絶対に何も言わないし。

多分、お姉ちゃんは何しても起きないから！」

「あはは、アイラはいたずらっ子だなぁ」

僕はみんながすっかり元気を取り戻したことに安心しつつアイラの頭をポンポンと叩いた。

「あっ、も、もちろん私にもいいからねっ！」

「じゃあ、アイラが寝てるときにおでこにミカンでも乗っけようかな。口元に近づけたら寝ながら食べたりして――」

僕が悪巧みをすると、アイラは少し不機嫌そうに頬を膨らませた。

「ティ、ティムお兄ちゃん、そういうのじゃなくて――」

「――今日の宿泊客はダリスが断っていた、私たちの貸し切りだそうだ。宿屋が新しくなって客が殺到していたが、私たちに気を使ってくれたのだろう。全く、どこまでも義理堅い男だ」

ギルネ様が戻られると、アイラは何やら慌てるように僕から離れていった。


さらに翌日、僕たちがこの国に来てから今日で三日だ。

僕は四人分の朝食を作る。

食材は朝の市場で買ってきたものだ。

もう、いよいよお金がない……。

でもギルネ様の快気祝いだ、お金は僕がいくらでも稼げばいいし今朝は少し贅沢をしよう。

僕は市場で買ってきたアサリを取り出すと、【洗浄（クリーン）】を使い砂抜きをして下処理をする。

シンシア帝国と同様にリンハール王国でも海産物は高級だけど、魚じゃなくて貝くらいなら何とか手が届く値段だ。

さらに僕は何とか値段を交渉して安く譲ってもらえた。

エプロンの紐を締めて、いざ調理を。

まずは深めの鍋にアサリと白ワインを入れたら蓋をして蒸し煮にする。

その間にベーコンを幅一センチで切り、玉ねぎは粗いみじん切り、ニンジンとジャガイモは一センチ角で切っておく。

鍋の蓋を開いたら、ちょうどよい感じにアサリの殻が開いていたので一度鍋の中身を全て取り出して、煮汁とアサリは分けて置いておく。

こんどは鍋にバターを落として、先ほど切った具材を全て投入。

全体にバターが絡んだら小麦粉を入れて、粉っぽさがなくなるまで炒める。

ここで僕はとある茶色いブロック状のものを取り出した。

アイラにお粥を作ったときに取っておいた栄養満点の出汁を僕の《料理スキル》の【凍結乾燥(フリーズドライ)】で固めたものだ。

このスキルで乾燥させたものは栄養もほとんど損なわずに水かお湯で元に戻すことができる。

この〝出汁を固めたもの〟は料理を作る際によく使えそうなので、僕は『コンゾメ』と名付け、いくつかを収納して確保しておいた。

この『コンゾメ』を先ほど分けて置いておいたアサリの出汁と水と共に鍋に投入。

蓋をして弱火で煮る。

最後に牛乳とアサリを入れて一煮立ちさせたら、塩胡椒で味を調えて平たいお皿によそって刻んでおいたパセリを散らす。

僕が王宮で教えてもらった料理『グラムチャウダー』の完成だ。

具だくさんの食べるスープはきっと心も体も温めてくれるだろう。

僕が用意したスープを見てレイラが驚きの声を上げた。

「こ、これ貝よね！　凄い、海産物なんて食べるの幼少期以来だわ」

「お姉ちゃん、貝って何？」

「あぁ、アイラは初めてよね。外には海っていう大きな塩の湖があって――」

レイラがアイラに説明を始める。

よかった、どうやら喜んでくれたみたいだ。

「市場でたまたま安かったので今朝はご馳走です」

テーブルに着きながら僕がギルネ様にそう言うと、ギルネ様は僕に顔を近づけて囁いた。

「ティム、ありがとう。私の快気祝いのつもりなんだろう？」

ギルネ様はお見通しだという表情で僕に笑いかけてスープを口に運んだ。


「ティム、今日こそ薬草採集のクエストを成功させようか。前回は思わぬ邪魔が入って失敗してしまったからな」

「私もついていくわ、アイラはエマが面倒をみてくれるみたい」

「エマお姉ちゃんのお手伝いをするんだ〜！　ティムお兄ちゃん、貝って、初めて食べたけど美味しいね！」

ギルネ様とレイラ、アイラが朝食を幸せそうに頬張りながら僕に言った。

言わなくちゃ……。

「冒険者は諦める」って。

「僕には大それた夢だった……」と。

僕は決意を固めようとして口を開いた――

「……それより先にお金を稼ぎましょう。薬草採集のクエストはあまりお金になりませんから、僕が雑用クエストで稼いできます。僕がやればたくさん仕事が受けられますので。ダリスさんにお借りしたお金も優先してお返ししなければなりません」

僕の口からは言い訳をするようにそんな言葉が出てきた。

二人の、僕への期待の表情を見ると言い出すことができなかった。

でも、間違ってはいない。

お金を稼いでおくのは重要なことだ。

「そうだな！　ティムもあんなに怖い思いをした直後だ、少し時間を置いてからでもいいだろう」

「そうね、私も働けるようになったはずだから何か仕事を受けてみるわ！」

二人が僕の言葉に納得してくれたことに心の中で安堵する。

そうだ、冒険者を諦めるなんていつ言ってもいいんだ。

別に今日でなくてもいい。

「お二人のうちのどちらかはアイラの面倒を見てあげてください。全員でいなくなってしまうと寂しい思いをするはずです」

「――私は大丈夫だよ！」

アイラは僕の服を摑んでそう言ってくれた。

でも、もう旅の目的はなくなったんだ。

アイラに我慢をさせてまで急ぐ必要はない。

「ギルネ様、アイラに読み書きを教えてあげてくれませんか？　アイラも文字が書けたり、本が読めるようになったら助かりますので」

まるで、自分の冒険者生活に役立てるかのように僕はそう提案する。

「あぁ、分かった！　アイラ、今日は私と一緒だな」

「ティムお兄ちゃんの助けになるの⁉　なら、頑張る！　ギルネお姉ちゃん、よろしくね！」

僕はアイラの将来も考えた。

スラム街で苦しい生活をして、教育なんか受けられていないはずだ。

貝だけじゃない、アイラにもっといっぱい美味しいものを食べさせて安心できる生活をさせてあげたい。

もう二度と飢えることなんてないように。

「読み書きの勉強なら、図書館があるわよ。入館は結構お金がかかっちゃうから、私も仕事をしてもう少しお金を稼いだら連れていってあげるわね」

「おぉ、図書館はいいぞ！　アイラ、いっぱい文字を覚えて本を読みに行こうな！」

幸せそうな表情でアイラを撫でるギルネ様を僕は微笑ましく見つめた。


――一日後。


「――ティム、聞いてくれ！　レイラが私とお風呂に入ってくれないんだ！　何か『ギルネを汚したくない』とか言って……風呂は汚れを落とす場所なのにな」

レイラがいない室内で、ギルネ様はアイラをかかえたまま僕に相談をしてきた。

そんな悩みを聞くとアイラが反応する。

「あ～、お姉ちゃんは昔から人前で裸になるのは苦手みたいなんだ。私と水浴びとかできるようになったのもつい最近で……」

「そういう人もいますよね……レイラは何かと心配性ですし、意外と繊細な性格なのかも――」

僕がそう言った直後、遠くからバキッと何かが折れるような音がした。

「あぁっ！　ティムー！　ドアノブを捻ったら力の入れすぎで壊しちゃった……悪いんだけど、こっちまで直しに来てくれる～？」

「――すみません、僕の気のせいだったようです」

繊細とはほど遠いレイラの失敗にギルネ様とアイラはお腹をかかえて笑い出した。

僕もレイラの怪力に呆れながら笑ってしまう。

そして、呼びかけられたレイラのもとへと、僕は向かった。


——四日後。

「《清掃スキル》【大掃除（エリア・クリーン）】！　あと、この巨大な包みをそれぞれ外の馬車に乗せればよいんですね？　《整理整頓スキル》【収納（ストレージ）】……解除っと！　これでご依頼の仕事は終わりです！　ご確認ください！」

僕はお金を稼ぐために今日も雑用依頼を受けていた。

依頼主のロンメルさんはシルクハットを脱いで驚きの表情を浮かべる。

「す、素晴らしい……埃だらけで、誰もが清掃を拒否した蔵が一瞬でピカピカに……運び出すと何十人の手でも日没までかかると思っていた作業が一瞬で……ティム君といいましたね!?　驚きの仕事ぶりです！」

リンハール王国の大商人の一人——ロンメルさんのお屋敷の蔵掃除を終わらせた。

僕の仕事ぶりを見て、ロンメルさんは驚くと共に凄く褒めてくれる。

「ささ、時間も大いに余りましたし。ぜひともうちでお茶でも飲んでいってください！　家内と娘を紹介します！」

その後、興奮冷めやらぬ様子のロンメルさんに僕は居間に通された。

僕は遠慮をする隙すら与えられずに両肩を掴まれてしまったので抵抗はできなかった。

そのまま大きな応接間のソファーに座らせられる。

「ティムさん……でしたよね？　お仕事お疲れ様です、実は心配で家の中から見ておりました！　本当に一人でこんなに無茶な依頼を出来るのか不安で……」

そう言って、僕と同じくらいの歳の品の良さそうな娘さんがお茶を持って来てくださったので、僕は少し緊張しながらいただいた。

「リラよ、まだまだ人を見る目が甘いな！　そんなんじゃ私の跡を継ぐ大商人の妻としてやっていけないぞ？」

「——あら、お父様ったら！　お父様だってティムさんが一人で来た時に一番疑ってたじゃないですか！　つきっきりで仕事の監視までして！」

「だ、だってこんなに非力そうな少年が一人でやり遂げてしまうなんて思わないだろう！　倉庫の商品を盗まれる可能性だってある！」

「こんなに人が好さそうなティムさんがそんなことするわけありませんわ！　全く、申し訳ございません、ティムさん、失礼な父で」

「い、いえっ！　構いませんよ！　気を悪くはしませんから！」

「あっはっはっ、ティム君の懐の深さに感謝だ」

娘のリラさんが怒ると、ロンメルさんは全く反省していない様子でリラさんの頭を撫でた。

リラさんは「子供扱いはやめてください！」と頬を膨らませる。

「――あら、ダメよティムさん、この人を甘やかしたら」

今度はロンメルさんの奥さんと思われる人がお茶菓子を持って部屋に入って来た。

「蔵だってこまめに清掃を頼んでいればこんなに酷い仕事をティムさんに頼む必要もなかったんだから。貴方には色々と反省をして貰わないと！」

そう言ってロンメルさんを睨みつけた後、奥さんは僕の前に山盛りの焼き菓子を置いた。

「お菓子を用意したから良かったら食べてね。ティムさんは甘い物は好きよね？　いっぱい食べて大きくなってね」

「まっ、お母様までティムさんを子ども扱いして！　全く、申し訳ございませんティムさん。ですが、お菓子作りはわたくしも手伝いましたの。よろしければお召し上がりになってください」

リラさんはそう言って僕に微笑みかける。

みんなで笑い合うと、ロンメルさんが報酬の話を始めた。

「さて、じゃあ達成報酬ですね。約束通り、娘のリラをティム君にやりましょう！」

「――っ!?　ゲホッゲホッ！」

ロンメルさんの冗談に僕は紅茶を吹き出しそうになってしまった。

リラさんは顔を真っ赤にしてロンメルさんの胸元に拳を打ちつけている。

「リラをやるのは次の仕事の達成報酬ですね。今回の達成報酬はこちらです、数えてください」

そう言ってロンメルさんは僕にお金の硬貨を渡す。

数えて、僕は首をひねった。

「あ、あれ？　報酬は八千ソルじゃなかったんですか？　一万ソルもあるんですけど……」

「はい、ティム君が一人で来たときに疑ってしまいましたからね、『本当に一人で終わらせられるんですか？』って。そのお詫びと、想像以上に早く、綺麗にしてもらいましたから。色をつけておきました」

そう言ってロンメルさんは、僕の仕事に満足してくれた様子で僕に握手をする。

「あ、ありがとうございます！　僕も立派なお屋敷と蔵を見せていただけて嬉しかったです！」

僕がそう言うと、気を良くしたロンメルさんは笑いながら僕の肩を叩いた。

「ティム君の仕事っぷりなら家くらいすぐに買えるようになりますよ！　若いのにしっかりしてます。私は不動産も扱ってますから、リンハールで家を買いたくなったらここに相談しにきてください！」

「あ、あはは、そうですね……考えておきます」

僕はそう言ってロンメルさんのご家族を見た。

とても幸せそうだった、きっと誰もが夢に見るような生活がここにあるのだろう。

ギルネ様も、きっとこんな生活を……。


「――お茶とお菓子も大変美味しくいただきました！　ありがとうございます！」

思わぬもてなしを受けてしまった僕は屋敷の入り口で深々と頭を下げる。

「ティ、ティムさん……！　またいつでも来てくださいね！」

リラさんが僕に耳打ちをして頬を赤く染めた。

――七日後。

今日の分の雑用クエストを全て終えて、大衆ギルドに戻る。

すると、レイラがギルドの入り口で僕を待っていた。

レイラも毎日僕と同じように雑用依頼をこなしてお金を稼いでくれている。

僕とは違って力持ちなので荷物の運搬などの雑用クエストを受注して主に力仕事をしているみたいだ。

あまり危ない仕事はしてほしくないんだけど、レイラは無理をしてしまいそうで実は少しだけ心配だ。

「ティム、今日もお仕事お疲れさま！　そろそろ、剣以外の武器も試してみる？　冒険者になるならやっぱり自分に合う武器を見つけないとね！　あっ、もちろん疲れてなかったらだけど……」

レイラは満面の笑みで僕にねぎらいの声をかけてくれた。

僕も笑顔を作ってレイラに答える。

「レイラもお疲れさま。そ、そうだね……僕には剣は難しかったみたいだから他の武器を試すのもいいかも……」

僕はいまだに伝えられていなかった。

冒険者としての夢は諦めてしまったことを。

言わなくちゃ……そう思っていても臆病な僕の心は問題を先延ばしにしてしまう。

「――でも今日は……スラム街の様子を見に行って、同時にあの一帯を清掃してこようと思ってるんだ。まとまったお給料も入ったから食材を買って、ご飯も作ってこようと思って――」

せっかくのレイラの提案を、僕は断った。

「そうね！　それは凄くいいことだわ！　ティムは自分の事よりも人のことを優先できてとても偉いわね！」

「あはは……ありがとう……」

そんな僕の愚かな考えなど一切疑うことのない、純粋で心優しいレイラは目を輝かせて僕を褒めてくれた。

「私もついていくわ、何か手伝えるかもしれないし！　ギルネたちにも声をかける？」

「ギルネ様とアイラは図書館で勉強中だろうし、邪魔しちゃ悪いよ。二人で行こう」

「そっか、えへへ、じゃあその……二人きりね！　がんばって『ブベツ』だったみんなや苦しんでる人たちを助けにいきましょう！」

レイラはなにやら少しだけ頬を染めると嬉しそうに拳を握った。

そしてスラム街へと向かう道中、レイラは楽しそうに僕が強くなるための方法をたくさん話してくれた。

僕が冒険者になれるように、きっと仕事中もずっと考えてくれていたんだと思う。

レイラはまるで自分の夢でも語るかのように冒険者としての僕を応援してくれる。

そのたびに胸がとても苦しくなった。

――十日後。

宿屋の入口にあるテーブルで僕たちはお茶会をしていた。

美味しそうに紅茶を飲むと、ギルネ様は興奮したように口を開いた。

「ティム、アイラはもう読み書きを完璧に覚えたぞ！　さらに他種族言語まで学び始めてる！　天才かもしれん！」

ギルネ様の言葉に姉であるレイラは自慢げに腕を組んだ。

「当たり前でしょ！　アイラは天才よ、もうすでに私がアイラに読み書きを教えてもらってるくらいなんだから！」

「えへへ～、これでティムお兄ちゃんの役に立てるかなぁ？」

アイラは嬉しそうにすると、頭を撫でてほしそうに僕に頭を差し出した。

「ギルネ様とアイラの努力の賜物（たまもの）ですよ、よしよし。そして、レイラも読み書きができなかったのか……」

僕がアイラの頭を撫でていると、その様子を見てレイラは何やら恥ずかしそうに僕に耳打ちをしてきた。

「ティ、ティム……私も読み書きができるようになったら頭を撫でてほしいな……」

「えっ、うん。別にいいけど？」

何てことのない頼みに僕は少し戸惑いつつも了承する。

するると、レイラは何やら興奮して紅茶を一気に飲み干した。

「や、約束ね！　よし、アイラ！　私に読み書きを教えて！　早く！」

「お、お姉ちゃん！　分かったから引っ張らないで！」

レイラは上機嫌でアイラを自分たちの部屋へと連れていく。

そんな様子を微笑ましく見つめながらギルネ様が僕に語りかける。

「ティム、もうそろそろ明日はクエストに挑戦しようか？」

「ま、まだダリスさんにお金もお返しできていないので、もう少し後にしましょう！」

不意に呟かれたギルネ様のお言葉に僕は用意していた言い訳を使った。

本当はいつだってお金を貯めることはできる。

ただ、僕がこの生活をやめたくないだけだ。

「私が毎日アイラを連れて図書館に行って、入館料を払ってしまっているからな。分かった、別に急ぐ必要もないんだ。クエストはティムのタイミングでいいぞ」

「……はい、そうですね……」

僕を冒険者として応援し続けてくださっている。

そんなギルネ様の表情を僕は見ることができなかった。

――十八日後。

「ティムお兄ちゃん！　本当にありがとう！　私、一生大切にするね！」

アイラはそう言って、僕が買ってあげた本を幸せそうな表情で抱きしめた。

今は宿に向かって二人で手を繋ぎながら大通りを歩いている。

「あはは、アイラは大げさだなぁ。ずっと本を持ってるのは大変だし、僕が【収納】でしまっておいてあげるからそのときは声をかけてね」

「大げさじゃないよ！　魔術書って凄く高いんだから！　ティムお兄ちゃんがいっぱい働いて買ってくれたものだもん！」

そう言ってアイラは天使のような笑顔で僕に微笑む。

「アイラが喜んでくれるならそんなのどうってことないよ！　アイラが幸せなら僕も嬉しいから！」

僕がそう言うと、アイラは本を持ったまま僕の腕に身体を絡めてきた。

そして、目をつむって僕に頭を預ける。

「ティムお兄ちゃん。私、今凄く幸せなの！　病気で身体も動かせなかった頃を考えると夢を見てるみたい！　ギルネお姉ちゃんがいて、ティムお兄ちゃんもいて、凄く嬉しいんだ……」

「僕も幸せだよ。レイラやアイラと出会うことができて本当によかった」

そうだ、アイラだって幸せに思ってくれている。

ずっと、このままこの時が続けばいい……。

わざわざ自分たちから困難に立ち向かう必要はないんだ。

「――でも、何よりもね！　ティムお兄ちゃんの助けになることができたら嬉しいな！」

「僕の……助けに？」

僕はアイラの言葉を聞き返した。

「うん、ティムお兄ちゃんには夢があるでしょ？　私の夢はもう叶（かな）えてもらっちゃったから、今度は私がティムお兄ちゃんの夢を叶えるためにお手伝いをするんだ」

「……アイラ、そんなに頑張らなくてもいいんだよ？」

「違うの、ティムお兄ちゃん。私もたくさん本を読んでいて、分かったことがあるの」

アイラは一度僕の腕から離れると、僕に向き合った。

「昔はね、私とお姉ちゃんがちゃんとご飯を食べられて、安心して眠ることができて……それが一番の幸せだと思ってた――」

アイラは僕の目を真っ直ぐに見つめる。

「でも、ティムお兄ちゃんが世界を広げてくれて分かったの。寝ることも、食べることも忘れちゃうくらい何かに夢中になって、夢を追いかけることもそれ以上の幸せだって。ティムお兄ちゃんと同じ夢を追いかけさせてもらうのは私にとって凄く幸せなことなんだよ！」

「僕の……〝夢〟……」

少し考えると、僕はアイラの頭を撫でて微笑んだ。

「アイラが幸せなら今のままで凄く助かっているよ。〝僕の夢〟はそういうものだから」

「………そっか！　分かった！」

アイラはなぜだか少し、悲しそうに微笑んだ。

――二十一日後。

みんなで朝食を食べ終えると、レイラがギルネ様に話しかけた。

「ギルネ、今日から私がアイラを連れて図書館に行ってもいい？」

「うむ、もう私に教えられることはなさそうだ。アイラがレイラに色々と教えてあげた方がよさそうだな」

「アイラは他種族の文字も読めるのよね？」

「あぁ、信じられない速度で覚えていったぞ。もう私よりも多くの文献を読解できる。『ビブリオフィリア』というやつだな」

そんな二人の話を聞いて、僕は提案する。

「お仕事は僕一人で大丈夫ですから、三人で図書館に行っていいですよ！」

「いや、私は魔術の鍛錬をするよ。たまには使わないと身体がなまってしまうからな」

そう言って軽く身体を伸ばすギルネ様に、僕は胸を叩いてお声をかけた。

「分かりました！　お金のことはどうか心配せず、お好きになさっていてください！　お食事を作りにお昼には一度戻ります！　そのときに【手もみ洗い(ハンドウォッシュ)】をしましょう、鍛錬の汚れや疲れが取れるはずです！」

「あはは、至れり尽くせりだな。……ティムも無理はしないようにな」

「はい、ありがとうございます！　ですが、僕は無理なんてしていません！　しっかりと休んで、仕事をしていますから、心配はご無用です！」

僕は元気な身体をアピールするように両手で握りこぶしを作った。

しかし、ギルネ様はなんだか心配をするような目で僕を見つめる。

「……ティム、自分では意外と気がつけないものなんだ。〝身体〟は無理をしていなくても、〝心〟が無理をしてしまっている場合もある」

「……心が？」

ギルネ様のお言葉に僕は少しだけ首をひねった。

僕は心も満たされているはずだ。

みんなが無事で安全で、僕はギルネ様のために尽くすことができる。

何の問題もない、僕は自分の夢を叶えられている。

「――あっ！　そろそろ大衆ギルドが開く時間なので僕は出発しますね！」

僕は作業着を着ると、クエストを受けに行くために宿屋を後にする。

「ティム……、待っててね」

レイラのそんな呟きが、聞こえたような気がした……。

——二十七日後。

夕食を食べ終え、入浴をすませた後部屋に戻ると、いつもは寝るまで部屋に一緒にいるレイラとアイラがいなかった。

「——ギルネ様、レイラとアイラはどちらに？」

「二人ともまた図書館に行ったよ。最近、なんだか熱心に調べ物をしていてな。今夜は遅くなるらしい」

「そうなんですね……迎えてあげられないのは寂しいですが、あまりに遅いようでしたら先に寝てしまいましょうか」

「あぁ、ティム。今夜は二人きりだな」

「そ、そうですね……」

そんな、他意のないギルネ様の言葉に馬鹿な僕は頬を染めた。

「ティム、そんな所に立っていないで私の隣に座ってくれ」

そう言っていつかのようにギルネ様は腰掛けているご自身のベッドの隣を手でポンポンと叩いた。

僕は誘いに応じて緊張しながら座った。

そして、二人でベッドに腰かけながら僕とギルネ様はしばらく話し合っていた。

「——ずっとこの宿の二部屋を貸してもらうのも悪いですし、住まいを購入するのもいいかもしれませんね。そうしたら、ダリスさんとエマも呼んでパーティをしましょう！　ロックや行商人の皆さんは忙しいかもしれませんが、次に会ったときには話をしておきます！」

「あはは、じゃあもっともっとお金を稼がないとな」

「任せてください！　ギルネ様のためならいくらでも働きますよ！」

僕は胸を叩いた。

ギルネ様に相応しい大きな家を買おう。

庭に噴水を作って、大きな木も植えて、書庫も欲しい。

きっとアイラが喜ぶはずだ。

「アイラは本当に賢くなりましたね。このままお金を稼いで学校に入れてあげるのはどうでしょう？　アイラならきっと宮廷学者にだってなれます」

「ふふ、そうだな。アイラの将来が楽しみだ」

「でもレイラは勉強が苦手みたいですね、僕といい勝負だ」

「あはは、本当に学校が必要なのはレイラとティムなのかもしれないな」

そう言って笑うと、ギルネ様は僕の肩に頭を預けた。

幸せそうな表情だ。

ずっとずっと……この時が続けばいい。

ギルネ様が危険に晒されず、幸せな時が……。

「ティム、この国に来てから一カ月が経ったな。〝君の夢〟はなんだ？」

「ギルネ様、僕の夢は僕のできる限りでギルネ様が幸せになるお手伝いをすることです」

「ふふ、そうか。私がいるから……な」

「はい、僕もギルネ様と共にいられて幸せです」

「……そうか。よし、ティム。もう寝ようか！」

立ち上がると、笑顔で僕にそう言った。

ギルネ様も生活に満足してくださっているようだ。

もう僕の口から言うまでもないだろう。

冒険者になんてならなくていい。

ご自身のベッドに潜り込むギルネ様を見届けると僕は部屋の明かりに手をかける。

「では、消しますね」

「あぁ、ティム――」

「何ですか？　ギルネ様？」

僕は呼びかけられたギルネ様の方を見た。

ギルネ様は布団から少しだけ顔を出して僕に微笑む。

「いつもありがとうな……」

「僕の方こそ、感謝しています。ギルネ様と共にいさせてもらっていることを……では、明かりを消しますね」

こうして、宿屋の一室が暗くなった。


――二十八日後。

早朝。

ベッドからギルネ様がいなくなっていた。

ギルネ様がいない……。

原因が何も分からないまま周囲を見回すと、部屋の机に置かれた手紙に気がついた。

嫌な予感を感じながら、僕は震える手で机に残された四つ折りの綺麗な手紙を掴み、開いてゆく。

――コトンッ。

そのとき、手紙に包まれていた〝何か〟が机に落ちる。

それは僕がニーアから取り返した、ギルネ様が大切にされていた赤い宝石の指輪だった。

僕は怯えるように開いた手紙に目を落とした。

〝ティム、突然ですまない。だが、私がいる限りきっとティムはいつまでも前に向かって踏み出せないままだろう。私のせいでティムに夢を諦めてほしくはない。この指輪は君があの『誓い』をもう一度思い出すのに必要だから、ここに置いてゆく〟

〝――今までありがとう〟

僕は指輪を拾い上げた。

そうだ、僕はこれをギルネ様の指にはめて――

そして、誓ったじゃないか。

『冒険者になる』って。

それは、僕のためだったか？

違う。

これは僕一人の夢じゃなかった。

〝ギルネ様の夢〟でもあったはずだ。

僕は部屋を飛び出した。

間に合うかもしれない。

まだ、ギルネ様はこの国を出ていないかもしれない。

僕が間違っていた。

ギルネ様が安全なら、ここで幸せを感じてくださっているなら、それでいいと思っていた。

でも、僕たちの交わした約束は違うんだ。

僕が夢を諦めるということは、ギルネ様も夢を諦めるということになってしまう。

〝二人で同じ夢〟を見ていたはずだ、それを――僕が勝手に目を逸らしてしまったんだ。

自分の都合のいいように言い訳をして……。

――外に出ると、僕はめいっぱい息を吸い込んだ。

早朝であることなど気にせず、僕はがむしゃらに叫ぶ――

「ギルネさ――」

「ティムっ！」

ギルネ様は宿屋の入り口の物陰から飛び出すとすぐに僕の前に現れた。

というか、おそらく宿屋の前で待ち伏せをされていたのだと思う。

そして、ギルネ様は涙に濡れた僕を抱きしめる。

「ギルネ様……僕が、僕が間違っていました……」

「いいんだ、ティム。荒療治だったな、びっくりさせて本当にすまなかった。外は寒いから、もう中に入ろう」

ギルネ様は僕の頭を撫でながら、優しいお声でそう囁いた。

僕は心から安心すると共にギルネ様を強く抱きしめた。

もう、僕を置いてどこにも行ってしまわれないように……。


「……お、お恥ずかしいところをお見せしました。すみません、つい〝あんなこと〟まで……」

部屋に戻ると、落ち着いた僕は顔を真っ赤にしてギルネ様に謝罪した。

ギルネ様の胸に抱きついてしまった……。

感極まっていたとはいえ、あんな風に……子供のように泣きじゃくってしまうなんて……情けない。

「た、確かに凄いことをしてしまったな。だ、だが、私は嬉しかったぞ！　私の胸でよかったらいつでも貸してやろう！」

得意げな表情を見せつつ、ギルネ様も顔を赤くされた。

「はぁ～、僕が男らしくなれるのは一体いつなんでしょうね……。ギルネ様、お手を」

「あぁ、もう一度ここで誓い合おう。ふふ、私たちはいつも宿屋だな。いつかは別の場所で行いたいものだ」

僕はギルネ様の指に指輪をはめる。

もう二度と、自分から指輪をはずさせてしまうようなことはしない。

僕は、強く心に誓った。

「……ちなみに、手紙には『出ていく』なんてどこにも書いていないからな」

「えっ⁉　ほ、本当だ……。ギルネ様は意地悪です……」

僕は手紙を読み直してギルネ様に恨めしそうな視線を送る。

「何を言っている。外に出てきたティムを見て、我慢ができずにすぐ飛び出してしまったのが私だぞ。今も私はティムを泣かせてしまった自分を責め続けているくらいだ。ティム、勝手な行動をした私に罰を与えてもよいぞ」

「ば、罰なんてとんでもないです！　全ては臆病で馬鹿な僕のせいなんですから！　ギルネ様……本当にありがとうございました」

僕が深く頭を下げると、ギルネ様はまた優しく僕の頭を撫でた。

「ティムには後悔なく人生を歩んでほしいからな。〝失敗を取り戻そう〟とするんじゃない、〝今までの全ての自分を肯定できるように選択してゆく〟んだ、それがたとえ失敗の経験でもな。そうすることが私や周りの人々を肯定することに繋がる。ティムなら絶対にそうなると私は確信しているよ」

こうして僕たちは再び宿屋の一室で誓いを立て直した。

今度はもう、見失わないように……。

第十四話　決闘！　第二王子、アサド＝リンハール

「おはよう！　レイラ、アイラ！」

「お、おはよう。どうしたの？　テンションが高いわね」

「ティムお兄ちゃん、元気になったんだね！　よかった！」

アイラは僕に抱きついて顔を擦り付けてきた。

僕は思わずアイラに問いかける。

「あはは、僕、元気なかったかな？」

「うん、お顔は笑ってるんだけど、何だか苦しそうだったよ。だから、どうにか自信をつけさせてあげようと思ってお姉ちゃんと図書館で――」

「アイラ、それはもう少し我慢しましょう？　今日で調べ物は終わりそうなんだから」

「うん、そうだね！　お兄ちゃんが元気になって本当によかったよ！」

レイラとアイラも腑抜けてしまった僕を心配していたらしい。

本当に僕はとんでもない幸せ者だ。

「うぅ……ありがとう……みんな、本当にありがとう！」

僕は泣きそうになる気持ちを持ち前の男らしさで耐えた。

レイラは安心したようにため息を吐くと、僕に話しかける。

「それで……ティムが〝冒険者の服〟を着てるってことは――」

「うん、もう一度冒険者として再スタートをきることにしたんだ。二人には心配をかけたね」

「べ、別に心配はしていなかったわ。もう怪我をするような心配がなくなるなら私も嬉しいと思っちゃったし……ただ、このままだとティムが絶対に後悔すると思って、でもどうしていいか分からなくって……」

暗い表情をするレイラにギルネ様が得意げに腕を組んだ。

「ふふふ、レイラよ。一歩遅かったようだな。すでに私が元気づけてやったよ、どうやったかと言うとな――」

「み、皆さん！　朝食にしましょう！」

僕はギルネ様に泣きついてしまった恥ずかしいエピソードを話させまいと慌てて食事を提案した。

もしアイラが聞いたら、毎日僕のもとへ励ましに来てしまいそうだ。

「あれ、ティムお兄ちゃんのズボンのポケットに何か硬いものがあるよ？」

僕のズボンに顔を押し付けていたアイラが何かに気がついた。

なぜかレイラが顔を赤くして慌てている。

この冒険者のズボンは〝あの日〟からずっと穿いていなかったけど……。

僕はポケットに手を突っ込んだ。

「何だろう……？　これは木札？」

「『入城許可』って書いてあるな」

「あぁっ！　そうでした、アサド王子に助けてもらったときに何かこれを渡されて『城に来てほしい』とか言ってたような気がします！」

怪鳥ガルディアに襲われたときのことをぼんやりと思い出して僕は手を打った。

「じゃあ、クエストを受ける前にまずは王城へ行ってみようか」

「そうですね、アサド王子にあのときのお礼も言わなくてはなりません」

「わ、私とアイラは図書館で調べ物の続きをするわ！　すぐにすんだら私たちは城の近くで待ってるから」

「そうだね、ティムお兄ちゃんのために頑張るぞ～！」

何だか妙に気合の入ったレイラとアイラとは別れて、僕とギルネ様は王城に向かった。

宿屋を出て、大通りを真っ直ぐ歩いていくと、遠くからでも大きく見えていたリンハール城がさらに大きくなっていった。

「ふむ、多くの町人が行き交っているが、この中にも『ブベツ』は紛れて生活しているということだな？」

ギルネ様が大通りを歩きながら小さな声で僕にそう尋ねる。

「はい、なるべく早く国を出た方がよいのですが運賃も高いですし……いっぺんに大勢で動いてしまうと怪しまれてしまいますからね……歯がゆいですが気長に頑張ってもらうしかありません」

「様子を見る限り、一カ月経ってもまだ王国にはバレていないんだ。彼らは十分に上手くやってくれてるさ」

「そうですね、皆さん思いやりのある方々ですから協力できているんだと思います」

「いや、そうとは限らないさ。特に差別なんて受け続けていると心がすさんでしまうものだ。もしそんな彼らを変えるキッカケがあったのだとしたら、ティム、君が一生懸命『ブベツ』たちを救おうとする姿を見て心を動かされたんだろう」

「そ、それを言うならギルネ様の応援演説がよかったんですよ！」

「ティ、ティム……声が大きいぞ。だが、ありがとう」

ギルネ様はご自身の口に人差し指を当てると、優しく笑った。

やがて、この王国の中央に位置するリンハール城の門に到着した。

「――ようこそ、リンハール城へ。何かご用ですか？」

非常にガタイのいい、鎧を身に纏った門番が城を訪れた僕たちに用件を尋ねてきた。

「アサド王子にお礼を言いに来ました。これが通行証です」

「アサド王子ですか……かしこまりました、今アサド王子の付き人をお呼びいたしますね」

間もなく、メイド服姿の付き人が僕たちの前に現れる。

とても真面目そうな人だ、僕たちは背筋を伸ばした。

「ようこそおいでくださいました、アサド王子の付き人のシャルと申します」

スカートをつまみ上げると頭を下げて華麗に挨拶をした。

「は、初めまして！　ぼ、僕はティムと言いまして、アサド王子との面会をさせていただきたく――」

「ティム、緊張しすぎだ。確かに綺麗な人だが」

そう言うとギルネ様は何やら頬を膨らませる。

せっかく立ち直ったのにまだ頼りない僕に不満があるのだろう。

もっと男らしく、堂々としなくちゃ……！

僕の用件を聞くと、シャルさんは片手を挙げて城の入り口へとその手を向ける。

「王子に面会をご希望ですね。応じます、王子だけに」

「？？？？」

ギルネ様の瞳から光がなくなった。

どうやら、シャルさんは見た目とは裏腹に愉快な人らしい。

表情は真面目そのものなんだけど……。

「――実は、アサド王子は一カ月前から体調を崩されているのです。一日を通して毎日ため息ばかり吐かれているんですよ」

シャルさんは僕とギルネ様を案内しつつ、アサド王子の近況を僕たちに教えてくれた。

「そ、そんな時期に面会しても大丈夫なのでしょうか？」

「いいんですよ、あの方はいつも一人でかかえ込んで無理をしてしまいますし。何なら一発ブン殴って目を覚まさせてほしいくらいです」

「ティムには〝他に殴りたい相手〟がいるからな、今回は遠慮させてもらおう」

「あはは、ま、まぁそうですね……」

「可愛い顔をして結構ワイルドなんですね」

ギルネ様が言っているのはシンシア帝国の王子たちのことだろう。

確かにその予定ではあるけど、シャルさんには少し誤解されてしまった気がする。

「着きました、ここが王子のお部屋になります」

シャルさんはノックをすると、扉を開いた。

部屋の中のアサド王子は入室した僕たちには気がつかず窓の外を見つめて、ため息を吐いていた。

「王子、お腑抜けのところ申し訳ございません。お客人です」

「あぁ、すまない。変なところをお見せ——!?」

アサド王子は驚愕の表情を浮かべると、部屋の花瓶(かびん)から花を引き抜く。

そしてギルネ様に駆け寄り、膝をついた。

「ギルネ嬢、一カ月前に気を失われていた貴方のお姿を見たときから貴方のことばかりを考えてしまい、何も手につきません。どうか、私と結婚を前提にお付き合いをしていただけませんか?」

「お、おぉっ!?」

ギルネ様は少しだけ驚く様子をみせると僕を見た。

アサド王子の不調は、恋煩(わずら)いのせいだったようだ。

僕は後悔した。

ギルネ様をお連れするべきではなかった。

ギルネ様はお美しい、平民なら自分から遠慮をしてしまうレベルだ。

しかし身分のある王族ならこのように求婚されてしまうのも不思議ではないだろう。

ギルネ様はアサド王子もいる前で堂々と僕にこんな質問をした。

「ティム、どうする？　ここで〝王子と繋がりを持つ〟ことはティムにとって色々と大きな助けになるかもしれない。私は正直嫌だが、ティムが『付き合え』と言うなら私はアサド王子と付き合うぞ？」

「――絶対にダメです」

自然とそう言ってギルネ様の前に出ていた。

僕は自分の行動に驚いた。

人格者であるアサド王子とギルネ様ならお似合いかもしれないのに。

どういうわけか僕は想像すらしたくなかった。

そ、それにギルネ様ご自身も「嫌」っておっしゃられていたし……。

僕は自分を納得させるとアサド王子に力強い瞳を向けた。

ギルネ様の異常な発言にアサド王子は身体を震わせる。

「ど、どういうことだっ!?　『付き合えというなら従う』だと!?　貴様、一体、彼女にどんな扱いをしたらそんな言葉が出るようになるんだ！　まるで奴隷ではないか！」

アサド王子は憤慨（ふんがい）した。

言われて僕も気がついた。

確かに、ギルネ様は人がよすぎる。

僕のためにそんなことまでしようとするなんて。

これじゃまるで、ギルネ様が僕の言いなりみたいだ。

「ティム、ホッとしたぞ……」

そう言ってギルネ様は僕の後ろで笑う。

どうやらご冗談だったようだ。

そんなやり取りを静観していたシャルさんは納得したように手を打って口を開いた。

「——そういえば、ここに来るとき『殴りたい相手がいる』とかもおっしゃってましたね。彼、DV（ドメスティックバイオレンス）の気質があるのかもしれません」

「何だとっ⁉　暴力や暴言で彼女を従わせているというのか⁉　おい、貴様！　ギルネ嬢を解放しろ！」

「ご、誤解ですっ！」

シャルさんが火に油を注ぐと、アサド王子は燃え上がるように僕を怒鳴りつけた。

昔、使用人を権力で従わせていた僕は強く否定することができない……。

そんな僕の様子を察したギルネ様は「ここは任せろ」とでも言うように僕に目配せをする。

「——いや、ティムはもうDVが治ったんだ！　今は私にも優しくしてくれているぞ！　そ、それにたとえちょっとくらいティムに酷いことをされたとしても、私は全然かまわないからなっ！」

完全にDV男に依存してそうなギルネ様の発言は全く擁護になっていなかった。

流石に昔の僕も暴力とかはあまり振っていなかったんだけど……。

アサド王子の中では全てのつじつまが合ってしまったのだろう、王子は堪らず叫んだ。

「な、なんと嘆かわしいっ！　ティム、決闘だ！　リンハール王国第二王子アサド＝リンハールは貴様に決闘を申し込む！」

　そして、最悪の展開になってしまった。

　アサド王子の決闘の申し込みにギルネ様が反発する。

「待て、アサド王子。大人げないだろう、ティムは駆け出しの冒険者にすぎない。王子になんて勝ち目がないぞ？」

「もちろんです。なのでティムにも勝ち目があるルールを設けます」

　そう言って少し考えた後、アサド王子は指を三本立てて説明した。

「一、武器は木刀のみ所持してよい。二、先に相手の頭部に一撃を加えた方の勝ち。三、魔法は禁止とする」

「――話にならんな、ティム、帰ろうか」

　ギルネ様がそう言って背中を向けた。

　しかしアサド王子は話を続ける。

「ティムが勝ったら、私のできる範囲で『願いを聞きましょう』。私が勝ったら、『ギルネ嬢と少し話をさせてもらう』だけでよいです。私が貴方の目を覚まさせてそのＤＶ男から解放させます」

　その言葉を聞くと、ギルネ様は振り返り、僕の前に出てアサド王子と向かい合った。

「なるほど、負けても〝私が少し話をするだけ〟でよいのか。ならば、もう一つ条件をつけさせてくれ。『ティムの代わりに私が決闘をする』というのはどうだ？」

「よいでしょう。その代わり、私はギルネ嬢の頭部に木刀を〝寸止め〟することで勝利とさせていただきます。そこのＤＶ男とは違うので」

当事者であるはずの僕をよそにギルネ様とアサド王子は話が進んでいってしまう。

ギルネ様はアサド王子の提案に対して満足そうに頷いた。

「ティムが怪我をする危険があるなら論外だったが、それならありだな。ティム、悪いが私に服を着せてくれるか？　この失礼な王子を二人でこらしめよう」

ギルネ様は僕に能力強化の服を要求しているようだったが、アサド王子はそれを聞いてさらに憤る。

「なにっ⁉　ギルネ嬢は着る服まで管理されているのか……なんと束縛の強いＤＶ男だ」

誤解がどんどん加速している気がする。

そしてよいのだろうか？

またギルネ様に頼ってしまって。

僕は、ここでアサド王子に立ち向かわないと前に進めないいんじゃないだろうか。

勝てるかは分からない。

でも多分それは問題じゃない。

ギルネ様のことを好いている相手にはどういうわけか〝僕が立ち向かわないと〟気が収まらないいんだ。

「ギルネ様、僕が決闘を受けます」

僕がそう言うと、ギルネ様はとても慌てだしてしまった。

「だ、ダメだ、ティム！　木刀で頭を叩かれたらきっと凄く痛いぞ！」

「ギルネ様、僕は自分が叩かれることは怖くありません。それよりも、ここで立ち向かえない方が辛いんです。僕は、〝僕に〟勝たなくちゃいけません……！」

僕はアサド王子の前に立ちはだかった。

不安、後悔、期待……。

それらから目を逸らすのはもうやめだ。

ここが、今が冒険者としての僕の第一歩だ。

僕の決意の瞳をしばらく見つめると、ギルネ様も覚悟をしたように頷いてくださった。

「ティム……分かった！　私はティムの勝利を信じているぞ！」

「ギルネ様、ありがとうございます！」

「アサド王子、ティムにも〝寸止め〟にしてやってくれ！」

「あれっ？　ギルネ様？」

僕の勝利を全然信じてくれていなかったギルネ様とアサド王子、シャルさんと一緒に決闘のため王城にある闘技場へと向かった。

大きな円形の闘技場に着くとギルネ様は興味を持ってシャルさんに質問を始めた。

「ふむ、闘技場は天井が開いているのか。真上に見えるのは『渡り廊下』か？」

「はい、ここを通れば城の裏口へと続いています。ご侵入の際はご参考にどうぞ」

「おい、シャル。何を教えてるんだ、何を」

アサド王子は呆れつつ、僕に木刀を渡し、距離をとって僕と向き合った。

「ルールは先ほど言った通り、先に相手の頭に攻撃を当てた方が勝利だ」

そう言ってアサド王子は木刀を持ってゆったりと構えた。

僕もレイラに教えてもらった型で木刀を構える。

「見たことのない構えだな……適当か？　しかし、理には適っている……まぁよい。実力の差はどうしようとも埋まらん」

アサド王子はそう呟いて僕と向かい合った。

「それでは、お二人ともご用意はよろしいですか？」

シャルさんが片手を上げた。

あれが振り下ろされたときが始まりの合図なのだろう。

とにかく、〝相手の頭に先に一撃〟当てた方の勝ちだ。

これなら僕にも勝ち目があるかもしれない。

とにかく、やれるところまでやってやる……！

――って、あれ？

相手の頭に先に一撃……？

「決闘、開始っ！」

――カポーンッ！

シャルさんが手を振り下ろす。

開始の合図と同時に爽快（そうかい）な音が闘技場内に響いた。

——カランカランッ！

アサド王子の前に歪（いびつ）な形のタライが音を立てて落ちる。

アサド王子は呆然と立ちすくんでいた。

そして、自分の頭の上に落ちてきたタライが地面で動かなくなるのを固まったまま見届ける。

「……は？」

「え、えっと……王子の頭に攻撃が当たりましたね……。魔術の痕跡（こんせき）もないので、ルールも大丈夫。ティム君の勝ち……です」

決闘の結末を見届けると、ギルネ様が飛び上がって喜んだ。

「ティ、ティムっ！　凄いぞ、完璧な勝利だ！」

「こ、これで……よかったのでしょうか？」

困惑しつつ駆け寄ってきたギルネ様のハイタッチに応じる。

僕は開始の合図と同時に《洗濯スキル》でタライを【生成（ジェネレート）】して、アサド王子の頭に降らせただけだ。

手元じゃない位置に【生成（ジェネレート）】するのは大変だが、あれくらい簡単なものなら可能だった。

第十五話　生活スキルで世界最強

しばらく床に落ちたタライを見つめていたアサド王子はため息を吐いて木刀を下ろす。

「……まいったな。完敗だ」

アサド王子はとても潔く負けを認めてしまった。

「よ、よかったのでしょうか？」

思わず僕はアサド王子に尋ねた。

明らかに実力では僕の方が劣っているはずだ。

アサド王子は駆け寄ってきたシャルさんにタオルで顔を拭かれながら答えた。

「俺が提示したルールで、俺が負けたんだ。何も問題はない。あとシャル、汗は全くかいていないから拭かなくてよいぞ、嫌味か」

シャルさんのボケにもしっかり対応しつつアサド王子は握手を求めてきた。

僕は慌ててそれに応じる。

「……ティム、非礼を詫びよう。勝手に色々と言ってしまったな」

「あ、あのですね、まずは誤解を解きたく――」

僕が弁明をする前にアサド王子はそれを手で制止する。

「あぁ、俺の早合点だった。先ほどのは〝雑用スキル〟だろう。遠距離に物体を【生成(ジェネレート)】できるほどの超高レベル、人に尽くす信念がなくては到達するのは無理だ。何より毎日雑用をやり抜いている〝君の手〟がそれを物語っている」

「あ、ありがとうございます……」

アサド王子には僕との握手で色々と見抜かれたらしい。

とりあえず、DV男の疑いが晴れてよかった……。

「それで、ティムは何か要求があるか？　先に聞いておくべきだったな、すっかり頭に血が上ってしまっていた。失礼極まりないが、負けるはずがないと思っていたしな」

「は、はい！　では……、アサド王子はギルネ様の怪我を治す際に〝薬品〟を使われていましたよね？」

「あぁ、俺は【調合(コンポンド)】で薬品を作ることができる。吸収効率の関係で液体の薬がほとんどだが」

「回復できる薬をできるだけいただいてよろしいでしょうか？」

僕は回復薬を要求した。

いざというとき、今度は僕でもギルネ様を助けられるように。

僕の失敗の経験を生かすんだ、目を逸らすのではなく。

【収納(ストレージ)】しておけば、薬品を入れた瓶をたくさん持ち運べるし割れてしまうこともない。

僕の要求を聞いて、ギルネ様も頷かれている。

「そんなことでよいのか？　もちろんよい、もともといくつか渡すつもりでいた。他にはないのか？」

「で、では！　アサド王子の持つ薬品を全種類、【味見(ティスティング)】させてください！」

僕には考えがあった。

アサド王子が調合した薬品、これも飲み物に変わりはない。

飲食物であれば素材を集めて僕の《料理スキル》で再現することができるはずだ。

「味見？　希少な薬品は材料の入手が困難だったり、製造工程が複雑すぎて何日もかかるから流石に渡すのは渋ろうと思っていたところなんだが……味をみるだけでよいのか？」

「はい、ほんの少しだけ！　味見をさせていただければ大丈夫です！」

成分、効能、素材、製造（調理）方法、それらを僕の【味見(テイスティング)】で分析して記憶する。

上手くいけば本物にも引けをとらないジェネリック医薬品が作れるかもしれない。

「し、しかし俺の薬品の中には強力だが副作用の強いものがあってだな……流石に強い薬は口に入れさせられないぞ？」

アサド王子は心配そうに僕を見る。

「大丈夫です、僕の【洗浄(クリーン)】というスキルがあれば、【味見(テイスティング)】を終わらせた時点で体内から薬品を完全に消すことができます」

「分かった、危険性がないのならかまわない。微量ですむなら俺の持つ薬品を全て使ってくれ」

「ありがとうございます！」

アサド王子に感謝をすると、僕はギルネ様と共にアサド王子の薬品の保管庫に行かせてもらうことになった。

闘技場を出ると、場内の細い通路をいくつも抜ける。

「ず、ずいぶんと歩きますね？」

「あぁ、俺の薬品は強力なもの、使い方によっては悪用できるものもあるからな。王族以外は開けられないようにもなっているんだ」

「なるほど……悪用とはけしからんことを考えるやつもいるもんだな」

そう言ってギルネ様は頷きながら僕の隣を歩いていた。

「――ここが俺の調合した薬品の保管庫だ」

「あまり手を触れないでくださいね。瓶が割れてしまったら大変です」

アサド王子とシャルさんに連れてきてもらった部屋には何十種類もの薬品が置かれていた。

棚から瓶を掴んで両手に持つと、アサド王子は僕に提案する。

「よし、ティム。ここに薬品を並べていってやろう。薬品の作成方法や効能などを説明していこうか？」

「口で説明されてしまうと、僕は覚えることができません。門外不出だと思いますので、紙に書いてもらうのも悪いです。僕の【味見（ティスティング）】で味と一緒に覚えて、理解もできると思いますので心配いりませんよ」

「ティ、ティム、気をつけるんだぞ！　不味かったらすぐにペッてするんだぞ！」

ギルネ様の不安そうな瞳に見守られながら、僕は小さな布を【生成（ジェネレート）】すると、先っぽだけ薬品に浸して味をみていった……。


ティムが【味見（ティスティング）】に集中している間、その背後ではギルネリーゼがアサドに話しかけていた。

「――それでアサド王子、アレはどこにある？」

「……アレとは何でしょうか？」

「〝媚薬〟に決まっているだろう、何なら〝惚れ薬〟でもよいぞ。あっ、でも副作用がない安全なやつだぞ？　万が一にもティムが体調を崩したら最悪だからな」

「…………」

アサドとシャルは言葉を失った。

「王子、こいつやべー奴です」

「……ティム、被害者は君の方だったのか。だが安心してくれ、そんな変な薬品は作っていないからな」

アサドは同情的な視線でティムの後ろ姿に呟いた。

僕は全ての薬品の【味見】を終えると、ため息を吐いた。

大丈夫だ、僕は物覚えが悪いけど、味と一緒になら覚えられる。

（この味が、この効能で、成分を抽出するためにおそらくこういう方法で〝調理〟したのだろう）

それらが何となく推測がついた。

薬草類だけじゃない、魔物、魔獣の身体の一部や鉱石が混ざっているものもある。

作製するためには冒険の道すがら色々と口に入れて【味見】していく必要がありそうだ。

「ギルネ様、お待たせいたしました！」

「――じゃあ、分かった！　ネコミミと尻尾が生える薬でいい、それかしばらくの間児童になる薬とかでもよいぞ！　興奮してきた……」

「だから、作りませんって！　俺は人々を救うために薬を作っているんです！　まさか目が覚めている貴方がこんなに残念な人だとは――」

「二人とも、ティム君が終わったみたいですよ。ギルネさんは早く鼻血を拭いてください」

僕が見ていない間にどうやらギルネ様とアサド王子は仲良くなったみたいだ。

いがみ合っているようにも見えたけど……。

「ティム、回復薬を見繕っておいた。できるだけ多くという注文だったが、持っていけるのか？」

「はい、僕は【収納】できますので、大丈夫です！　僕たちを助けてくださったことから諸々本当にありがとうございました！」

僕が深く頭を下げると、アサド王子は困ったように頬をかいた。

「いや、元々は俺が獲物を討ち損じて逃してしまったのが原因だ。壊されてしまった装備の代わりになったのならよかった」

「そういえば、ティムが初めて私に作ってくれた冒険者の服があの怪鳥に壊されたんだよな……うう、一生大切にするつもりだったのに……あのアホ鳥め……」

「ガルディアは〝ネームドモンスター〟ですからね、いかに優秀な装備でもノーガードの直撃には耐えられません」

シャルさんがギルネ様を慰めている一方でアサド王子は僕の肩を叩いた。

「ティム、その『通行証』は君に持たせておこう。〝何かあったら〟いつでも俺を頼るといい」

そして、小声で僕に囁く。

「いいか、何か変なことをされそうになったらこの城に逃げ込んでくるんだぞ？　ここなら安全だからな」

「は、はぁ……」

なぜかアサド王子はギルネ様を睨みつけているようだった。

城を出るときにはシャルさんが門まで見送りに来てくれた。

「ティム君、ウチでメイドになってもいいですからね。貴方なら大歓迎です、メイドたちにセクハラはされると思いますが」

「せ、せめて執事でお願いします……ってセクハラ⁉　何でっ⁉」

シャルさんからもそんなお言葉をいただいて僕たちは王城を後にした。


「――二人とも、待っていたわ！」

「ティムお兄ちゃん、ギルネお姉ちゃん、お帰り〜！」

宿に戻ろうと歩いている途中、レイラとアイラが声をかけてきた。

王城から少し離れた位置で僕たちを待っていたらしい。

僕は疑問を口にする。

「レイラとアイラ、僕たちを待っていてくれたの？　王城の門の前にいてくれればよかったのに」

「私もそれは思ったわ。でもアイラが待つならこの辺りがいいって」

「ティムお兄ちゃん、一応私たちは元『ブベツ』だからね。王城の前で何かの拍子にバレちゃったら大変だよ」

「「あっ、そっか」」

僕とレイラの声が重なった。

どうやら知能レベルが同じくらいらしい。

「それよりも！　ティムに自信をつけさせるために図書館で私とアイラが〝凄い情報〟を手に入れてきたのよ！」

レイラが得意げに胸を張ると、アイラも真似をするように胸を張った。

「そうだよ！　お姉ちゃんが司書さんに土下座して頼み込んで、ふっかけられた高額の閲覧料を毎日の仕事で稼いでまで手に入れた情報なんだから！」

レイラは少し顔を赤くした。

「ア、アイラ……それは恥ずかしいから言わなくていいわ……。それにアイラだって秘蔵書がちゃんと読解できるように毎日勉強してたじゃない」

僕が冒険者を諦めて腑抜けていた長い期間。

二人ともそんなことをしてくれていたのか……。

僕に失った自信をどうにか取り戻してほしくて。

夜遅くまで図書館に籠って、勉強して、仕事をして。

全部、不甲斐ない僕のために……。

僕はもうどう感謝していいか分からなかった。

「あ、ありがとう、二人とも……本当に……！」

「うわぁぁ、な、泣かないで！　喜ぶのはまだ早いわ！」

「そうだよ、ティムお兄ちゃん！　これ、凄いんだから！」

アイラは文字が書かれた紙を取り出した。

「図書館にある秘蔵書『英雄の書』にティムお兄ちゃんでも強くなれそうなヒントがあったの！」

「あの司書は『どうせ読めないでしょうし、お金がもらえるなら見せちゃいましょう』なんて言ってたけど、アイラを甘く見すぎよね！」

「原典は『妖精語』で書かれていたから、私が翻訳した文章を見せるね！」

「いや、普通はこんな少女が他種族の言語を読めるとは思わないぞ……？」

ギルネ様がツッコミを入れる一方で、アイラは紙を僕たちの前に広げる。

僕とギルネ様は屈んで文章に目を通した。


――『テレサ＝フロイト』、最弱種と言われる妖精族でありながら、世界に『英雄』として名を連ねる異質な存在である。彼女が一騎当千の将にも勝る強さを保有している理由は常軌を逸した《裁縫スキル》によるものだ。並の兵士であれば彼女を認識すらできずに糸で縛り上げられてしまうだろう、彼女は意識の合間すら〝縫って〟しまうからである。基礎ステータスは妖精らしく貧弱だが、アクビをしつつベヒーモスの突進を片手で止めていたという目撃情報もある――

文章を読み終えて顔を上げると、得意顔のレイラとアイラがいた。

「ふふふ、もう分かったでしょ！　ティム、《裁縫スキル》で英雄クラスまで強くなった人がいるの！　彼女もステータスは最弱レベルなのよ！」

「しかも、ティムお兄ちゃんは《裁縫スキル》だけじゃない！　雑用スキル全般を鍛え上げてきたからもっと凄くなれるはずなの！」

「そう、だからなれるはずよ！　他でもないティムなら――」

レイラは両手を広げて嬉しそうに空を仰いだ。

「〝生活スキル〟で世界最強にだって！」

「ざ、〝雑用スキル〟を戦闘で使うの？　でも雑用スキルは『人が豊かに、幸せに過ごすことができるように尽くすためのスキル』だよ？」

僕はドヤ顔をしているレイラに聞いてみた。

洋服を作って身を守ったりとかはできると思うけど直接、戦闘に使うなんて考えたこともなかった。

「大丈夫よ！　この文章にも書いてあるでしょ？　《裁縫スキル》を使えば敵を糸で縛り上げるこ

とだってできるんだから！」

「そうだよ、ティムお兄ちゃん！　た、試しに私を縛ってみてもいいよ！」

「ア、アイラにそんな酷いことはできないよ……」

瞳を輝かせ、興奮するように提案してくれたアイラを僕はなだめた。

ギルネ様は話を聞くと、頬杖をつくように腕を組んで考え始める。

「ふむ、試してみる価値はあるな。ちょうど今から薬草採集のクエストを受けようと思っていたところだ。レイラも含めて三人でクエストに出て、弱そうなモンスターにティムが試してみるのはどうだろう？」

「そうね、そうしましょう！」

ギルネ様の提案にレイラが手を合わせて同意した。

「じゃあ、まずはアイラを宿に預けにいこうか。エマは今日宿屋にいるかな？」

ギルネ様がそう言った瞬間、アイラがギルネ様の服の裾を軽く引いた。

「わ、私も一緒に行きたいんだけど……ダメかな？」

アイラはおねだりをするように上目遣いでギルネ様に囁いた。

ギルネ様は真剣な表情でしゃがむと、アイラと目線を合わせる。

そして厳しい表情で口を開いた。

「何この可愛い生き物、持って帰りたい」

「……え？　い、いいけど……？」

「違う、間違えた。アイラ、魔物が死んだりするのは結構刺激が強いんだ。トラウマになってしまうかもしれん」

おそらく、思ったことの方が先に口に出てしまったらしいギルネ様はすぐに言い直した。

アイラはギルネ様の言葉を聞いてもへこたれずにお願いを続ける。

「だ、大丈夫！　私、ティムお兄ちゃんたちの冒険についていきたいから！」

「……そうか、アイラは強いな。正直、この国の周辺の魔物は大したことがないから守りきれる自信はあるが前回、〝例外〟が起こってしまったばかりだ。周囲の様子も改めて見てみたいからどうか今回は宿屋で待っていてほしい。無事に帰ってきた私たちに『お帰り』って言ってほしいんだ。ダメかな？」

「そっか……分かった……お姉ちゃんたちの邪魔はしたくないから。ティムお兄ちゃんたち、頑張ってきてね！　もう怪我とかしちゃダメだよ！」

アイラは僕たちが思っているよりもずっとたくましいようだった。

魔術式も学んでいるようだし、魔術が使えるようになったらすぐに戦えるレベルまでなってしまうかもしれない。

「レイラは戦えるから一緒に外に出ても大丈夫か？」

「ええ、アイラを絶対に一人にはできないから魔物と戦ったことはないけれど……私には師匠に教えてもらった剣技があるから多分戦えるわ」

「アイツのことを〝師匠〟なんて呼ばなくていいぞ」

ギルネ様は凍てつくような瞳でそう言った。

「ガナッシュ様……」

僕はガナッシュ様が酷く哀れに思えてきた。


アイラを宿に預けると、今度は東門から出てみんなで王国の外に薬草を探しに行った。

こっちの方角は大衆ギルドから遠い門なので薬草も手つかずになっているんじゃないかとアイラが提案してくれたからだ。

「――ティム、薬草があったわ！　これで依頼は達成ね！」

レイラが嬉しそうに薬草の束を摑んで僕に渡した。

「よし、じゃあ次は本題の魔物討伐だな！」

クエスト依頼の薬草を採り終えると、僕たちは弱そうな魔物を探していた。

そして、目がいいレイラが少し遠くに小さな魔物を見つける。

「あのスライムがいいんじゃないかしら！」

「うむ、周囲に他の魔物はいない、孤立しているな！　よし、あそこに向かおう！」

そう言って、三人でスライムに気がつかれないギリギリの位置まで近づいた。

「ティム！　危なくなったらすぐに助けに行くからな！」

「で、でも雑用スキルでなんてどうやって戦えば……」

僕はとりあえず、右手にフライパン、左手にフライ返しを【生成(ジェネレート)】して構えてみた。

明らかにこれから戦う者の格好ではない。

「そうね……スライムを〝食材〟だと思えばいいんじゃないかしら？」

「食材……あのドロドロした生物は食材……う～ん、〝液体〟ならちゃんとかき混ぜなくちゃ」

「ティム、気をつけるんだぞ！　慎重に背後を取るんだ！」

僕は武器を【生成】して〝泡立て器〟に持ち替えると、おそるおそるスライムに近づく……。

そして、隙をついて泡立て器を突っ込むとスライムを一気にかき混ぜてみた。

——ブクブクブクブクッ！

スライムはみるみるうちに真っ白な泡状になり、空気を含んで膨張してゆく。

「ちょ、ちょっとティム！　ストップ！　何かメレンゲみたいになってるから！　大きさが三倍くらいになってるから！」

「わ、わ、わ、ヤバい！　もしかして強くなっちゃった!?」

「お、落ち着け、ティム！　別の攻撃手段を試してみよう！　加熱するのはどうだ!?」

「わ、分かりました！　えっと、液体を加熱するには……《料理スキル》【レンチン】！」

水の分子を振動させて加熱するこのスキルを発動した直後に僕は気がついた。

〝粘性のある物〟をこのスキルで加熱してしまうと——

「ヤ、ヤバい！　周囲に飛び散りますっ！　二人とも、伏せて——」

——パァン！

メレンゲスライムは突沸を起こして爆発し、白いドロドロが周囲に飛び散った。

僕は即座に【冷凍(フリーズ)】を周囲に使い、飛び散った液体でお二人が火傷(やけど)をしないように冷却を試みた。

――結果、火傷こそしなかったものの、僕たち三人は生ぬるい、白いドロドロまみれになってしまった。

「うぅ……ティムにこんなにドロドロにされてしまった」

「す、すみません！　すぐに【洗浄(クリーン)】をしますね！」

ギルネ様はなぜか少し嬉しそうに僕を見つめる。

「ギ、ギルネが白いドロドロまみれに……！　うっ……」

それを見たレイラがなぜか鼻血を吹き出して気絶してしまった。

「うわあぁ、レイラ⁉　また⁉　だ、大丈夫っ⁉」

こうして、なんだかみんなボロボロになったものの、僕は辛くも魔物に初勝利をおさめた。

「【回復魔法(ヒール)】！　レイラ、大丈夫か⁉」

「だ、大丈夫よ……。スライム、強敵だったわね」

ギルネ様が回復魔法を唱えると、鼻血が止まり、レイラは目を覚ました。

僕は安心してため息を吐く。

「無事でよかった……。そうだ、忘れる前に……」

僕は【洗浄(クリーン)】したスライムの粘液を口に入れた。

【味見(テイスティング)】のためだ、これも何かの素材になるかもしれない。

うぅ……苦い、それに舌に絡みつく……。

スライムを味わって渋い顔をしている僕を見て、レイラが驚愕の表情を浮かべた。

「ティ、ティム！　お腹空いちゃったの⁉　ダメよ、スライムなんて口に入れちゃ！」

そして、必死の形相で僕の肩を摑んで揺さぶってきた。

もの凄いレイラの腕力に僕の頭はガクガクと揺さぶられる。

「い、今吸い出すから！　毒があるかもしれないわ！　こ、これは一刻を争うの！　医療行為よ！」

「レ、レイラ！　私も手伝うぞ！　順番でやろう！」

僕は目を回しながらレイラの誤解を解く。

「レ、レイラ！　これは味を覚えるためだよ。これからは草とか鉱石とかも口に含むと思うけど、【洗浄（クリーン）】で毒素や汚れはなくしてるから大丈夫！」

僕の話を聞いて、レイラはようやく僕を揺さぶる手を止める。

「な、何だ……そうなんだ、残念――じゃなくてびっくりしたわ……」

「全くだ、びっくりしたぞ」

レイラとギルネ様は胸元に手を置いて安心したようにため息を吐いた。

あれ？　ギルネ様はご存じだったのでは？

僕は今【味見（テイスティング）】をしたスライムの成分を分析した。

スライムの粘液は成分として、毒素を抜けば傷口を保護するのに使えそうだった。

布と組み合わせれば外傷に有効だろう。

電気をよく通し、熱を吸収しやすい。

引っ付いて、伸びる……他にも何かに利用できるかもしれない。

僕はスライムの残骸を【収納(ストレージ)】した。もちろん、食材とは別の収納スペースだ。

食用には……できるのかな？

こうして色々とあったが僕は初のクエストクリアと魔物討伐を達成し、リンハール王国へと戻った。


「レイラはまた鼻血が出てたけど大丈夫？」

「だ、大丈夫よ。本当にいいものを――じゃなくてひどい目に遭ったわね」

「レイラは少し休んだ方がいいのかもしれないな、初めての魔物との戦闘だ、刺激も強かったんだろう」

レイラを気遣いながら、僕たちは大衆ギルドに薬草を納品しに向かった。

「それにしても凄いぞ！　クエストはクリアしたし、初めてティムの力で魔物を倒したじゃないか！」

ギルネ様はまるで自分のことのように喜びながら僕を褒めてくださった。

「そうね！　今日はお祝いをしましょう、記念日にしてもいいかもしれないわ！」

レイラもなにやらかなり大げさなことを言って褒めてくれている。

僕はそんな二人の言葉に元気づけられて、喜びで胸がいっぱいになった。

「ありがとうございます！　お二人のアドバイスのおかげです！」

ついにやったんだ！

かなり危ない勝利ではあったけど、僕にも魔物を倒すことができたんだ！

三人で喜びながら、採集クエストの薬草を納品するために大衆ギルドへと向かった。


大衆ギルドの扉を開けると、何だかいつもとは様子が違っていた。

いつもはガヤガヤと騒がしいギルド内が静まり返っている。

そして、何やらヒソヒソと話し合っていた。

僕たちは不思議そうに顔を見合わせる。

「なんだか様子がおかしいな」

「そうね、なんだかみんなお行儀がいいわ」

「薬草を納品する際に受付の人に聞いてみましょうか」

僕たちは採集した薬草を取り出すと、完了報告をするために受付に向かった。

受付にいるいつもの金髪の男性は僕から薬草を受け取る。

「おう、確かに薬草を納品したな。これが達成報酬だ」

金髪の男性は数枚の貨幣を僕に渡した。

たったの三百ソル。

アイラへのお小遣いにもならない金額だったけど、僕にはとても嬉しかった。

報酬を受け取ったところでギルネ様が金髪の男性に尋ねた。

「ところで、このギルドの静まり返った雰囲気は何だ？」

「あぁ、あそこにいるお坊っちゃんのせいだよ」

そう言った金髪の男性の視線の先にはギルドの机で優雅に紅茶をすする、おかっぱ頭の青年がいた。

年齢は僕と同じくらいだろうか、召使いと思しき女性を引き連れ、胸元にバラをあしらった豪勢なスーツを着こなし、自信に満ちた笑みを浮かべている。

「貴族エーデル家の嫡子、オルタニア＝エーデル様だ。どういうわけか、この大衆ギルドに現れてな……目をつけられてしまわないようにみんな大人しくしてるってわけさ」

「なるほどな……確かに、貴族になんて目をつけられたら面倒なんてもんじゃなさそうだ」

ギルネ様が頷くと、レイラも同意する。

「ティム、私たちも事を荒立てずに宿屋へ帰りましょう」

レイラの言うことに従って足早にギルドを出てゆこうとしたが、『カチャン！』というティーカップをソーサーに落とす音につい足を止める。

音のした方を見てみると、例の貴族様が堂々とした足取りで近づいてきていた。

そして、ギルネ様の前で膝をついた。

あっ、このパターンは――

「――麗しきご令嬢、僕は貴方に興味を引かれてしまいました。花も持たずに申し訳ございません、何せ僕好みの花がなかったものですから、貴方の瞳のように美しくも力強く咲く花が」

「――お、おう。そうか……」

突然、貴族に声をかけられたギルネ様はあのときと同じく戸惑いつつ僕を見つめる。

きっと今回も困っていらっしゃるのだろう。

しかし、貴族の反感を買ってしまうわけにもいかない。

ここはできるだけ〝穏便に〟すませないと……。

僕が気を揉んでいる間に、目の前では貴族様が流れるように自己紹介を始めた。

「失礼、僕は貴族エーデル家の嫡子オルタニア＝エーデルと申します。ぜひ貴方を僕の生涯の相手としてお付き合いをさせていただきたい！　必ず、後悔はさせません！　何て言ったって、僕はいずれ最高の貴族になる者ですから！」

自信に満ち溢れた笑みでオルタニアはギルネ様の手を取った。

僕は思わず、その手を払いのけて前に出そうになった。

しかし、相手は貴族だ。無礼な態度は取れない。

それに、手に触るなんてそんなに大げさなことじゃない。

握手だって相手の手に触るじゃないか。

冷静になれ、ティム＝シンシア。

僕は自分に言い聞かせる。

「まずはご挨拶を――」

そうして、貴族のオルタニア様は手に取ったギルネ様の手の甲を自分の口元に近づけた。

突然のことに、僕は頭が真っ白になる。

これは、おそらく手に〝口づけ〟をされてしまう……。

ギルネ様の手が唇に接触する前に――

――僕は考える暇もなく貴族であるオルタニア様の顔面を殴り飛ばしてしまっていた。

僕に殴られたオルタニア様は鼻血を吹き出して、大の字に倒れた。

ギルド内は騒然とする。

「お、オルタ坊ちゃまっ！　貴様、坊ちゃまに何てことをっ！」

召使いと思しき女性は僕の振る舞いに激昂し、腰に差した剣に手をかけた。

や、やってしまった……。

ギルネ様の手に口づけをされるのが我慢できなくて、つい……。

「ティム、反省することないわ、ティムがやらなかったらどうせ私がやっちゃってたし。いきなり手に口づけをしようとするなんて、ハレンチだわ」

そう言うとレイラも腰の剣に手をかける。

レイラに至ってはおそらく貴族の挨拶すら知らないのだろう。

ギルド内に一触即発の空気が流れた。

「――クリーゼ、落ち着け。僕が屋敷を出てここに来た〝理由〟を忘れたのか？」

大の字で寝転がったまま、オルタニア様がそう言うと、クリーゼと呼ばれた召使いは剣から手を下ろした。

オルタニア様は頭を押さえたまま華麗に立ち上がる。

「ふふふ、まさに読んで字のごとく〝口よりも先に手が出た〟な。この場合、僕の口と君の手だが」

鼻血を流したまま、自信に満ちた笑みで僕の前に立った。

少し涙目になっているようにも見える。

僕が冷や汗を流しながら、どうやってお詫びをしようかと考えている間に、オルタニア様は意外な言葉を口にした。

「非礼を詫びよう。僕はずっと屋敷の中で育てられてきていてね、〝世間知らず〟なんだ。実際のところ、なぜ今、君に殴られてしまったのかもよく分かっていないよ」

予想だにしていなかった言葉に僕は面食らって呆然としてしまう。

僕よりも先に謝られてしまった。

てっきり、もうこの国には住めなくなることを覚悟していたのに……。

僕が混乱している間にオルタニア様は言葉を続けた。

「――だが、君が僕を殴ったということは僕が〝何か怒らせるようなこと〟をしたのだろう？　美しい女性を口説くのも、挨拶をするのも僕にとっては自然なことなんだ。よかったら理由を教えてもらえないか？」

「そ、それは……その……」

僕は顔を赤くした。

ギルネ様の手に口づけをされるのが嫌だったからだなんて言えない。

そんなことを知らないギルネ様は僕の代弁を果たそうと怒鳴り声を上げた。

「そんなの、ティムがムカついたからに決まっているだろ！　このおかっぱ頭が！」

「ふむ……いや、今の君の反応で何となく察しがついたよ。野暮なことを聞いたな。あと、コレは由緒正しきエーデル家の髪型だ、格好よいからと嫉妬しないでくれたまえ」

ここまでの狼藉を働いたのに全く怒っていないようだ。

うっすらと笑みすら浮かべている。

そんな物分かりのよいオルタニア様の態度に僕は自分を恥じた。

あまりに身勝手な理由でオルタニア様を殴ってしまった。

あ、あとギルネ様……その理由はさすがに理不尽だと思います……。

僕は心の底から謝罪をするために深々と頭を下げた。

「オルタニア様、大変申し訳ございませんでした！　つい、考えるよりも先に手が出てしまったのです、僕のことも同じように殴ってください！」

後先考えずに手が出てしまったことを、謝ったからといってなかったことになんてできない。

ならば、せめて同じように僕も殴ってほしい。

それが唯一僕ができる責任の取り方だ。

そんな様子を見ると、ギルネ様が僕の前に出た。

「おい、ティムを殴るなら代わりに私を殴れよ。ティムに手を出したら許さんからな」

「いや、女性を殴るなど僕の流儀に反する。そして何よりも――」

オルタニア様は鼻血をハンカチで拭うと困ったように自分の顎に手を添えた。

「屋敷で貴族として育てられた僕は人を殴ったことがないんだ、だから〝殴り方が分からない〟。殴られたのも先ほどのが初めてだ。よい経験だった、殴られる痛みすら知らないまま平民の上に立つわけにはいかないからな、僕の高貴なる血がいささか流れてしまったのは必要な対価だろう」

「………………」

オルタニア様の不思議な発言に場には沈黙が流れた。

「そ、そこまで世間知らずなのか……」

「これは〝世間知らず〟ですませていいことなのかしら？」

ギルネ様とレイラは困惑して首をひねっている。

オルタニア様は何やら「ちょうどいい」と呟き手を叩くと、一連のやり取りを静観していた召使いのクリーゼさんを呼んだ。

クリーゼさんはオルタニア様の側で跪く。

「クリーゼ、〝僕の案内〟は彼らに頼むことにするよ、学べることが多そうだ。屋敷には僕がいないことを上手く言っておいてくれないか？」

「オルタ坊ちゃま、かしこまりました。どうかお気をつけください」

「心配無用！　何たって僕は貴族、エーデル家の嫡子オルタニア＝エーデルなのだからね！」

高笑いをすませて、クリーゼと呼ばれた召使いを見送ると、オルタニア様は僕たちに身体を向けた。

何だかよく分からないが、〝案内〟というものを無理やり押し付けられてしまったみたいだ。

「そういうことだ、頼んだよ。僕のことは気安く〝オルタ〟と呼びたまえ」

オルタニア様は手で髪をかき上げて、自信に満ちた笑顔で輝く白い歯を見せた。

「こ、こいつ……めちゃくちゃ勝手だわ」

「ティム、私はこいつが何か嫌いだぞ」

「よ、よく分かりませんが、僕がオルタニア様を殴ってしまったことを償えるのであれば……協力いたしましょう」

僕がそう言うと、ギルネ様やレイラも仕方がなさそうに頷いた。

僕たちも自己紹介を終えると、貴族様――オルタは早速僕の前に来て自信満々の笑みを浮かべた。

「さて、では早速教えてくれたまえ！」

「えっと……何をでしょうか？」

僕はオルタの言うことが分からず、聞き返した。

「だから、〝殴り方〟だよ。僕はエリートだからね、すぐに習得してしまうだろう」

「そ、そんなの……〝手を引いて〟、拳を突き出すだけですよ？」

僕が空を切るようにパンチを繰り出すと、オルタは興味深そうにその様子を見ていた。

「なるほど、こうか？　腰の回転も加えると威力が増しそうだな」

そして本当に目の前で同じように練習をし始めてしまう。

「こいつ、この先もこんな感じでいちいち聞いてくるのか？」

「な、何だか疲れることになりそうね……」

あまりにも風変わりな貴族との関わりにギルネ様とレイラはため息を吐いた。


「ティム、大丈夫か？　殴った時、手は痛めなかったか？」

ギルネ様は心配そうな表情でオルタを殴った僕の手を持ち、怪我をしていないか確認を始めた。

そんなに心配なのだろうか、ご自身の両手で何度も僕の手を触って確認をしている。

「ギ、ギルネ様、さすがに殴られたオルタの傷を先に心配してあげてください。僕は大丈夫です」

僕はそう言って手を引っ込めた。

ギルネ様の手が僕に触れるのが嬉しくて恥ずかしくて、これ以上は限界だった。

僕の言葉を受けて、ギルネ様はオルタの側へと歩いて向かう。

「ちっ、ほら、オルタとかいったか？　傷を見てやろう」

「はは、手厳しいな。やはり綺麗な花には棘（とげ）があるのだろうか」

身長の高いオルタが屈み、ギルネ様が殴られた顔面の傷の具合を調べ始めた。

そして、二人は小声で何かを呟く。

「……おい、二度と私に口づけなんかしようとするなよ。私の身体は全てティムのものだからな」

「どうやら僕が入る余地なんかないみたいだな。祝福するよ」

ギルネ様は面倒がりながらも丁寧に【回復魔法（ヒール）】でオルタの傷を治した。

オルタに〝案内〟というものを依頼された僕たちだが、もう日が沈みかけてしまっていた。

そこで、ギルネ様はご提案する。

「オルタ、君の依頼を受けるのは明日でもよいか？　宿屋に小さい子を待たせているんだ」

「もちろん構わないさ、寂しい思いをしているだろう。早く共に行こうではないか！」

「やっぱり宿屋までついてくるのね……」

僕たちはオルタを連れて宿屋に帰ることにした。


宿屋に戻ると、宿屋の看板娘であるエマとアイラがエントランスのテーブルで紅茶を飲んでいた。

僕たちに気がつくと、エマが声をかけてくれた。

「お帰りなさい。ティムお兄ちゃんたち、アイラちゃんはとてもいい子にしていたわ」

「ティムお兄ちゃんたち、お帰り！　その人はだぁれ？」

アイラが座ったまま僕にオルタのことを尋ねる。

「えっと、このお方は――」

「はーっ、はっはっ！」

僕が答える前にオルタは不敵な笑い声を上げて自ら名乗り始めた。

「僕は貴族エーデル家の嫡子、オルタニア＝エーデルさ！　こちらの宿に一晩お邪魔させてもらうよ！」

「え、ええっ、貴族様!?　た、大変！　ついにウチの宿に貴族様まで泊まりに来ちゃったわ！」

エマが大慌てする一方で、アイラは落ち着き払った様子で椅子を立った。

手を脇につけ、片足をもう片方の足の後ろに引き背筋を伸ばしたまま頭を軽く下げ、スカートの裾をつまむとそのまま膝を曲げる。

「お会いできて光栄ですわ、オルタニア様。私はアイラと申します」

「……ほう」

アイラの挨拶にオルタは感嘆の声を漏らした。

「素晴らしい、ここまで完璧な挨拶(カーテシー)は貴族の間でもそう見れないぞ。相手への敬意を肌で感じることができる、まだ幼くして何と教育の行き届いていることだ！」

「えへへ、そうかしら」

「レイラ、おそらく君のおかげじゃないぞ」

照れたように頭をかくレイラにギルネ様はツッコミを入れた。

アイラは褒められたことが嬉しいのだろう、満面の笑みを見せる。

オルタはただのナルシストかと思いきや、自分以外も賛美することができるようだ。

「貴族様の本もたくさん読んだから知ってるの！　紅茶も淹れられるんだよ！　今からみんなの分も淹れるね！」

「ちょ、ちょっと待って、アイラちゃん！　ウチの紅茶は下級品だから、貴族様になんてお出しできないわ……」

「何を言っているのだ、宿屋の娘よ。味や芸術において〝上や下〟なんてものは存在しない、あるのは受け取る側の〝好み〟だけだ！　それに高価な茶葉は飲み飽きているからな、ぜひとも一杯いただこうか」

そう言ってオルタはエマにウィンクをする。

僕は驚いた、オルタはかなり懐の深い人間だったようだ。

正直、勝手な先入観で我が儘で傲慢な性格だと思いこんでしまっていた。

まるで、昔の自分を見ているように。

「分かった、じゃあオルタさんにも淹れるね！」

「わ、私はお父さんを呼んでくるわっ！　貴族様なんて、どうしたらいいか分からないもの！」

エマはダリスを呼ぶため、逃げるように宿屋の奥へと行ってしまった。

オルタは勝手にテーブルに着くと、紅茶を淹れるアイラの様子を観察する。

そして、オルタからアイラに話しかけ、二人で会話を始めた。

「随分と本が好きなようだな、親指の指紋がかなり薄くなっている。紅茶の淹れ方も本で学んだのか？」

「うん、実践は初めてだから上手くできてないかもしれないけど……」

「とんでもない、いささか古風な淹れ方だが茶葉の香りが引き立っている。貴方のような勉強熱心な人に淹れてもらえて、茶葉も光栄に思うことだろう」

「オルタさんの話し方も凄いね、私を大人としても子供としても接しているみたい」

「いやいや、貴方は素晴らしい品格を持った大人の女性だ」

「あはは、今のは子供扱いだね！　みんなの分も淹れ終わったよ！」

会話の内容は僕にはよく分からないが、アイラは楽しんでいるようだった。

心の余裕、教養や品格、人間性――オルタには全てが備わっているようにさえ見えた。

僕は身につけようともしなかった優美で崇高なものを。

アイラはオルタとの会話を終えると紅茶を差し出した。

オルタはカップを軽く揺らして香りを楽しむと一口飲んで満足気にカップを置いた。

そして、真剣な表情で口を開く。

「アイラ、ぜひとも僕と結婚を前提に誠実なお付き合いを――」

「――ふんっ！」

僕は目の前のロリコン貴族を《裁縫スキル》の糸でふん縛って踏みつけた。

台無しだ……やっぱりこいつは尊敬できない。

まだ幼いアイラにまで手を出すなんて、とんでもない色情狂だ。

「ティム、何をするんだ！　美しすぎるこの僕を縛って側に置いておきたい気持ちは分かるが！」

「黙れ、この変態っ！　アイラはまだ九歳だぞっ⁉　求婚するなんてどうかしてる！」

「そうだっ！　お前はどうかしているぞ！　ティムに縛られて足蹴にされて『変態！』と罵ってもらえるなんて、羨ましいっ……」

僕がオルタに制裁を加えていると、ギルネ様も加勢してくださった。

途中からは早口でよく聞こえなかったけれど。

オルタは僕に踏みつけられながら反論する。

「こんなに教養豊かで勤勉で、賢い人はそういない！　知性の欠片も感じられない君たちとは違ってな！」

「お前っ！　ティムとレイラを馬鹿にするなっ！」

「すぐに私とティムのことだと思ったギルネもどうかと思うわ……」

憤慨するギルネ様にレイラが落ち込みながら呟いた。

その隣でアイラも縛られているオルタに怒った様子で詰め寄った。

「そ、それにティムお兄ちゃんはちょっとお馬鹿なところがいいんだよっ！」

「アイラ……？　あれ、アイラ……さん？」

思わず敬語で問いかける。

僕って、アイラにそんな風に思われてたの……？

「——お父さん、早く来て！　貴族様が泊まりに——って何か縛られてるっ⁉」

「い、一体どうなってるんだこりゃあ……」

ダリスは混沌（こんとん）とした状況の僕たちを見つめながら呟いた。

第十六話　〝雑用係〟のティム＝シンシア

宿屋のエントランスのテーブルの下で、全身をぐるぐる巻きに縛られたオルタが僕を見上げながら少し焦（あせ）ったように話しかけてきた。

「おい、ティム。僕を縛っているこの糸を消してくれないか？」

「もうアイラに変なことはしないか？」

「分かった、振る舞いには気をつけよう！　だ、だから早く――」

僕はもう一度オルタに睨みを利かせるとオルタを縛っている糸を消した。

「ふぅ、これでお手洗いに行ける。――君たち、しばし失礼するよ！」

オルタは小走りで宿屋の廊下を駆けていった。

「……全く、騒がしい奴ですね」

オルタが席を外した瞬間に僕はつい呟いた。

あれから、何でもかんでもあれこれと聞いてきたり、小馬鹿にしてきたり、またアイラを口説こうとして僕に縛られたりしていた。

気づいてみればオルタとは喧嘩ばかりだ。ついさっき知り合った相手とは、ましてや貴族だなんて思えない。

僕の呟きを聞いたみんなも同意するように頷いた。

「ティムが一瞬で料理を作ったときも『風情がない！　調理の様子を見せるのも料理のうちだぞ！』と憤っていたな」

「う～ん、紅茶も淹れ方で人間観察をするから、オルタさんはティムお兄ちゃんのことが知れなくて怒ったんじゃないかな？」

ギルネ様の言葉にアイラが推測を述べた。

「それにしても、アイラは知らないうちにすっごく賢くなったのね。わ、私……アイラよりもお馬鹿だけどお姉ちゃんでいさせてくれる……？」

そう言ってレイラは不安そうにアイラを見つめる。

「当たり前でしょ！　私はお姉ちゃんが大好きなんだから！」

「うぅ……アイラ、ありがとうね……！」

アイラに頭を撫でられながら励まされるレイラを見て、僕も他人事じゃないと気を引き締める。

ちゃんとアイラに慕われるような尊厳を取り戻さないと……。

――そんなとき、オルタがトイレの方から慌てて走ってきた。

「お、おいっ！　トイレに個室じゃないのがあるぞ、何だあれは!?　あれでは横から見えてしまうではないか！　いや、決して僕は問題がないのだが、何て言ったって僕のソレも貴族、エーデル家に恥じない立派な――」

「――ふんっ！」

「――ぐぶはぁ！」

僕はこれ以上変なことを言い出す前にオルタの腹を殴った。

オルタは床に倒れて悶絶（もんぜつ）する。

こいつにはデリカシーというものがないのだろうか、アイラの教育によくない。

全員の入浴が終わると、僕たちは部屋に集まった。

オルタの依頼内容を聞くためだ。

オルタは僕が作った甚平(じんべい)を着て満足そうな表情をしている。

「ふむ、実に良い湯だった。ティムが作ったこの寝間着も素晴らしい肌触りだ、屋敷の服よりも上等な気がするな」

「それはどうも。で？　オルタはなんで屋敷を出てきたの？」

僕はじっとりとした視線でオルタを睨みながら聞いた。

アイラはオルタの毒牙にかからないようギルネ様が膝に乗せて保護してくださっている。

「お、おいティム……何だか僕を見る目が冷たいぞ。そんなゴミを見るような目で見なくてもよいではないか」

「くそぉぉ、オルタの奴、色々と羨ましい……」

オルタを見てそんなことを呟いたギルネ様に僕は慌てて説明をする。

「寝間着でしたら、ギルネ様の方が肌触りがいいはずですよ。オルタのは適当に作りましたから」

「おいこらっ！　だがまぁ、作ってくれただけ有り難いからな。感謝する」

オルタは咳払いをすると、さっきの僕の質問に答え始めた。

「簡潔に言うと、僕が屋敷を出た目的は〝社会勉強〟だ。屋敷の中にいると疑問が絶えなくてね、父の許しが出ないので勝手に飛び出してきた」

「ずっと屋敷の中で育ってきたから世間知らずだと言っていたな。飛び出したのは何かキッカケがあったのか？」

アイラの頭を撫でながら、ギルネ様は質問した。

「最初に疑問を感じたのは六年前だな。屋敷のメイドの足元から血が出ているのを見かけた、おそらくどこかに引っ掛けたのだろう。父であれば『貴族には〝平民たちを守り、導く〟という成すべき大業がある、メイド一人など放っておけ』と言うだろうが、僕は『彼女もまた、僕たちが守るべき〝平民〟の一人ではないか』と気がついてね。僕はメイドの足元に傷薬を塗り、父から誕生日に譲り受けた手ぬぐいで傷口を保護してやったのだ。彼女は終始、遠慮をしていたがな」

「……遠慮ではなく、メイドが本気で触られるのを嫌がっていた可能性は？」

「あり得ないだろう、僕は完璧な存在だぞ？」

一切の迷いもなくオルタは返答した。

そんな話を聞いて、僕は衝撃を受けた。

オルタは〝僕とは違う〟。

僕が最初にオルタのことが苦手だったのは、その傲慢に見える態度がどこか昔の自分と重なっていたからだ。

だが彼は常識を疑い、使用人に手を差し伸べた。

自分やアイリのこと以外は何も考えようとしなかった僕とは違って……。

オルタは話を続ける。

「その結果、僕は後日父に叱られたがな。僕が膝をついて彼女の足元を治療する様子が『貴族が平民に跪いている』ように見えたようだ、僕は父を尊敬しているがバカバカしいと思ったね。威厳を気にして手を貸さないなんてどうかしている」

「——アイラみたいな小さい子に交際を申し込む貴方も十分どうかしてるわ」

レイラの鋭い切り返しにギルネ様も頷きながら話を聞いていた。

オルタは構わずに話を続ける。

「そして、ある日『ブベツ』という言葉を耳にした。何となく、〝差別に関する〟ということは分かったが父は教えてくれなかった、まるで隠し事でもするかのようにな。使用人に聞けば教えてくれるだろうが、僕はすでに父を信じられなくなっていた。僕に話したらその使用人が罰を受けてしまうかもしれない。だから僕は〝自分の目で見て知る〟ために屋敷を出た。『ブベツ』と差別されて悲しんでいる平民がいるなら貴族である僕が守り、導かなければならないからな！」

オルタはそう言って力強く拳を握ると僕たちの前に突き出した。

……立派だ。

凄く立派な考えだと思った。

僕にはできなかったことをオルタはやってのけている。

日常をただ享受するのではなく、疑問を持ち、行動に移すということ。

腕を組んでオルタの話を聞いていたレイラは何だか得意げに笑い声を上げた。

「ふふふ、オルタ、素晴らしい考えね！　だけど心配ご無用よ！」

「そうだねっ！」

レイラとアイラは、ニッコリと僕とギルネ様に笑いかけてからオルタを見た。

「だってどこかのヒーローさんたちがもう『ブベツ』を救ってくれたから！」

「あはは、ほとんどティムのおかげで、私は何もしていないがな……」

ギルネ様も誇らしそうに僕を見つめた。

僕は少し照れくさく感じながら、提案する。

「明日、オルタを連れてスラム街に行ってみましょう。最後に様子を見に行ってから少し時間が経っていますし」

「そうだな、まだ出国できていない元『ブベツ』も大勢いることだろう。ティムがご飯でも作って、元気づけにいこう」

ギルネ様は優しく微笑んだ。


「おはよう諸君、今朝も良い天気だ！」

僕たちが目を覚まして、宿屋のキッチン前のテーブルに来ると、オルタはすでに紅茶を淹れて飲んでいた。

「おはよう、オルタ。君も僕たちの部屋で寝ればよかったのに」

「いや、僕は君たちにとってはまだ部外者だからね。ティムが上質なベッドを作ってくれたおかげで廊下も居心地がよかったよ。これもよい経験だ、モーニングティーは飲むだろう？」

そんなことを言いながらオルタは僕たちの分の紅茶も淹れ始めた。

ギルネ様はテーブルに着いてオルタからカップを受け取る。

「貴族を廊下で寝かせている様子をみて、エマは顔面蒼白（そうはく）になっていたがな」

「だからといって、他の客の部屋を借りるわけにもいかんだろう？　彼らは先に予約をしていたんだからな。金を積んで、店主が納得すれば部屋を奪い取ってもよいという話ではない」

次にレイラとアイラがテーブルに着くと紅茶のカップを受け取る。

「オルタって、根が凄く真面目よね……変人のくせに」

「ま、まぁなんていうか、凄く真っ直ぐだよね！　私たちの常識は通用しないみたい！」

「アイラ、そういうのを〝常識がない〟っていうんだよ」

全員がテーブルに着くと、僕はエプロンの紐を背中で結んだ。

僕は【洗浄（クリーン）】があるのでエプロンなんて必要はないんだけど、ギルネ様たちの強い要望で僕は毎回着けることにしている。

「では、朝食をお作りいたしますね！」

僕が《料理スキル》を発動しようとすると、オルタが僕の肩を叩いた。

「ティム、今朝は僕が料理を作ろう。昨日作ってもらったお礼だ、それに――短絡的で〝考えるより先に身体が動いてしまう〟ような君はきっと僕から色々と学ぶことがあるだろう」

「貴族のお坊っちゃんが、料理なんてできるの……？」

レイラの問いに、オルタは自信満々の笑みで応えた。

オルタは僕に卵とベーコン、パンと野菜を人数分要求した。

さらに、エプロンも要求したので僕は従うことにした。

オルタはエプロンを着けると、フライパンに油をひいてベーコン、卵を落としていった。

そしてトースターにパンをセットすると、要領よく野菜を切ってゆく。

ベーコンが焼ける音や野菜を切る音がキッチンに響き、その中でオルタはパンが焦げてしまわないか何度も確認していた。

アイラがそれを見てパチパチと嬉しそうに手を叩く。

「凄い凄い！　オルタさん、何か凄く忙しそう！」

「お、美味しそうな匂いがするわね……オルタのくせに」

「パンは焦がさないでくれよ、アイラに苦いものは食べさせたくない」

「私、苦いのも食べられるよ〜？」

オルタが料理をする後ろでギルネ様たちは楽しそうに茶々を入れていた。

それはとても平和な時間だった。

そうか……僕は効率ばかりに気を取られて〝料理を待つ楽しみ〟を奪ってしまっていたのか……。

「――そら、完成だ。僕としたことが、卵を少し焦がしてしまったがな」

そう言って、一番焦がしてしまった皿をオルタは隠すように自分の座る位置に置いた。

少し不格好なものもあるが、見事なエッグトーストとサラダが人数分完成していた。

「……美味しそう」

僕は思わず呟いた。

不格好な焼き加減も、オルタが頑張って焼いたことを考えると非常に魅力的に見えた。美味しく、健康的な料理を作る以外の価値がここに存在しているように感じた。

僕の呟きを聞いて、ギルネ様は驚きの表情をした。

「んなっ⁉　ティム、私だってこれくらいは作れるぞ！　そうだ、卵焼きを作ってやろう！　ティムの好物だもんな！」

「ティムの〝好物〟⁉　ギ、ギルネ！　私にも作り方を教えて！」

「やったー、みんなでお料理大会だ！」

オルタに対抗意識を燃やしたようにギルネ様たちは料理を始めてしまった。

僕はみんなの料理が冷めてしまわないように【保温（キープ）】を発動する。

オルタは愉快そうに笑みを浮かべていた。

「ティム、これで少しは分かったか？　料理とは〝味〟だけで楽しむものではない、調理の〝音〟や〝調理工程〟など、五感でも相手を楽しませるものだ。君は僕よりも遥（はる）かに料理が上手いんだろう？　料理の手間ひまを見せないのはあまりに惜しい」

オルタの言う通りかもしれない。

せかせかと効率ばかり考えてしまうから、僕の行動もつい短絡的になってしまうのだろう。

『僕がやった方が早いから』と人に頼むこともしなかった。

それは少し、寂しいことだ……。

「――ティム！　卵焼き作ったんだけど、どうかしらっ⁉」

レイラは満面の笑みでお皿にのせた〝黒い塊〟を持ってきた。

歪な形をしたそれは皿の上でカタカタと音を出して揺れている。

……卵焼き？　黒い石では？

「……お姉ちゃん。〝鉱物〟じゃなくて、ティムお兄ちゃんの〝好物〟がいつか作れるといいね」

アイラはレイラを愛おしそうに見つめながら呟いた。


僕たちは朝食を終えると、オルタを連れてスラム街へと向かった。

「うぅ……お料理って難しいのね」

「レイラは何でも強火にしちゃうからダメなんだよ」

「じゃあ、ティムお兄ちゃんがお姉ちゃんに付きっきりで教えてあげるしかないね！」

「ズ、ズルいぞっ！　ティム、私にも教えてくれっ！」

「はーっはっはっ！　レイラ、この僕が特別に教えてあげてもよいぞ？　なんたって僕は――」

「――あ、それは大丈夫」

道中楽しげに話をしていた僕たちだが、急に嫌な胸騒ぎがした。

スラム街の方から、何やら喧騒の気配が漂い始める。

「ギルネ様、なんだかスラム街の方が騒がしいです！」

「あぁ、みんな急ごう！」

僕たちはリンハール王国の北西部の端、スラム街の方へと走って向かう。

――やがて、人々の悲痛な叫びがハッキリと聞こえた

「止めてください！　私たちは『ブベツ』ではありません！　証がないではありませんか！」

「すでに偵察により貴様らが何らかの方法によって『ブベツの証』を消したのは分かっているんだ！」

「反逆罪で一人残らず牢（ろう）へぶち込んでやる！」

「わ、分かりました！　従いますからもう殴らないでください！」

「抵抗する恐れがあるからな、死なない程度にならいたぶってよいぞ！」

「そんな、あんまりだっ！　妻と子には手を出さないでくれ！　頼む……！」

スラム街まで走り着いた僕たちが見たのは地獄絵図だった。

『ブベツ』だった人々が王国兵たちによって蹂躙（じゅうりん）されていた。

捕獲するだけであれば明らかに必要のない暴力が、老若男女問わずに振るわれていた。

王国兵たちは悪魔のような笑みを浮かべている。

「――凄惨（せいさん）な行いを今すぐ止めろっ！　僕はエーデル家の嫡子、オルタニア＝エーデルだ！」

僕よりも先に怒りに満ちた瞳でオルタは叫んだ。

貴族であるオルタの言葉に王国兵たちは手を止めた。

だが悪魔のような笑みは浮かべたままだった。

「これはこれは、貴族エーデル家の嫡子オルタニア様ではありませんか」

「そうだ、今すぐにこの馬鹿げた行為をやめるんだ」

にやけヅラの王国兵にオルタは額に青筋を立てて怒鳴りつけた。

「ですが、『ブベツ』の件につきましては、エーデル家の当主でありますオリバー＝エーデル様は黙認されております」

「父が⁉　そ、そんなわけないだろうっ！」

オルタはやや戸惑うようにして否定した。

僕たちは、そんな様子を固唾を呑んで見守る。

「いいえ、エーデル家といえども王国には逆らうことができません。第一王子であるベリアル王子のご指示に従わざるを得ないのです」

「王子の命令……そうか、父は庇護を継続してもらう代わりに『ブベツ』たちへの差別を黙認したのだな……」

「えぇ、王子の権力には敵いませんからね。オルタニア様もここは手を引いてくださいますね？」

「……あぁ、分かった。そういう事であれば仕方がない……。僕は……〝手を引こう〟」

うなだれたオルタの様子に王国兵たちは愉快そうに笑った。

「分かってくだされば――ぐへぇ！」

そして直後、王国兵はオルタに顔面を殴り飛ばされた。

「〝手を引いてから拳を突き出す〟確かそうだったな。どうだ、ティム。僕は教えられた通り、上手く殴れているか？」

オルタは不敵に笑ってみせた。

王国兵たちは激怒する。

「オルタニア！　貴方は自分の家の当主の意向に逆らう気かっ⁉　継承権を失うぞ！」

「父との約束を破るのはまだよい、最低なのは〝自分との約束を破る〟ことだ！　僕は平民を救うと自分に約束をした！　人との約束を破ったなら償えば良い！　だが自分の美学を破ったら、一体誰に償えるというのだっ！」

オルタは僕たちに背を向けると王国兵たちに向き合い、胸を張って構えた。

「ティム達、ここまでの〝案内〟ご苦労だった。これ以上関わると王国に目をつけられてしまう。後は僕が何とかするから君たちは君たちの日常に戻りたまえ。……君たちといるのは実に楽しかったよ」

凄い自信だった、きっとオルタなら楽勝で王国兵たちを全員倒す事ができるのだろう。

そう確信することができた。

——震える彼の膝を見るまでは。

ギルネ様は僕の肩に手を置いて、囁いた。

「ティム、王国に逆らうのはマズい。私たちの目的は冒険者として腕を上げて、最終的にシンシア帝国の使用人たちを救うことだろう。口惜しいが、今、私たちにできるのはここまでだ」

僕は身体が動かなくなってしまう。

ギルネ様がおっしゃることはいつだって正しい。

従うべきだ。

ここでオルタに手を貸すことは僕たちの破滅を招いてしまうかもしれない。

「ティム、私はどこまでも付いていくわ。ティムのしたい通りにして」

「ティムお兄ちゃん……」

レイラとアイラはそう言って僕を見つめる。

そうだ、僕の選択には責任が伴う。

今や、僕一人ですむ話じゃない。

「オルタニア＝エーデル！　貴様も反逆罪で逮捕する！」

王国兵がオルタに摑みかかってきた。

オルタは自信に満ちた表情を崩さず、しかし頰からは一筋の汗が伝っていた。

明らかな虚勢だった。

このままではオルタは、『ブベツ』たちは、どうなってしまうのだろう。

幸せな未来が、待っているだろうか？

ギルネ様が僕の肩を引く――

「ティム、このままでは巻き込まれる！　逃げようっ！」

「――ギルネ様！　ごめんなさい！」

僕はギルネ様の手を振り払って、

――オルタに摑みかかった王国兵を殴り飛ばした。

オルタは口を開いたまま、驚愕の表情で僕を見る。

「馬鹿っ、君はまた同じ過ちを繰り返すのか⁉　君もただじゃすまなくなるぞ⁉」

「違うよ、オルタ。今度はちゃんと〝考えた上で殴った〟、君と同じようにね」

僕の行動を見て、ギルネ様はため息を吐きながら笑った。

「ティム、本当に……随分と立派になったな。だが、その選択は大変だぞ?」

レイラはアイラを側に寄せると、すぐに王国兵に向けて剣を構えた。

「ティム、私は凄く嬉しいわ。ティムが私たち『ブベツ』に手を差し伸べてくれたことが!」

「ティムお兄ちゃん、凄く格好いい……」

レイラは笑顔で、アイラは希望に満ちた瞳で、僕を見つめた。

みんな、こんな身勝手な僕についてきてくれた。

改めて感じる。

僕は——本当に最高の仲間に恵まれている。

「すみません、ギルネ様……以前、お話ししましたよね? 〝雑用スキル〟は『人が豊かに、幸せに過ごすことができるように尽くすためのスキル』だって——」

これから、とんでもないことになるだろう。

それでもみんなが一緒にいてくれるだけで、僕の心は決意で満たされる。

「僕は、幸せでない人たちがいるなら、〝幸せに成れるように奉仕〟してあげたいんです」

僕はモップを【生成（ジェネレート）】して構えた。

心が汚れたこいつらと戦うにはお似合いの武器だ。

そして、覚悟を決めて大きく息を吸い込む——

「だって僕は冒険者である前に〝雑用係〟ですから！」

おんぼろ宿屋の下剋上

Ascendance of a Choreman
Who Was Kicked Out of the Guild.

宿屋『フランキス』。

リンハール王国の繁華街から大きく外れた場所に店を構えるこの宿屋は決して商売が繁盛しているとは言えない。

立地が悪いのも原因の一つだけど、一番の原因はそのボロさだ。

外観は何とか取り繕っているものの、設備は何もかも老朽化が激しい。

ベッドは軋み、ドアはスムーズに開かずノブも外れかかっている。

宿泊代は二人部屋が一泊千ソルまで価格を下げているが、値段相応と言われても否定ができないような情けない状態だ。

もちろん、この宿屋を家族で経営する私たち、フランキス一家も裕福な家庭などではない。

「「や～い、お前の宿屋、おっ化け屋敷～！」」

「も～、お化けなんか出ないってば！　風評被害になるからやめなさい！」

近所の子供たちがこうしてわざわざ宿屋の前まで馬鹿にしにくるのもいつもの光景だ。

宿屋の看板娘である私、エマ＝フランキスは両手を振り上げて威嚇をする。

すると、このクソガ――子供たちは大変憎たら――愛らしく舌を出して、自分たちのお尻を叩いて挑発すると逃げていった。

くそ～、可愛いけど腹が立つ！

「――いや、エマ。その路線の方が泊まりに来る客が増えるかもしれん。〝お化けが出る宿〟として売りだそう」

「いや、お父さんも言い返してよ。なんで前向きに考えてるのよ……」

顎に手を添えて真剣な表情でそんなことを言う我が父、ダリスに私は呆れ返る。

しかし、そんなふざけた提案に乗ってしまう、さらにふざけた人がこの場にはいた。

「素敵よ～貴方。じゃあ、みんなで活きのいいお化けさんを捕まえに行きましょう～」

「いやいや、〝活きのいいお化け〟って何よ……お母さんも毎日ご近所さんに馬鹿にされて、悔しくないの⁉」

「いいのよ～、私には愛する夫と可愛くてしっかり者のエマちゃんがいるんだもの～」

おっとりとしたしゃべり方でお父さんの全てを肯定するこの豊満な体つきの女性は私の母、カミラだ。

いつもボロボロの服を着て、幸せそうな笑顔を浮かべている。

「じゃあ罠を仕掛けに行きましょう～、踏んだら足を縛りつける、小動物を狩る為のトラップが倉庫にあったはずよ～」

「いやいや、お化けに足は無いでしょ……って真面目に答えてる私もどうかと思うけど……」

「流石はエマちゃんね～、お母さん馬鹿だから分からなかったわ～」

いつも通りのお母さんの様子に私はため息を吐く。

「がはは、エマはマジでお化けを捕まえに行くつもりなのか。お父さん、流石にちょっと引いたけど自分の娘だから温かい目で見守るぞ！」

「なんで私が発案したみたいになってるのよ！　行かないわよ！　変な手段に頼ろうとしないで、

地道なお客様へのおもてなしで、宿屋を人気にしていきましょ！」

私はあまり頼りになりそうにない二人の代わりに拳を握って決意を燃やす。

お母さんは「あらあら～、エマちゃんは凄いわぁ」と人ごとだ。

そもそも、この宿屋がずっとおんぼろで私たち家族が一向に貧乏から脱却できないのは、この両親のせいでもあるのだ。

このリンハール王国には、二年前に行われた王国全土の『健康診断』の後、突如『ブベツ』というレッテルを貼られて差別され始めた人々がいる。

そんな『ブベツ』の人たちに食料や着る物などをこっそりと支援をしているのが、私の両親なのだ。

父いわく、

「『ブベツ』にされた人たちは何か一芸に秀でた優秀な人が多かった。この差別は貴族や労働者たちが己の地位を守るために自分勝手に始めたことだ。そんなの可哀想じゃねぇか」

とのことだ。

とはいえ、うちもお金に余裕があるわけじゃない。なのになぜそんなことをするのか。

それは今から一年前、路地裏を歩いていて暴漢に襲われかけた私を刻印が刻まれた『ブベツ』の人たちが助けくれたからだった。

『ブベツ』の人たちは、この国での立場が悪い。

もし王国兵が現れたら、捕らえられてしまうのは実際に襲ってきた暴漢ではなく、私を助けてくれた彼らの方だろう。

『ブベツ』の人たちは私を人目が多く安全な大通りまで運ぶと、みんなすぐにどこかへと行ってしまった。

暴漢に襲われかけた私は、ショックでお礼すら言う余裕もなかった。

この話を聞いた義理堅い我が父、ダリスは、その時から王国にバレないように『ブベツ』を支援し始めたのだ。

直接、接触してしまうと私たちまで目をつけられてしまう危険があるので、『ブベツ』の人たちが唯一住むことを許されている王都の僻地――スラム街の所々に、父は購入した食料や衣類を置いている。

お母さんも自分の服を買うより『ブベツ』の人たちの衣服を優先してしまっている有様である。

「エマちゃんを助けてくれたんだもの～、感謝してもしきれないわ～」なんて笑顔で父の意見に賛成しているのだ。

その出費のせいで、宿屋の補修をしたり古い家具を買い換えるようなお金も無い。

とはいえ私も彼らの支援をすることは賛成だ。

助けられた恩もそうだけど、〝優秀だから〟という妬みにも似た理由で差別をされる『ブベツ』のみんながやっぱりあまりにも不憫だから。

とにかく、必要なのはお金だ！

お金さえあれば『ブベツ』への支援もできる、宿屋を綺麗にすることもできる！

「絶対に立派な宿屋にしてみせるんだから！」

私が拳を突き上げて両親の前で宣言すると、街角から不意に高飛車な笑い声が聞こえてきた。

「オーホッホッ！　あらエマ、奇遇ね！　ご機嫌麗しゅうございますわ！」

護衛を数人引き連れて現れたのは私の幼なじみ、ステノアだ。

扇子で上品に口元を覆い、金色の髪はセットするのにどれくらいの時間を要しているのか分からないほど綺麗に巻かれている。

「ステノア……偶然こんな場所を通りかかることなんてあり得ないでしょ。また私をコケにしに来たのね？」

私はため息を吐いて彼女の相手をしてやった。

「あ、あら、エマったら私はそんなに暇ではなくってよ。わざわざそんなことのために来るわけないでしょう、変な勘違いなさらないでくださる？」

図星を指されたステノアは扇子を閉じて焦ったように否定をする。

「あら、ステノアちゃんいらっしゃい～。今日は一段と綺麗なお洋服ね～」

「おう、凄いドレスだな、うちの宿屋がまるまる一軒買えちまいそうだ！　さすがは王国一の宿屋の娘さんだ！」

私の両親はステノアの登場にもかかわらずいつもの調子だ。

そして、お父さんの言う通りステノアはリンハール王国で一番繁盛している大衆宿屋『フレンキス』の看板娘である。

うちの宿屋の名前と一文字違い……明らかにこれも嫌味だろう。

このせいでウチの宿屋は周囲からはパクリだとか言われるが、私たちの方が先だったし、そもそもウチのファミリーネームである。

いつだって力ある方が正しいとされてしまう悲しいこの世の理だ。

「エ、エマのお母様にお父様……！　お褒めに預かり光栄ですわ！　この服は職人に仕立ててもらいましたの！　とてもお目が高いですわ！」

私をコケにしに来たステノアだけど、私の両親には若干の人見知りを起こしてしまっている。

さっきまでの高飛車な態度はどこへやら、普通に頭を下げていた。

それにしても、うぅ～、悔しいけど確かにステノアの着ているお洋服はとても綺麗だ。

私みたいな地味っ子には似合わないだろうけど……一度は着てみたい……。

私が羨ましそうな視線でドレスを凝視してしまっていることに気がついたステノアは勝ち誇ったような笑みを私に向けた。

「あら？　エマったら羨ましいのかしら？　私のこの美しいドレスがっ！」

そう言ってその場でクルリと一回転して私に見せつけてきた。

「う、羨ましいわよっ！　でもこの宿屋を繁盛させて、いつかは私だってもっと素敵なドレスを着てやるんだから！」

そんな私の宣言はステノアからしてみれば妄言にしか聞こえなかったのだろう。

軽くあしらうように鼻で笑われてしまった。

「ふふふっ、それは楽しみね。それはそうと、実はこのドレス……〝もう一着〟あるのよ」

そう言って指を鳴らすと、ステノアの護衛の男がステノアの着ているドレスと全く同じような物をもう一着、抱えていた衣装ケースから取り出した。

「どう、エマ。間違えて二着作ってしまったんだけど着たいかしら？　貴方にあげても良いのよ？」

わざとらしいその態度が癪に障った私は大きな身振り手振りで威嚇をしつつステノアに対抗する。

「間違えるなんてあり得ないわ！　しかも、サイズまで私用に調節されているみたいだし！」

私はそう言って二着目のドレスの胸元を指さした。

ステノアのドレスよりも少し大きめに仕立て上げられているその胸元を。

「わ、私だってこれぐらいはありますわ！　本当に間違えて二着作りましたの！」

そういってステノアは私の指摘を否定した。

「おう、いいじゃねぇか！　エマ、くれるって言うならもらっちまえよ！」

「そうよ～、これでステノアちゃんとお揃いね～」

プライドも何もない私の両親はそんなことを言っている。

「た、確かにエマとお揃いになっちゃいますわね！　でもそれは二着作ってしまった私のミスですし、我慢してさしあげますわ！」

ステノアは口角を上げて、頬を染めながらそんなことを言っていた。

彼女のことだ、自分の作った服を私に着せることで征服感を味わいたいのだろう。

正直、彼女の口車に乗せられてこのドレスを貰ってしまいたい自分もいる。

きっと、うれしさでこのドレスを着たまま鏡の前でクルクルと日が暮れるまで、回転して目を回してしまうだろう。

私がプライドとドレスの魅力との間で葛藤している中、ステノアは私用に仕立て上げられているドレスを手に持ち、私に再び不敵な笑みを浮かべた。

「あら、エマ。残念ながら『タダであげる』とは言えませんわ」

チッチッチッと言いながらステノアは人差し指を私の目の前で左右に振る。

「そうですわね、貴方の今着ている服と交換でどうかしら？　あぁ、安心してくださいませ。『その場で脱げ』なんて言いませんから。宿屋で着替えて、脱いだ服をそのまま私にくだされば結構ですわ」

「……私の服と？」

どう見ても釣り合わない自分のボロボロの服を見て私は首をかしげる。

「えぇ、タダでもらうなんて貴方のプライドが許さないでしょうし……これは〝公平な取引〟という事にしてあげますわ。べ、別に私がどうしてもエマが着ている服を手に入れたいって訳じゃないのよ？」

扇子で自分の顔を扇ぎながらそんなことを言うステノアに、お母さんも同意した。

「あら～、いいじゃない～。エマちゃん、交換してもらいなさいよ～」

のほほんとした調子でそう言うお母さんだったが、私は強い口調で断った。

「絶対に駄目よ！　これはお母さんが私のために縫ってくれた大切な服なの！　手放すわけにはいかないわ！」

そう言ってステノアを睨みつけると、ステノアは何やらハンカチを取り出して自分の目元を覆った。

「そう……それはこのドレスに負けないくらい価値のある物ですのね……欲しかったけど我慢いたしますわ……」

理由はよく分からないけど、ステノアは本当に欲しかったらしい。

きっと私が渡した瞬間にビリビリに破いて足蹴にでもして、私を怒らせたかったのだろう。

「それじゃあ、〝別の方法〟しかありませんわ……」

そう言うと、ステノアはハンカチをしまい、少し怖い視線で私の全身を見た。

「ドレスが欲しければエマ、貴方の〝身体で支払って〟もらうしかないわね」

身の毛もよだつようなステノアの提案に私は思わず身を震わせる。

暴漢に襲われそうになってしまって以来、私はお父さん以外の男性に恐怖を覚えるようになってしまっている。

ステノアは私に誰かとそういうことをさせて、その惨めな様子を楽しもうとしているみたいだけど、私にとってはそっちの提案の方が論外だった。

「エマは私にひざ枕を――」

「絶対に嫌よ！　そんなの絶対に嫌！」

ステノアが何かを言った直後に私は否定した。

聞きたくもない、私の身体を男共になんて触らせやしない。

私の言葉を聞くと、ステノアは少し涙ぐみ始めた。

「そ、そこまで強く否定しなくてもいいじゃない！　エマの馬鹿っ！」

「馬鹿はそっちでしょ！　そこまでして私の醜態を見たいっていうの？　ステノア、貴方のことが本っ当に嫌いよ！」

「――っ⁉」

私の言葉を聞いて、ステノアはフラフラと後退した。

倒れそうになるところを護衛の人たちが慌てて支える。

そして、ステノアは何やら不気味な笑い声を上げた。

「ふっふっふっ……エマ。もうこうなったら私は手段なんて選びませんわ。勝負いたしましょう！一カ月後、貴方の宿屋が借金を返せなかったら、エマ……貴方の身体は自由にさせてもらいますわ！」

瞳に涙を浮かべながらステノアはそう言って私を指した。

私は突然の意味不明な提案に狼狽(ろうばい)する。

「ちょっ、ちょっと待ってよ！　私達借金なんて――！」

「エマ、悪い。俺たちが毎日食べているご飯はステノアお嬢さんのお小遣いでまかなってる」

衝撃的な父の告白に私はダラダラと冷や汗を流した。

「い、いくら借りてるの……？」

「十万ソルだ。うちの宿なら百泊分だな、うちは四部屋あるから返済できないこともないがほぼ毎日満室にしないと無理だな」

「あらあら、じゃあ頑張らないとだわ～」

毎日一組か二組しか宿泊客が来ないウチの宿屋にとっては絶望的な状況にもかかわらず両親は笑いながらそんなことを話していた。

青ざめる私に対して、ステノアは毅然として瞳に涙を溜めながら話を続けた。

「本当は返してもらうつもりなんてありませんでしたが、エマがそんな態度を取るのが悪いんですよ？で、ですが返せないからといって危ないことをされても困ります！　だから大人しくその身体を——」

「ば、馬鹿にしないでっ！　私は自分の身体を売るような真似はしないわ！」

ステノアがまた私をこきおろそうとしてきたので私は言い返してみせた。

いつまでも馬鹿にされてばかりじゃいられない。

私だってやればできるはずだ、もう家族の誰にも惨めな思いはさせない。

私はステノアにビシッと指を突きつけて宣言した。

「一カ月で十万ソル、きっちり稼いでみせるわよ！　見てなさいよ！」

私が覚悟を決めて宣言する姿を見ると、ステノアは思った以上に動揺している様子だった。

「そ、そう……エマ、無理はしないでね……。あとこれ、さすがにご飯は食べないと駄目だから今月分の食費、一万ソル渡しておくね」

ステノアはまるで心配でもしてみせているかのような表情で、私に一万ソルが入った布袋を差し出してきた。

「何よっ！　どこまでも馬鹿にしてっ！　そんなの——」

「エマ、ウチはもう食料がないぞ」

背後からのお父さんの囁きを聞いて、私は突きつけたままの指を下げると「ありがとう」と一言、その袋を受け取った。

そして、咳払いをしてから再びステノアに指を指す。

「一カ月で十一万ソル、きっちり稼いでみせるわよ！　見てなさいよ！」

「分かりましたわ、ふふ……エマがもう少しで私のモノに……楽しみにしてますわね！」

ステノアは勝利を確信しているような表情で扇子を開き、高笑いをした。


——ステノアとの勝負開始から二週間。

日もどっぷりと暮れた頃、受付の明かりに照らされながら私はカウンターに顔を突っ伏していた。

「お客さんが来ない……」

「だっはっは、まだ三万ソルしか貯まってねぇな。『ブベツ』への援助を止めてもこのままじゃ間に合わねぇ」

「あらあら、困ったわね～」

借金の返済日まで残り半分しかないというのに両親はのんきな様子だ。

返せなかったら愛する娘の身体が売られることを分かっているのかしら……？

とにかく、このままじゃだめだ、外に出てお客さんを呼び込まなくちゃ！

あまり遠くに行かないで宿の近くなら安全なはず……。

「と、とにかく一人でも多くのお客さんを呼び込まないと駄目よね……。男の人が苦手とかも言ってられないわ！　で、でも怖そうな人は駄目かも……」

「あっはっはっ！　エマも男に少しずつ慣れていかないとな！」

そんなお父さんの言葉に私は頷く。

「そ、そうよね！　性別なんかでおもてなしに差別があってはいけないわ。分かってはいるんだけど……や、やっぱりまだ少し怖い……」

お父さんが私の頭を撫でて勇気づける一方でお母さんは眠たそうにあくびをする。

「まぁ、きっといつかエマにも素敵な出会いがあるわよ～。そのうち、白馬に乗った王子様が来店されるかもしれないわ～。少し早いけど私はお風呂に入って先に寝るわね～」

「おう、カミラは先に寝ていてくれ。宿の方は俺とエマに任せろ！」

「全く、お母さんったら緊張感が無くてのんきね～。日中もうとうとしてばっかりだし……」

宿屋のカウンターでお父さんとそんな話をしていたら、宿屋に一人の男の子がやってきた。

私と同じくらいの歳の金髪の子だ。

「すみません、今夜泊まりたいんですが――」

「――っ!?　ウチは二人部屋だけだけど、今日は全室空いてるよっ！」

私は思わず身を乗り出して即答する。

不思議だ、この金髪の子は格好を見る限り男の人のはずなのに、全く嫌悪感が湧かない。

なんていうか、男らしさというか、そういうものを一切感じない。

それよりも溢れ出る人の良さというか、徳の高さというか、そっちの雰囲気を感じる。

私、この男の子とだったらずっと一緒に居られそう！

まさに私の心のリハビリにぴったりな子だった。

も、もしかしたら世界で唯一、私と一緒になれる男の人なのかも……あ、あわよくば、お付き合いとかできないかしら……！

私がそんなことを考えていると、その金髪の男の子は素敵な笑顔を見せて、宿屋の入り口に声をかけた。

「ギルネ様！　レイラ、アイラ！　どうやら泊まることができそうです！」

そう言うと、宿屋の入り口からは息を呑むような美少女二人と可愛らしい小さな女の子が入って来た。

私は思わず心の中で、大きく落胆のため息を吐く。

私なんかじゃ敵いそうもない、ステノアとも並び立てるくらい可愛くて綺麗な女の子たちだった。

「じゃ、じゃあ……この名簿にみんなの名前を書いていってね……」

「はい、分かりました！」

私は明らかに元気がなくなってしまっていた。

そんな私の心情を悟ったかのように、お父さんが私の頭をガシガシを撫でながらお客さんたちに話しかける。

「おう、坊主！　せっかく可愛い女の子をたくさん連れてるのに、四人部屋がなくて残念だったな。

うちの可愛い看板娘のエマに免じて許してくれや」

朗らかに笑うお父さんを見習って私も急いで満面の笑顔を作った。

お客さんがいるんだから元気な笑顔を見せなくちゃ駄目よね……！

私は書かれた名簿で名前を確認しつつ、私の頭の上に乗せられたお父さんの手を振り払う。

「もう、お父さん変なこと言わないでよっ！　ティム君たち、こんなボロ宿で申し訳ないけどゆっくりしていってね！　連泊希望なのね、嬉しいわ！　できたらいっぱい泊まっていってね！」

そんな事を言いながら、私は心の中で少し泣いた。

たかが一目ぼれとはいえ、好きな人が他の女の子と一緒に泊まっているのは、なんだか落ち込んでしまう。

はぁ、ティム君が私にとっての王子様だと思ったのになぁ……。


翌朝、私は気を取り直していつも通り宿屋のお掃除をしていた。

お父さんがなにやらティム君達の部屋に呼ばれていたけど……何か備品を壊しちゃったりしたのかな？

まぁ、ウチの宿はボロボロだから何が壊れちゃっても驚かないんだけど……もしかしてベッドとか？

ちょっと待って、ベッドが壊れるってどういうこと⁉

そ、そんなに激しく使ったの⁉

私はそんなアホみたいなことを考えながら今度は窓枠を拭こうとする。

すると、窓枠に付いていた黒いくすみが、私がふき取る前に突然消え去った。

「――ほへ？」

思わずそんな間の抜けた声を上げる。

周囲を見回すとさらに顕著（けんちょ）な異変に気がついた。

薄汚れているはずのウチの宿屋がどこもかしこもピカピカになっている。

私は慌てて廊下からお父さんがいるティム君たちの部屋へと向かった。

「――お父さん！」

そして、この異変を伝える。

「お、お父さん！　何か急にうちのボロ宿が凄く綺麗になったんだけど⁉」

「な、なんだと⁉」

お父さんは私の言うことを確認するために、慌てて宿屋中を見回りに行った。

そして私は〝ティム君たちの部屋の異変〟にも気がつく。

「――って、この部屋も何⁉　家具も、何もかも全部新しくなってる⁉」

私が全く見慣れない自分の宿の一室に驚いていると、ギルネちゃんが腕を組んで笑い声を上げた。

「ふっふっふっ、これは全てティムの力だ！」

「雑用スキルで全部作っちゃいました。すみません、勝手なことをしてしまいまして……」

「ティム、謝ることはないぞ。ティムは私の命令通りにやったにすぎないからな」

私は開いた口が塞がらないまま、二人のやり取りを見ていた。

「こ、これがティム君の能力……？　ギルネちゃんの命令でティム君が……？」

そして、狭い宿屋をすぐに一周してお父さんが私達の目の前に戻ってきた。

ギルネちゃんが不敵な笑みで口を開く。

「さて、店主よ！　他の部屋もこの王室のようにしてやろう！　だから代わりに私達の宿代をタダにするのだ！　そして、今日の宿泊費もタダにしてくれ！」

「ぎ、ギルネ様！　さすがにそこまでは――」

普通なら何十、いや何百万ソルもかかってしまいそうなはずの事をしておいて、ギルネちゃんの要求はとてもささやかな物だった。

「とんでもねぇ！　これなら宿代が普段の何倍も取れちまう！　なんなら何カ月か住んでくれても良いんだぜ！　俺は義理堅いんだ！」

お父さんはそう言うと、ティム君の手を力強く握って握手をした。

激しい手の上下運動でティム君の身体も上下する。

その細い腕を痛めてしまうんじゃないかと私は心配だ。

「――それじゃ、店主よ！　部屋を貸しておいてくれ！　私達はクエストに出る！」

「お、お部屋、ありがとうございます！　行ってきます！」

「ああ、気をつけてな！」

「行ってらっしゃ〜い」

そうしてすぐ、ティム君とギルネちゃんがギルドに向かうのを私たちは宿屋の入口で見送った。

ティム君は私の想像なんか及ばないほどに凄い人だった。

それでいて、謙虚で、素朴で、可愛くて……私なんかがティム君をどうにかしようなんて考えること自体がおこがましかったのかな……。

二人が見えなくなると、お父さんは私に語りかけた。

「よし、エマ。あのティムって子と結婚しろ」

「お、お父さん、無理だよ……三人も凄く可愛い女の子を連れてるんだし」

「お前だって可愛いじゃねぇか、貸し切っておくから風呂場に突っ込め。『お背中を流します』なんて言って事故で身体を見せちまえば、あの義理堅そうな少年は責任取ろうとするだろ」

お父さんの馬鹿げた発言に私は一瞬だけ考えてしまう。

た、確かにそうかも……純粋でウブな感じだし、凄く良い子みたいだし……いやいやそんな弱みにつけ込むようなことしちゃ駄目だよね。

「さ、最低だねお父さん……。そんなことしたって幸せにはなれないよ」

「そうか？　俺は幸せになったけどな」

お父さんは笑いながら私の頭を撫でた。

体験談だったの……？

いつものほほんとしてるお母さんだけど、そんな手段でお父さんをゲットしていたなんて……。

そうか、キッカケなんてどうでもいい。

手にした者勝ちだ、ティム君がいれば宿屋だって確実に立て直せる。

ティム君は男の人が苦手な私に神様が寄こしてくれた千載一遇のチャンスなのかもしれない。

そんな悪い考えが私の頭の中をよぎり始めた。

でも、見たところティム君はギルネちゃんと付き合ってるみたいだし、私が何をしても無駄だよね。

いや……でもギルネちゃんは何だかティム君と付き合っている感じではなかったかな？

ティム君はギルネちゃんの事を『ギルネ様』って呼んでいたし、ギルネちゃんはティム君にスキルを使わせて宿代をタダにして……ギルネちゃんってもしかして悪女なんじゃ……。

な、なら、私がティム君を解放してあげる意味でも寝取――助け船を出してあげるのもいいのかも――

自然と、とんでもなく邪悪なことを考えてしまっていた自分自身に驚愕しつつ私は考え直すために頭を振る。

そもそも私になんか振り向いてくれるはずもないよね……他に二人も髪の赤い可愛い女の子を連れていたし。

「――そういえば、他にも二人女の子を連れていたよね？　あの子たちはお留守番なのかな？」

私は思い出してお父さんに聞いた。

「あぁ、お前が掃除している間に何か今朝からバタバタとやってたぞ？　赤髪のお姉ちゃんの方が鼻血を出していて体調が悪いらしい。様子を見に行ってやったらどうだ？」

そんなお父さんの言葉に従って、赤い髪の姉妹、レイラちゃんとアイラちゃんの部屋へ。

でも部屋に入る直前、壁が薄いせいで廊下まで二人が話し合う声が聞こえてきた。

「――ティムが強くなるには〝雑用スキル〟が鍵になると思うのよ」

「でもお姉ちゃん、ティムお兄ちゃんが強くなったらもうお姉ちゃんは必要なくなっちゃうよ？」

「うぅ……確かにそうよね……で、でもティムが強くなって喜んでくれるなら私は用済みになっても構わないわ！ それに、私は力持ちだから荷物運びとかさせてもらえれば――」

「ティムお兄ちゃんの【収納(ストレージ)】があるから駄目だね……安心してお姉ちゃん！ 私がいっぱい勉強して凄く賢くなって、ティムお兄ちゃんの側にいられるように頑張るから！」

元気そうな声が聞こえるのでどうやら体調は大丈夫みたい。

私は扉をノックすると、部屋の扉を開いた。

「失礼するわよ？ レイラちゃん、体調は大丈夫？ 鼻血を出しちゃったって聞いたんだけど……」

レイラちゃんとアイラちゃんの部屋もすでにティム君の〝能力〟によって天蓋付きの豪勢なベッドが置かれ、そこに二人で腰掛けていた。

私の呼びかけに二人は満面の笑顔で答える。

「エマ、心配してくれてありがとう、平気よ！」

「エマお姉ちゃんも一緒に話そう～！」

そう言ってアイラちゃんが私の手を引いて、強引にベッドに座らせてきた。

身体が布団に深く沈む、凄い……腰かけただけなのに、なんだか重力が無くなっちゃったみたいに身体が楽だ。

「こ、このベッドもティム君が作ったのよね？　その……ティム君って一体何者なの？」

私がつい一番気になっていることを聞くと、レイラちゃんは簡単に答えてしまった。

「ティムは〝シンシア帝国の元王子様〟よ」

「……え？」

とんでもない返答を聞き、私が固まってしまうとアイラちゃんが怒るように頬を膨らませた。

「――ちょっと、お姉ちゃん。勝手にティムお兄ちゃんの素性を喋っちゃ駄目だよ。多分秘密にしてるわけじゃないんだろうけど……」

「あぁ、そっか！　ご、ごめん……私馬鹿だからつい――」

レイラちゃんは申し訳なさそうな表情で頬をかいた。

私はレイラちゃんの衝撃的な発言に開いた口が塞がらなくなる。

あれ……ティム君は〝私にとっての王子様みたいな人〟じゃなくて本当に王子様なの……？

しかもシンシア帝国ってこの国よりも大きい大帝国だよね。

「えっと……じゃ、じゃあなんでこんな所にいるの……？」

「や、やっぱりそこも気になっちゃうわよね……」

「お姉ちゃん、ここまで言ったならエマお姉ちゃんに話してあげよう。ティムお兄ちゃんには後で一緒に謝ってあげるから」

「うぅ……アイラごめんね。お姉ちゃん今度からもう少し考えるようにするね……」

そして、姉妹は私を挟むようにしてベッドに腰かけて息を合わせて語りだす。

「エマ、これから語られるのは涙なしで語れない物語なのよ」

「美しい兄妹愛が、逆に二人を引き裂いてしまったの……」

なんだかアイラちゃんも結構ノリノリだった。

二人はまるで昨夜聞いたばかりの話を私に伝えるかのような臨場感を持って『ティム君の過去』を教えてくれた。


「うぅ……駄目。まだ涙が止まらないわ……」

「分かるわ、エマ。私も内心そんな感じだったもの……」

「ティムお兄ちゃんもギルネお姉ちゃんも本当に苦労してここまで来たんだよ」

私はティム君がギルネちゃんと一緒にギルドを抜けるところまでを二人から聞かせてもらった。

ティム君は妹思いで、人の痛みを感じることができる自己犠牲の塊のような人だった。

王子様ではなくなってしまったけど、私にとっては王子様以上の王子様だ。

強さはないけど、誰よりも優しくて人を幸せにしてあげようと頑張ることができる。

私の理想を全部叶えてくれたみたいな人だった。

その後、レイラちゃんとアイラちゃんとは宿屋のエントランスに場所を移してお茶を飲みながら話を続けていた。

「――へぇ～、ウチの宿屋はレイラちゃんが紹介してくれたのね？」

「うん。〝仲間内〟だとこの宿屋は有名だから」

「あら？　ウチの宿屋が有名だなんて、悪評以外で初めて聞くわ。レイラちゃんはリンハール王国の王国民なのかしら？　どこに住んでいたの？」

私の問いかけに、レイラちゃんはなぜか周囲を軽く見まわしてから私に小声で問いかけた。

「え、えぇっと……エマ、私に見覚えがあったりはしないかしら……？　――あぁ、いや！　やっぱりいいわ！　エマにとっても思い出したくない記憶だと思うし！」

すぐにそう言ってレイラちゃんは誤魔化そうとする。

私の……〝思い出したくない記憶〟……？

それを聞いて、私は忌々しい記憶の中からある人物を想起した。

私を暴漢から救ってくれた『ブベツ』の人たちの一人、震えて動けなくなった私を大通りまで抱きかかえて運んでくれた綺麗な赤髪の女の子を。

「――もしかして、私を運んでくれた！」

「エマ、覚えてくれていたのね！　あの時は家まで運んであげられなくてごめんなさい」

頭を下げる彼女に、私の瞳から再び大量の涙が零れ落ちる。

「わ、私っ！　ずっと、ずっとお礼が言いたくて！　レイラちゃん、本当にありがとう！」

「エマ、お礼を言うのはこちらの方だわ。ずっと『ブベツ』の支援をしてくれていたのでしょう？

私たちはみんな気が付いているわ、お金に余裕があるわけでもないのにありがとう」

レイラちゃんはそう言って私の手を握ってくれた。

よかった、私たちの支援もちゃんと『ブベツ』のみんなの役に立ってくれていたみたい。

「じゃ、じゃあレイラちゃんとアイラちゃんも首の後ろに『ブベツ』の証が……？」

「エマ、ちゃんとお客さんを取る前に首の後ろを確認しなくちゃ駄目よ？　王国に罰されちゃうんだから」

そう言って笑いながら髪をかき上げて見せてくれた二人の首の後ろには『ブベツ』の証は無かった。

「ティムが消してくれたの、スラム街に住むブベツの全員分ね」

「美味しいご飯もみんなに作って、病気も治してくれたんだよ！」

ティム君の更なる働きに私は言葉を失う。

私達は『ブベツ』のみんなに恩返しをしていたけど救うことはできなかった。

でも、ティム君はやってみせたんだ、王国に目をつけられて自分達が危険に晒されるかもしれないのに。

そして、そんなティム君に寄り添い続けてきたギルネちゃんも凄く立派だ。

実力主義のこの世界でギルネちゃんは積み上げてきたモノを全て放りだしてでもティム君を救ってくれた。

二人が主従関係だなんて疑ってしまっていた自分が恥ずかしい。

恋人どころじゃない、二人はもっと深くて信頼の厚い関係だ。

これはもう、ギルネちゃんが突然居なくなっちゃったりでもしない限り、ティム君は私なんかには振り向いてくれないよね……。


レイラちゃん、アイラちゃんと話を続けているうちにお昼頃にさしかかってきた。

——そして、〝その時〟は突如訪れた。


「ギ、ギルネ!?　大丈夫なのっ!?」

「ギルネお姉ちゃん、死んじゃやだよ～！」

ティム君が目を覚まさないギルネちゃんをおぶってこの宿まで帰ってきたのだ。

私は急いで事務所で仮眠を取っていたお父さんに泣きついた。

「ギルネちゃんが！　ティム君の大切な人が大けがをして大変なの！　お父さん助けて！　お医者さんが必要なの！」

私の言葉を聞いたお父さんは飛び起きる。

そして私も知らない隠し金庫の扉を開いて、お金を握りしめてティム君たちの元へと向かった。

「レイラ、お医者さんを呼ぼう！」

「わ、分かった！　あ、でもフリーランスの医術師は凄い高額だからお金を持ってないと来てくれないかも——」

「じゃあ、場所を教えてくれ、僕が連れてくる。頼み込んで、それでもダメだったら無理やり引きずってでも——」

ティム君がそう言って強硬手段に出ようとするところに、ティム君たちの前に現れたお父さんがレイラちゃんに握りしめたお金を渡した。

「ほら、金だっ！　お嬢ちゃんは大急ぎで医術師のもとへ向かってくれ」

「ダリスさん⁉　わ、分かったわ！」

そして、レイラちゃんはすぐに走って宿屋を出て行った。

「すみません、ダリスさん。必ずお返しします」

ギルネちゃんから視線を外さないまま、頬から一筋の汗を流してティム君はそう言った。

「馬鹿野郎、ガキが変な事気にしてんじゃねぇ。エマが慌てて俺の所に来て言ってきたんだ、『お父さん助けて！』ってな。コレ以上の理由はいらねぇ」

お父さんはティム君の背中を叩いて、私の頭を撫でる。

――診察の結果、ギルネちゃんは無事に目を覚ますだろうとのことだった。

今は回復の為に眠っているだけらしい。

「では、診察だけで申し訳ございませんが十三万ソル請求させていただきます」

医術師の先生が提示するこの金額は決してぼったくりなどではない。

回復魔法はもともと高度な魔術の部類だし、身体の状態を見極められる資格を持った医術師は大体貴族や大ギルドのお抱えだ。

そんなにお金があるのだろうかと心配だったが、お父さんが金庫から引っ張りだしたお金で何とか足りた。

ティム君たちを部屋に残すと私とお父さんは退室する。

私はすぐにお父さんに尋ねた。

「――ところでお父さん、あの金庫のお金って――」

「まぁ、なんだ……その……愛する娘を差し押さえられるわけにはいかんからなぁ」

やや照れ臭そうにお父さんはそう言った。

どうやら、ステノアに借りたお金をちゃんと返せるように用意してあったらしい。

「お父さんやお母さんがよく仮眠を取っていたのは私に隠れて夜とかに働いていたのね……」

私が見抜いたようにそう言うと、お父さんは頬をポリポリと指でかいた。

「ちなみに、ほとんどがカミラの稼いだお金だ、アイツがお酒を注ぐだけで高級酒が飛ぶように売れるらしい」

「お、お母さんってサキュバスか何かなの……？」

「かもな、俺も魅了されちまったわけだし」

「そのお母さんはどこにいるの？　勝手にお金を使っちゃったわけだけど……」

「自室で寝てる。きっと『じゃあ、また稼がなくちゃね～』なんて言ってほとんど気にしないだろうけどな」

そう言ってお父さんは笑った。

「はぁ～、ティム君。本当にギルネちゃんの事が好きでたまらないんだなぁ～」

ギルネちゃんが無事に目を覚ましてから二日後。

私はそんなボヤキと共に、日課の掃き掃除をしていた。

ギルネちゃんが倒れた時、あの温厚なティム君は暴力に訴えてでも医術師を連れてこようとしていた。

非常事態だったから、妹のアイリちゃんを救った時のような、生来のティム君の性格が出てきてしまったのかもしれない。

それほどまでに、ティム君にとってギルネちゃんが大切だってことだよね……。

二階の掃き掃除を終えると今度は一階へ。

廊下を掃いていると、一号室の扉が開いてそのティム君が部屋から出てきた。

そして、笑顔で私に話しかける。

「おはよう、エマ。朝からお掃除？　精が出るね」

「ティ、ティム君！　おはよう！」

寝間着姿のティム君の姿を瞳に焼き付けつつ、私はホウキを抱き締めて挨拶を返した。

良かった、もういつもの調子に戻ったみたい。

……なんとなく笑顔に違和感があるような気もするけど……？

掃除をしている私の姿を見ると、ティム君は自分の顎に手を添えて首をかしげた。

「でも、僕がスキルで綺麗にするから、僕が宿泊している間はエマは掃除しなくても大丈夫だよ？」

「わ、私お掃除が好きで！　つい習慣でやっちゃうんだ！　あはは、変だよね……」

私は急いでホウキを動かすと、ティム君は笑った。

「その気持ちは良くわかるよ。僕も掃除は大好きだから。でもエマ、その掃き方じゃ駄目だよ。もっと優しく掃かないと、こうやって――」

「――ふぇ？」

私のホウキを握る手にティム君の手が重なる。

そして、そのままティム君は手を動かした。

「ホウキの穂先だけが床に付くように、そしてできるだけ寝かせないようにして掃くんだ。こうすれば埃(ほこり)は立たないし、道具も長持ちするよ」

「は、はわわわ！」

突然の事態に私は思わず腰を抜かして、へたり込んでしまった。

わ、私！　今、ティム君と……王子様と、手、手が重なって……!?

「だ、大丈夫!?　エマ！　具合が悪いの!?」

突然体勢を崩した私にティム君はオロオロした様子で心配してくれた。

「だ、大丈夫！　ただの立ち眩(くら)みだから！　ティム君が離れてくれれば治るから！」

私は心臓が破裂してしまう前にティム君に距離を取るようにお願いした。

そんな私の注文に少しだけ首を傾げつつ、ティム君は私の体調を気遣ってくれる。

「ひ、貧血かな？　じゃあ、鉄分をいっぱい取った方が良いね。エマにはお世話になってるし、貧血に効く料理を僕が作ってあげるよ！」

「そ、そんな！　悪いわ、私なら大丈夫だから――」

王子様に自分なんかの料理を作らせるわけにはいかない。

そう思って私は首を大きく左右に振った。

でも、ティム君はそんな私の肩を掴むと祈るような瞳で私の目を見つめた。

「いいや、エマ。僕が心配なんだ。僕の周りの大切な人はもう誰も傷ついたり、倒れさせたりしたくはない。僕の我儘なんだ、料理を作らせてくれないかな……？」

「ひ……ひゃい……あ、ありがとうございまひゅ……」

ティ、ティ、ティム君の顔が……近い！

わ、私の肩を掴んでる！　逃げ場がない！

極度の緊張と喜びから私は身体が固まり、全身から大量の汗を流しつつ、ただすぐ目の前に近づいたティム君の真剣な表情に心を奪われていた。

い、今……『僕の大切な人』って言った？　幻聴？

これは夢？　現実？　もうよく分からない……

私の身体を心配してくれている様子も相まって、私は十回くらい恋に落ちたと思う。

今にして思えば、何だかこの時のティム君からは余裕がないような必死さも感じた。

その日の夜、私の部屋を訪ねに来たティム君は私の体調を確認するついでにこんなことを聞いてきた。

「エマ、ダリスさんは笑って誤魔化してるんだけど、あの十三万ソルって凄く大事なお金だったんじゃないかな？」

「ティ、ティム君……実は……」

私はティム君に全てを話した。

十一万ソルの借金があること、そしてそれが後二週間程度で返せないと、私が身売りしなければならなくなるらしいということ。

ティム君はそれを聞くと、力強く拳を握った。

「絶対、そんなことにはさせない……！　エマ、この宿屋をもっと繁盛させよう！　そうすれば十一万ソルなんて二週間で貯まるよ！　僕に任せて！」

そう言って翌日からティム君はうちの宿屋のリノベーションを始めた。

うちの宿屋は二階建てで四部屋の客室があるんだけど、手始めにそれらを全てロイヤルスイートルームに造り替えてしまった。

ある部屋は亀や鶴（つる）を模した繊細なガラス細工のろうそく立てや竹細工の籠（かご）などが置いてあり、とても心が安まる空間だった。

寄せ木細工の衣装タンスにはティム君が〝キモノ〟と呼んでいた綺麗で涼しげな普段着や〝ジュバン〟と呼んでいた白くて薄い寝間着用の物もある。

ベッドは〝ヒノキ〟という素材でできているらしい、何だか落ち着く香りがする。

また、ある部屋にはティム君が裁縫スキルで作った〝ハンモック〟という吊り下げ式のベッドがある。

横になるとゆったりと左右に揺れてゆりかごの中にいるような良い心地になる。

ウチのぼろぼろだった浴場も全面に滑らないタイルが敷かれて、全てがピカピカに磨かれていた。

さらに、一部は天井が開閉式になっていて天気が良い日には天井を開けば夜空を見ながら湯船に浸かることもできる。

そして極めつけが宿の外観だ。

ティム君は庭の木々を綺麗に切りそろえて、石細工で灯籠を立てていった。

宿屋の外壁もティム君の〝塗装〟というスキルで綺麗に塗り直し、新築のようなツヤが出ていた。

入り口には綺麗な看板も立てて、絵はアイラちゃんも楽しそうに手伝っていた。

だけど一つだけ気になるのが、宿が所々〝ネコ化〟していることだった。

例えば、入り口にも左右に石細工のネコの像が建てられている。

どうやらティム君がギルネちゃんの意見を取り入れた結果らしい。

しかし、これがまさかの大成功。

幸福を招く猫だったようで猫愛好家の目にとまり、改装後のお客さん達への呼び水となった。

その宿泊したお客さん達の口コミによって、ウチの宿は隠れた伝説の宿屋のような扱いをされ始めた。

主にティム君がサービスで客に提供してしまう料理や【手もみ洗い（ハンドウォッシュ）】というスキルのおかげだ。

私も頑張っておもてなしをしたけど、ティム君の働きにはとうてい及ばない。

お料理は超一級品、そしてどんなに体の凝りが酷いお客さんの体も一瞬にして揉みほぐしてしまうティム君の噂が水面下で広がり続ける。

お父さんがどんなに値段をつり上げても予約は止まらなかった。

ちなみに、ちょっと目を離した隙にネコの置物やネコのぬいぐるみが宿屋の至る所に増えていく。

ギルネちゃんの仕業だと思うけど、お客さんには好評だ。

帰るときにはお土産として何匹か持って帰って貰っている。

こうして、大衆宿屋の繁盛とは違い、やや目立たない形でウチの宿屋は高級宿屋としてお金持ちのマニアや大商人、珍しい物好きの人たちに好まれていった。


ティム君たちがウチの宿屋に泊まり始めてからもう十五日が経過していた。

宿屋のカウンターではティム君とお父さんが何やら言い合っている。

「ダリスさん、受け取ってください！　お借りしていた十三万ソルです！」

「いいや、俺は金を借りはするが貸しはしねぇ主義だ！　そいつは俺がエマの願いを叶える為に使った金だ！　返す必要はねぇ！」

「で、ですが――！」

ティム君はお金を受け取ろうとしないお父さんの態度に困り果てているようだった。

その様子を私はハラハラしながら柱の陰から見守っていた。

「お父さんったら、何を堂々と自慢にもならないこと言ってるのよ……お願いだからティム君を困らせないで～……ティム君は王子様なのよ……？」

そんなことを呟いていると、背後に何やら気配を感じた。

「――あら～王子様なんて素敵な表現ね、ならエマちゃんがティム君を助けてあげたら～？」

そんな囁き声が聞こえると、私の両肩ががっちりと掴まれた。

そして、その腕は私を押してティム君の前へと移動させる。

「ちょ、ちょっとお母さん！　押さないでったら――あっ、ティム君！　お、おはよう！　えへへ……」

「エマ、おはよう！　ごめんね、うるさくしちゃったかな？」

私がお母さんに無理やり押し出される様子を見て、お父さんはお母さんに加勢を求めた。

「カミラ、お前からも言ってやれ。ティムがつまらんことを気にするんだ。この強情っぷりはシンシア帝国に行った弟のクリスを思い出すぜ」

「あら～、でもティム君の思いを無下にするのも駄目よ～。本人が恩返ししたいって言ってるんだから恩返しはさせてあげなくちゃ～」

お母さんはそんなことを言うと、再び私の両肩を掴んで前に押し出した。

「そ・こ・で～！　ティム君にはエマちゃんに恩返しをしてもらいましょう～！」

何やらとんでもない事を口走り始めた我が母に、私は意識を失いそうになる。

王子様になんて事を言っているの⁉

でも、お母さんの言葉を聞いてティム君は嬉しそうな笑顔を見せた。

「それは良い考えです！　エマ、何をして欲しい⁉」

「ティム君、実はエマは男性恐怖症なのよ～。男の人が近づくと冷や汗が流れちゃったり、身体が固まって力が抜けちゃったりするの～」

「――え？」

お母さんの話を聞いて、ティム君の顔がみるみる青ざめていった。

そして、まるで普段からやり慣れているかのような綺麗なフォームで土下座を始めてしまう。

「エマっ、ごめん！　そうとは知らず今まで無神経に近づいたりして！　怖かったよね？」

「い、いやっ！　全然、全くそんなことないよ！」

首と手をブンブンと左右に振って私はティム君に頭を上げてもらおうと必死に否定をする。

だ、駄目だよ⁉　王子様が私になんて頭を下げちゃ！

お母さんが床に這いつくばるティム君の肩を叩きながら提案をした。

「だから、エマが男性を克服できるように少しずつ慣れさせてあげたいの～。ティム君、今日はお出かけでもして一緒に過ごしてエマの男性恐怖症の訓練に付き合ってくれないかしら～？」

ティム君はお母さんの提案を聞いて、ようやく立ち上がってくれた。

「なるほど……もちろん僕にできることであればご協力をさせていただきたいです！」

元気よくそう答えたティム君だったけど、その直後にとても不安そうに口を開いた。

「ですが、僕は男性の中でも〝かなり男らしい部類〟なので男性恐怖症のエマには刺激が強すぎるかもしれ――」

「大丈夫よ〜、ティム君は全然男らしくないから〜、自信を持ってちょうだい〜」

お母さんの食い気味の否定に、思わず私も頷きそうになった。

でもティム君はなおも食い下がって己の男らしさを主張する。

「――で、ですが、実際にエマは僕が近づくと身体が固まったり冷や汗を流していたりしているような時がありました！　あまり目も合わせてくれませんし……やっぱり僕の溢れ出るワイルドな男らしさに当てられて、男性恐怖症が発症してしまっているのではないでしょうか⁉」

ごめんなさい、私がティム君の前で様子がおかしかったのはもっと別の理由です……。

いや、でもある意味男の人に慣れてないせいでもあるんだけど……。

そんな裏事情を考えていたらお母さんが私の方を見てウィンクをした。

そ、そうだ……せっかくお母さんが背中を押してくれたんだ（物理的に）。

こういうのは私が自分から言わなきゃ……ティム君と一緒に居たいって――

「ティム君……私、ティム君なら大丈夫なの。今日は付き合ってくれると嬉しいな……」

全く私らしくない小さな声が出た。

私の言葉を聞き、顔を赤くして少し驚いたようなティム君の表情に私は不安になって言い訳のような言葉を続ける。

「——で、でもギルネちゃんに悪いよねっ！　二人はその……付き合ってるわけだし！」

「ぼ、僕とギルネ様がつ、つきあっ——あ、あり得ないよ！　ギルネ様となんてとても釣り合わない！　僕は雑用係で、ギルネ様はそのっ！　何て言うか、凄く尊いお方だから！　僕なんかじゃ——そ、そりゃもしも何かの間違いでそうなれる可能性もあるのかもしれないけれど……！」

ティム君はアタフタと顔を赤くしながら早口でそう言った。

もしかして……ティム君の言うとおり、ティム君の片思いなのかもしれない。

それに、レイラちゃんみたいな綺麗な人もティム君と一緒にいるわけだし、別に私なんかがティム君と一緒にいるくらいならギルネちゃんはきっと危機感も何もないと思う。

ちょ、ちょっとくらい良い思いをしても良いよね……？

私が自分の欲望に負け始めた頃にティム君が提案した。

「あっ、もしよかったらギルネ様やレイラ、アイラも誘って一緒に行く？　エマもそっちの方が安心して——」

「あら～、駄目よ～。ティム君がエマちゃんに恩返しをするんだから。ギルネちゃんもアイラちゃんを連れて図書館に行ったし、レイラちゃんも働きに出たからこのまま二人で行っちゃいなさい～」

お母さんはそう言って私の肩を再度掴み、ティム君の隣まで無理矢理移動させた。

あまり抵抗しなかったのは、お母さんの言う通り今この瞬間にティム君と行かないとギルネちゃん達に反対されたりして行けなくなっちゃうかもと思ったからだ。

「そ、そうだね、ティム君！　今、ささっと行っちゃおう！」

「エマがそれでいいなら構わないよ！」

ティム君が快く返事をしてくれた後。私は重大な問題に気がついた。

「あっ、でもど、どうしよう……私、着ていく服なんて用意してないよ……」

「エマが今着ている服じゃ駄目なの？　とても愛着があって良いと思うんだけど」

ティム君が私の服を褒めてくれたので思わず頬が緩む。

でもこの格好じゃだめ、なんていったって今から王子様と一緒に歩くんだから。

「だ、駄目よ！　これはお母さんが作ってくれたお気に入りだけど……この格好のままティム君と並んだらきっと笑われちゃうわ……そ、それにせっかくだから綺麗な服を着たいし……」

「じゃあ、僕が作ってあげるよ。綺麗な服……僕の妹が着ていたようなドレスで良いかな」

そう言うと、ティム君はロイヤルドレスを一式作り出してしまった。

ひと目見ただけで分かる、これは一般的な職人じゃ真似することなんてできない。

華やかでいて、凛と引き締まったこのドレスは格式高く、まさに王女様が普段着て歩く為に作られたような機能性と気品を持ち合わせているようだった。

ステノアが以前見せてくれたキラキラしたドレスも素敵だったけど、こっちの方が落ち着きもあって雅な雰囲気が素敵だ。

ティム君はその服を私に差し出した。

「ど、どうかな？　あまり目立たないようなデザインにはしたんだけど……」

「す、凄く素敵！　き、着ちゃっていいの⁉」

「もちろん、エマにあげるよ！　そうだ、そんなに喜んでくれるなら今度いっぱい服を作ってあげるね」

「あ、ありがとうティム君！　本当に、すっごく素敵！　早速着替えてくるね！」

私ははやる気持ちが押さえられないままティム君が作った素敵なドレスを持って自分の部屋に行った。


「――うん、思った通り、エマにも良く似合うね。その服を見ると僕の妹の、アイリを思い出すよ」

「えへへ、そ、そう？　じゃあ、私の事はアイリちゃんだとでも思って気軽に接してね」

「そうだね、エマだと思っちゃうと、どうしても緊張しちゃうから、妹だと思うくらいがちょうどいいのかも」

「ティ、ティム君も緊張してるんだ……」

もしかしてティム君の初デートの相手は私なのかも……だとしたら凄く嬉しいな、なんだかズルをしちゃったような気もするけど……。

お父さんとお母さんは二人並んで宿の入り口で私達を見送った。

「ティム、お前が俺に返そうとしてたお金をぱーっと使ってエマと遊び回ってこい！」

「馬鹿なお父さん。十三万ソルなんて一日じゃ使い切れるわけないでしょ」

「あら～、別に一日じゃなくてもいいのよ？　どこかの宿屋に泊まってくればいいじゃない～。朝にでも帰って来ればいいわ～」

お母さんの発言に私は顔を真っ赤にする。

「あはは、流石にそんなに長くはエマも大変でしょうし、無茶はしませんよ」

どういう意味か分かっていないティム君はお母さんの発言を冗談か何かだと思っている。

「あら～、心配ご無用よ。むしろエマちゃんも――」

「ティ、ティム君！　早く行こう！　じゃ、行ってきます！」

お母さんがこれ以上変な事を言う前に私は足早に大通りへと向かった。

「――エマ、大丈夫？　大通りは男の人も多いけど怖くない？」

「だ、大丈夫よ。お父さんと来たことはあるの。あまり注目されたりしなければ何とか……」

ティム君は私の体調を気遣いながら一緒に歩いてくれた。

少し歩いた所でティム君が私に提案をする。

「エマ、ずいぶん歩いたね、休憩をしようか。あのカフェなんてどうかな？　店員さんも女性しかいないみたいだし。お客さんもお年寄りばかりだ」

ティム君はそう言って大通りのおしゃれなカフェ『スターボックス』を指さした。

カフェなんて私は初めてだ、しかも凄くおしゃれ……私なんかが入って良いのかな……？

い、いや！　気後れしちゃ駄目だ！

私は今ティム君の凄く綺麗な服を着ているわけだし、きっと大丈夫だよね！

「そうだね！　あのカフェに入ろう！」

私はティム君の提案に頷く。

そうして二人でカフェに入って行った。

「――まずは先にあのカウンターで飲み物を注文するみたい。一緒に行こう」

そう言ってティム君は私の隣を歩く。

「いらっしゃいませ！　何を飲まれますか？」

「あっ、は、ひゃい！」

キラキラ輝いて見える店員さんの呼びかけに私は声が裏返った。

「エマは甘いものが好きだよね？　カプチーノが良いんじゃないかな？」

「あっ、うん！　それでお願い！　……します」

「カプチーノを二つ、それと……クッキーをください」

ティム君は慣れた様子で注文をする。

頼りになるティム君に私の緊張もほぐれて安心感が心を満たしていった。

凄いなぁ、私みたいな貧乏人はカフェなんて来るのも初めてなのに。

「ティム君、来たことがあるの？」

「その……実は初めてなんだ。でも、できるだけ堂々としようと思って。そうすればエマも安心できるでしょ。なんて、本当は見栄っ張りなだけなんだけどね」

ティム君はそう言って笑う。

ずるい。

いつもは少し頼りなく見えるティム君が凄く頼りになって、しかもそれは私の為に少し無理をしてくれていたなんて――

ティム君の心遣いに私の胸はキュンキュンしっぱなしだ。

カウンター近くの席を選んでティム君は私と座った。

二人分の飲み物とクッキー、私は初めてのカフェの飲み物に緊張しながら口をつける。

「い、いただきます」

「召し上がれ」

ティム君は私が飲もうとする様子をじっと見つめていた。

な、なんだか緊張する。

そしてカプチーノ？　を口の中へと流し入れた。

でも、苦いなんて言ったらティム君に子供扱いされちゃうかも……それに、ティム君が選んでくれた注文だし、変な事は言えないよね……！

う……甘いって言ってたのに少し苦い……。

「美味しいわ！　さすがはカフェの飲み物ね！」

私がそう言うと、ティム君も嬉しそうに笑う。

「エマ、実はオススメの飲み方があるんだ。砂糖とミルクをもう少し入れて、最後に生クリームを浮かべて飲むんだ。ほら、エマのカプチーノを貸して」

そう言うとティム君は強引に私の飲み物を作り替えてしまった。

「最後にキャラメルソースと砕いたアーモンドをかけて……完成！　飲んでみて！」

そう言って渡された、生まれ変わったカプチーノに私は口をつける。

口の中に広がる甘みとアーモンドの香り、キャラメルソースとカプチーノの風味が私を天国へと連れていってくれた。

「すっ……ごく美味しい！　甘くて、ふわふわしてて、私コーヒーは苦くて苦手だと思ってたけどこれなら大好き！」

「あはは、エマったらせっかく強がってたのにもうボロが出てる」

「――あっ！」

私は恥ずかしくてコーヒーカップで顔を隠した。

ティム君には全部見抜かれていたみたい。

いつも料理を作ってみんなに振る舞っているわけだし、やっぱり無理して「美味しい」って言ってもバレちゃうんだね……それでも指摘しないティム君が大好きなんだけど……。

「エマは僕に気を遣って『美味しい』って言ってくれたんだよね、ありがとう嬉しいよ」

またティム君はそんな胸をキュンとさせるようなことを私に言った。

そして自分のカップを掴む。

「じゃあ、僕も飲もうかな。僕は男らしいからそのまま飲めちゃうんだけどね」

そう言いながらカップを持つティム君の手は震えていた。

多分、ティム君も苦いのは苦手なんだろうなぁ。

申し訳ないけれど、ティム君の背伸びしようとしている感じが凄く愛おしい。

そんなことを微笑ましく考えていたらカウンターの方から大声が聞こえてきた。

「はぁ～、ずっと同じメニューじゃない！　他には何かないの!?　さすがにもう飽きたんだけど」

カウンターでは綺麗な身なりの女性が大きなため息を吐いていた。

「す、すみませんキャム様！　大商人であるロックミル家のご令嬢であるあなた様をご満足させられるものが作れず……」

「もう出資はやめようかしら？　このままじゃお客さんも飽きてこなくなっちゃうわ。そもそも、ターゲット層が年寄りすぎるのよ。もっと若い子向けのメニューは作れないの？」

せっかくのティム君との楽しいお茶会がそんな怒鳴り声で少し悲しい気持ちになってしまう。

すると、ティム君が私の目の前で自分のカプチーノを何かに作り替えて、最後にカップに入れてストローをさした。

見た目は私に作ってくれた飲み物に似ている。

そして、ティム君は席を立つとそれを持ってキャムさんの元へと歩み寄った。

「あの、もしよかったらこれはいかがですか？　ここのカプチーノを使ったものです。冷たくて、甘くて美味しいですよ」

そう言って、ティム君は今作った飲み物をキャムさんに差し出した。

「あら、何よそれ？　ふぅ～ん、見た目は悪くないわね。透明なカップだから中の綺麗な層も見えるし、上に乗っているクリームやフルーツもいい感じ」

ティム君をひと目見て、信頼できると思ったのだろうか、その子はあまり疑うこともなく渡された飲み物に口をつける。

「——!? 何これ、すっごく甘いわ！ でも、細かく砕かれた氷の粒がシャリシャリして、甘さを中和してくれるから飽きがこない！ これよ！ こういうのが欲しかったの！」

キャムさんは目を輝かせてティム君の作った飲み物を称賛した。

「よかった、それは差し上げます。レシピはここに」

そう言ってティム君はサラサラと紙に書いて店員さんに渡した。

そして、微笑みながら人差し指を口の前に立てる。

「すみません、今はお茶会を楽しんでいるのでこれで静かにしていただけると嬉しいです」

「ちょっ——ちょっと待って、貴方！」

「はい……？」

ティム君のことを呼び止めたロックミル家のご令嬢は顎に手を添えて品定めをするようにティム君の全身に目を向けた。

そして、不敵な笑みでティム君に指を指した。

「貴方、うちの家に嫁ぎにきなさい、お金には不自由させないわ！ 貴方の才能が欲しいの、それにちょっと可愛いし！」

「——えぇ!?」

ティム君は仰天した表情で後ずさる。

さすがは大商人のご令嬢、ティム君の価値を見抜くのがとても早い。

ティム君は狼狽えたまま、私のそばまで後ずさった。

そして、小さな声で「エマ、ごめん。合わせて」と呟く。

「僕には結婚を約束している女性がいます！　残念ながらその申し出は受けられません！」

そう言うとティム君は私の肩に手を乗せた。

私は突然の出来事に言葉を失って魂が抜けてしまった。

目を開けたまま数秒の間気絶していたと思う。

再び現実に意識を戻した時には、大商人のご令嬢であるキャムさんが残念そうにため息を吐いていた。

「そう……着ている服も容姿も凄く綺麗だし、これだけの事が起こっても全く動じずに座っている凛とした姿……さぞかし名のあるお屋敷のご令嬢なのね」

そんなことを言ってキャムさんはため息を吐いた。

驚きすぎて目を開いたまま意識を失っていた私の姿はそんな風に見えていたの……？

「じゃ、じゃあそういう事だから……エマ、もう行こうか……」

「え、えぇ……そうね、えと……貴方」

そうしてティム君とカフェを脱出して二人で笑い合った。

「エマの演技、最高だったよ！」

「ティム君こそ凄かったよ！　なんであんなことをしたの？　やっぱりあのキャムさんがうるさかったから？」

「それもあるけど……エマにとっても僕にとっても初めてのカフェだからね。潰れてほしくなかったんだ。僕の提案した飲み物が好評でよかったよ」

そう言って笑うティム君の表情に私はまた見とれてしまった。

ティム君はとても素敵だ、でも素敵過ぎる。

今のはフリだったけど、たとえどんな間違いが起ころうとも私なんかと一緒になっちゃ駄目だ。

ギルネちゃんやレイラちゃんみたいな、強くて頼りになって、綺麗な子がティム君を守って幸せにしてあげてほしい。

私は心からそう思うようになっていった。

「――とりあえず、もう少しカフェから離れようか。あの子の表情を見るにまだ諦めがついている感じはしなかった」

「そうね……あっ、この右手に見えるのがリンハール王国で一番繁盛してる大衆宿屋よ」

ステノアの経営する『フレンキス』の前を通り過ぎる時に私はティム君にそんな説明をした。

すると、通り過ぎて少しした辺りで後ろから声をかけられた。

「――ちょっと！　エマ！　待ちなさい！」

見覚えのある金髪の女の子が息を切らして私達を睨む。

「ど、どういうことなの⁉　貴方は男性が苦手なはずでしょう！　何なのよその男はっ！」

ステノアはティム君を指さして涙ながらに怒鳴り始めた。

言い争いが始まってしまいそうな険悪な雰囲気に周囲の人々も私達に目を向ける。

「この子はエマの知り合い？」

「う、うん、ちょっとね……ステノア、こんな所で大声出したら周りの目が……」

突き刺さる大衆の視線から男性のものも感じ、私の体は震えてしまう。

ティム君はそんな私の手を握って視線から私を守るようにマントを作りだして、それを羽織ると、私をその下に隠した。

ティム君の身体に抱き寄せられるような形になった私は「こっちの方がやばいんですけど⁉」などと思いつつもティム君の胸元に頬を密着させて合法的に堪能する。

やばい、今度は最高過ぎて身体の震えが止まらない。

「エマ、怖いんだね、こんなに震えて……大丈夫、何があっても僕が守るから」

ティム君、本当にごめんなさい、私は今幸せです。

「あ、あんた！　今エマの手をに、握っ――――⁉　分かりましたわ、ここじゃ目立ちますから私の部屋に行きましょう！　そこでお話し合いをさせていただきますわ！」

そう言うと、ステノアはすぐ側の自分の宿屋を指さした。

昔は目が眩む程に立派に見えていたステノアの宿屋もティム君がウチの宿屋を負けないくらい素

敵にリノベーションしてくれたおかげで、驚くようなことはなくなった。

「エマ、ステノアの言う通り中に入らせてもらおう。そこなら人目を避けられるしね」

「そ、そうだね。じゃあ、ステノアについて行こう……」

私は怖がるフリをしてティム君の腰の辺りに抱きつきながら一緒に歩く。

中に入ると、以前来た時と変わらぬ豪勢なエントランスが広がった。

でも、豪勢なのもいいけど、お客さまが安らげるような風情がない。

ロビーに置かれた彫像や花瓶に生けられた大きな花々などの調度品すらも以前はただ口を開いて驚いているだけだったけど、ティム君の作ってくれた物と比較して、〝粗〟というかそういうものを感じてしまうほどになっていた。

そのまま、宿屋の階段を上がって私とティム君は最上階のステノアの私室に案内された。

ステノアは不機嫌な様子を隠そうともせずに扇子を私に突きつけた。

「エマ、そんな男と一緒に歩いている場合なのかしら？　貴方は私に返さなくてはならない大金、十一万ソルの返済が残っているのよ？」

「それなら大丈夫よ。宿屋に帰ればウチの売り上げた宿泊費からステノアに返すことができるわ」

「そ、そんなわけないでしょう！　エマの宿屋の宿泊費は格安の千ソル！　生活費も考えたら貯まるはずないわ！」

「ステノア、ウチの宿泊費は今、一部屋一泊十万ソルよ。依然として四部屋しかないけど常に満室でみんな満足してくださっているわ」

「……え？　じゅうまん……？」

ステノアは持っていた扇子を落とした。

しかし、すぐに地団駄を踏んで滅茶苦茶な要求を始める。

「え、エマ、借金の返済は一カ月後と言ったけど気が変わったわ！　今、この場で返しなさい！

じゃないと貴方の身体を――」

「えっと、確か十一万ソルだったよね？　だったら僕がダリスさんから預かっているよ。――はい、
借金はこれでいい？」

ティム君はそう言ってステノアにお金を差し出した。

お父さんが受け取らなかったお金を、機転を利かせて出してくれたみたい。

ステノアはそれを見てその場で床に腰を落としてしまった。

そして、ポロポロと涙を流す。

「そ、そんな……駄目よ。これじゃエマが私を必要としなくなっちゃう……私はエマが望む存在に
なれるように頑張ってきましたのに……」

「――？　どういうこと？」

不思議なことを口にするステノアに私は問いかけた。

ステノアは私のことが嫌いで、だから何度も突っかかってきたはずだ。

ステノアは涙を拭いながら自分の思いをつらつらと口にし始めた。

「私、昔から元気いっぱいで活発なエマを物陰から見つめてお友達になりたいと思ってましたの

……そうしたらある日エマが『王国一の宿屋の看板娘になりたい！』って言ってたから、私はお父様に頼んで一生懸命勉強して、宿屋を開業して、経営して、エマの為に王国一の宿屋を用意したのですわ。そうしてついにエマにアプローチができるようになりましたの……。そのうちにエマが不届き者に襲われて男性恐怖症になってしまったと聞いたので、エマを私の宿屋に住まわせて、克服できるようになるまで私が一緒に居て差し上げようと思っていたのですが……エマがあろうことか殿方と一緒にいたのが窓から見えましたので先ほど私は急いで部屋を飛び出したのですわ」

考えもしなかったステノアの思いに私は言葉を失う。

私の思っていたことと違いすぎて理解するのに少し時間が必要だった。

ティム君はステノアの様子を見て、すぐにハンカチを作り出すとステノアの涙を拭ってあげていた。

ステノアはしゃくりあげながら言葉を続ける。

「エマはもうお金もある、宿屋もウチ以上に立派になった、男性も克服した、そのドレスも私が作ったのよりもずっと高級でエマに似合ってて綺麗だわ……もうエマは全ての問題を解決なさってしまったのですね……」

さめざめと涙を流し続けるステノアにティム君は首をかしげて質問をする。

「えっと、つまり……ステノアは『エマと友達になりたかった』って事？」

「はい……ですが私はエマに何もしてあげられません。こんな高飛車で可愛くない私になんてエマは仲良くしてくれるはずがありませんわ……」

「――は？　そんなわけないでしょ？」

私はとんちんかんなことを言うステノアの言葉を一蹴(いっしゅう)した。

　ステノアは驚いたような表情で私を見る。

「私はステノアを尊敬しているわ。宿屋をこんなに大きくしたのはステノアの手腕みたいだし、私の宿屋なんてティム君が立て直してくれただけ、私の力じゃないの」

　私はそう言ってステノアの元に歩いて行き、ステノアの手を取る。

　するとステノアは顔を真っ赤にした。

「え、エマっ！　手、手手ががが――」

「勝負っていうなら私は戦うまでもなくステノアに敗北しているわ。むしろ、私がステノアに友達と認めてもらえるように頑張っていたところもあるの。じゃないと男性恐怖症の私は塞ぎ込んでしまっていたと思うわ」

　すぐに手を離そうとするステノアを逃がさないようにして私は話を続ける。

　昔からそうだ、私が近づこうとするとステノアは逃げようとする。

　だからこんなすれ違いが起こってしまったんだ、今日こそは逃がさない。

「ステノア、貴方の方から私なんかと友達になりたいって言うなら私は喜んで受け入れるわ。ウチの生活費を陰ながら支援し続けてくれていたことも本当に感謝しているの、ステノアがあんな様子だったから素直に感謝ができなかったけど……心から感謝しているわ、ありがとう」

　そう言って私は感謝の意を伝える為にステノアの手を胸元に抱き寄せる。

「え、エマのむ、むむ、胸が――わ、分かりました！　分かりましたからお願い、私の手を離して！」

私の感情が伝わった事を確認すると、私はステノアの手を解放した。

ステノアは顔を赤くしてぜぇぜぇと息を切らした。

そして今度はティム君に目を向けた。

「貴方、エマとはどういったご関係ですの？」

「えっと、宿泊客で、友達だけど……」

「そう……感謝いたしますわ。エマの男性恐怖症を治す方法はやっぱり慣らしていくしかないと思っておりましたの。貴方のような可愛らしい男性ならエマもよいリハビリになったはずですわ」

そう言ってステノアはティム君を見つめる。

「……私も正直、男性は苦手なのですが……。貴方は不思議と平気な気がしますわね。どうですか？　試しに今度は私と一緒にお食事にでも――」

「ティム君、あまり遅くなってもいけないしそろそろ帰ろうか！　ステノア、食事だったら今度私が付き合ってあげるから！」

「え、エマがっ⁉　い、いきなり本命は心の準備が……！」

何やら勝手に狼狽しているステノアを置いて私は無理矢理切り上げる。

ティム君にはギルネちゃんというぴったりの相手がいるんだ。

私は今回一度だけ一緒に遊ばせてもらったけど、これ以上ティム君とギルネちゃんの間に邪魔をしてはいけない。

そうして、私とティム君はステノアの宿屋を出た。

「エマ、ステノアはあのまま放って置いてよかったの？」

「いいの、ティム君。変なことに巻き込んでごめんね、私はもう十分に満足したから宿屋に戻ろう」

そんな話をしながら宿屋を出た直後、聞き覚えのある声がすぐそばから聞こえてきた。

「――ティムお兄ちゃんとお姉ちゃん達、びっくりするかな？」

「きっと喜んでくれるはずだ。二人で頑張って料理を作ろうな」

そんな声が聞こえてきた右前方を見てみると、ギルネちゃんとアイラちゃんが手を繋いでこの宿屋の前を通り過ぎようとしていた所だった。

そして私たちと目が合う。

「――ギルネ様にアイラ、奇遇ですね！　お買い物の帰りですか？」

ティム君は呑気にそんなことを言って笑顔で挨拶をした。

宿屋から出てきた私とティム君を見て、ギルネちゃんは持っていた紙袋を落とした。

中に入っていた食材が道に散らばる。

「ぎ、ギルネ様、落としましたよ！　大丈夫ですか⁉」

ティム君はそう言って急いで食材を拾い集めだした。

いや、ティム君、そんなことよりも重大な問題が発生しているよ。

ギルネちゃんとアイラちゃんの顔がみるみるうちに青ざめていく。

「ご、ごめんな二人とも！　邪魔をする気はなかったんだ！　本当にたまたま……偶然で……！」

「ギルネお姉ちゃんの言ってることは本当だよ！　私が『今晩のお料理を作って、ティムお兄ちゃんを驚かせたい』って言ったんだもん！」

ギルネちゃんたちは宿屋から一緒に出てきた私たちを見て完全に勘違いをしてしまっていた。

今のシチュエーションに私はギルネちゃんに殺されるくらいの覚悟をしたが、むしろギルネちゃん達が謝りだしてしまった。

本当にティム君のことが大好きで大切なんだろうなぁ。

「……はぁ、あの……お料理を作ってくださるのは凄く嬉しいです……なんでそんなに謝られているのですか？」

「――ティム、大丈夫だ！　今更隠そうとしなくてもよい！　私はティムが幸せになってくれればそれでいいんだ！」

「ちょ、ちょっとここじゃ話しにくいし、みんなでここの宿屋で休憩しよう！　みんなで同じ部屋で親交を深めて仲良くなればきっと大丈夫だよ！」

「えっと、アイラ？　僕たちはみんな仲良しだと思ってたんだけど違うのかな？」

何も分かっていない天然なティム君はそう言って首をかしげた。

私はそんなティム君の代わりに急いで弁明を始める。

「二人とも、これは本当に違うの！　ここにいるステノアって子に会いにきただけで――」

「ほ、他にも女の子が……ティム、私はティムの四番目か五番目くらいにはなれるか!?　お願いだ、なんでもするから捨てないでくれ！」

「だからっ！　ギルネちゃん、話を聞いてったら～！」

この後、状況が何も理解できていないティム君を先にウチの宿屋に帰して、私は二人に一生懸命説明をした。

「エマ、いいんだ……ティムが選んだなら何も問題はないんだ。だが……せめて私を使用人とかにしてくれないか？　何ならペットでも奴隷のような扱いでもよい、とにかくお願いだから少しだけでもティムに関わらせて欲しい！」

「ギルネお姉ちゃん、大丈夫だよ！　優しいティムお兄ちゃんならきっと私達も一緒に居させてくれるよ！」

「だ～か～ら～！　二人とも話を聞いてってばぁ～！」

説明に難航していると、今度は道の反対側から声をかけられた。

「――あっ！　さっきの素敵なご令嬢！　金髪の素敵な旦那さんは今どこにいるの？　よかったら話だけでもさせてもらいたいわ！」

「――や、やっぱりティムともうそういう関係なんだな!?　それで、この子はティムの何番目なんだ!?」

先ほどカフェで会った大商人のご令嬢のキャムさんにも見つかり、誤解はますます解けなくなってゆく。

結局、全てを説明してティム君は私の男性恐怖症のリハビリに付き合ってくれていただけだということを理解してもらうのに夜までかかってしまったのだった……。

「いらっしゃいませ～！　ご予約のフィリム様とマイティ様ですね！　ではお部屋にご案内させていただきます！」

ティム君とのデートの翌日、私は元気に働いていた。

今のお客さんはネコ好きのカップルさんだ。

お客様のお世話をする私を見てお父さんが笑う。

「おっ、エマはもう男性を克服したのか！　ティムのおかげだな」

「確かに、ティム君と出かけたおかげね。私はあれで学んだことがあるの――」

私は遠い目で虚空を見つめながら言葉を続けた。

「女の人も自分勝手で、何か怖くて、色々と面倒くさいって分かったの。護身さえちゃんとしていればまだ男の人の方が単純で楽だわ。ティム君が私に作ってくれた服の効果で身の安全は守られているし」

「……お、おう。そうなのか……？」

お父さんは私の様子に困惑したような表情で首をひねった。

「あら～、エマちゃんったら成長したのね～。男なんて単純よ～」

お母さんは手をヒラヒラと動かすと、いつもの幸せそうな表情で笑う。

ティム君が私達家族の服と、仕事用の綺麗なもの全員分作ってくれたおかげでお母さんも舞台女優のような美しさを放っていた。

ボロの服を着ているお母さんに散々嫌味を言って悦に入っていたご近所の奥さん方はお母さんを見ると顔を伏せて逃げて行ってしまう。

当の本人は「最近、ご近所さんが私とお話をしてくれないのよ～」なんて言っているので無自覚なのだと思う。

いつも馬鹿にしに来ていたクソガキ――愛らしい子供たちはウチの宿屋が綺麗になった様子を見て驚いていた。

私はティム君の作ってくれた服や髪飾りを着けて子供たちに勝ち誇った笑みを浮かべると、子供たちも素直な言葉を口にする。

「す……すごく綺麗……」

「ふふん、そうでしょ？　ウチの宿屋はもうお化け屋敷なんかじゃないわ！」

「や、宿屋もそうだけどエマも――いや、何でもない！　調子に乗るなよバーカ！」

そう言って子供たちは何やら顔を赤らめていつものように私を馬鹿にしてきた。

くそ～、やっぱり腹が立つ！

「お前を見たら変な感じになるのもオバケの仕業だ。やっぱり呪われてるんだ！」

「変な感じって何よ～！　オバケなんかいないんだから、証明してやるわ！　良い？　今夜ウチの宿の大浴場に入れてあげるから絶対に来なさいよ！　その減らず口をたたけなくさせてやるわ！」

私がそう言い返すと、私の大声に気がついたお母さんも宿から外に出てきた。

「ご家族さんも連れてきてね～。最近、お話ができなくて寂しいの～」

「お母さんはずっと嫌味を言われてただけなんだけどなぁ……」

私は何も分かっていないお母さんの様子にため息を吐いた。

私たちの提案に子どもたちは嬉しそうな表情を見せた後に、表情を暗くした。

「で、でもこの宿屋って凄く高いんだろ？　そんなの……親が許してくれるはず――」

「お金なんて取らないわ～。色々な面白いお話をたくさん聞かせてもらっていたもの～、ささやかなお礼よ～」

お母さん、それはただ自慢話を聞かされていただけよ。

女性として、お母さんの容姿は魅力の塊だから勝手に嫉妬していたんだと思う。

ウチにお金がないのを良い事に何を買っただとか、綺麗な服を見せびらかされていた様子を想起しながら私は再びため息を吐く。

これで、ウチの生まれ変わった宿屋なんか見たら手のひらを返すように大人しくなってしまいそうだ。

こうしてティム君は私の心のトラウマも、友情のねじれも、嫌味なご近所さんたちも、まるでお掃除でもするように全て綺麗にしてくれたのだった。

シンシア帝国の野望

Ascendance of a Choreman
Who Was Kicked Out of the Guild.

西側の窓から差す夕日が皇宮内を明るく照らす。

開け放たれた窓を通る風が心地よく頬をなでる。

優美な室内の玉座でワイングラスを揺らしながら、この帝国の王であるワシ――エデン＝シンシアは側近の〝知らせ〟を待っていた。

やがて、息を切らせた若い男――側近のセバスが扉を開いてワシのもとまで歩いてきた。

慌てるように速歩きで、しかし王であるワシへの敬意を払いつつ、目の前で膝を突いた。

「皇帝、エデン様！　ご報告いたします！　能力の判定が終わりました！」

待ちわびたその言葉を聞き、ワシは落ち着かない様子でワイングラスを玉座の横の小机に置いた。

これから聞くセバスの報告にはこの国の命運がかかっている。

ワシは唾を飲み込むと、セバスに報告を促した。

「……それで、例の赤子。ティムはどうだった？」

「はっ！　〝冒険者スキル〟及び、〝基礎ステータス〟全てが常軌を逸しておりました！　この結果からティムは〝始祖〟であると思われます！」

セバスの報告を聞き、ワシはほころぶ口元を手で抑える。

「クックックッ……ふふ、はっはっはっ！」

笑いが止まらなかった。

ついに、ついにこのシンシア帝国がソティラス大陸全土を掌握する時が来たのだ。

ティムが、いや、ティム＝シンシアが、王族（ロイヤルライン）の血筋の始祖――〝神童（デウス）〟である。

数千年に一人の神の子がこの国で産まれたのだ。

セバスは祝福の拍手と共に祝辞を述べた。

「おめでとうございます。陛下はティム――〝神童（デウス）〟をどのようになさるおつもりなのでしょうか？」

セバスの問いかけに、ようやく笑いが収まったワシは答える。

「無論、ティムをシンシア帝国最強の王に据える。後はティムに王としての器を備えさせるだけだ。多少我儘くらいの性格に育ててもよいだろう、ティムには世界を征服してもらうのだからな。ティムの能力値は全てが完璧なのだろう？」

ワシの問いかけを聞くと、セバスは少しだけ気まずそうな表情を浮かべた。

「陛下、ティムの能力についてなのですが……実は能力値が低い項目もございまして……」

「――何だとっ⁉」

セバスの思いがけない言葉にワシは思わず玉座から前のめりになる。

神の子に欠点が？

そんなことありえるのだろうか。

ワシの狼狽えた様子を見てセバスは慌てて否定した。

「い、いえっ！　大したことでは無いのです！　〝生活スキル〟の能力がティムには一般人程度にしか無いだけで――」

「ふぅ、何だ。〝雑用スキル〟の話か。そんなの強者に仕えることしかできないクズのスキルだろう。〝神童（デウス）〟のティムには必要ない」

ワシは報告の内容にホッと胸をなでおろした。

ティムは世界の王となる者だ。

人に仕えられることはあっても、人に仕える能力など何の必要もないだろう。

「ティムを正式に我が城の王子とする。ティム＝シンシアとして登録をしておけ」

「承知いたしました。では、失礼いたします」

セバスはまた慌ただしく部屋を出ていった。

この時ワシはティムが世界を手にする、そんな未来を予想していた。

――ティムが十歳になった頃、全ての能力を失い、落ちこぼれるなんてことも知らずに……。


（――ティムが才能を失ってから二年……か。もう〝神童（デウス）〟力を取り戻す見込みもないな……）

王城のテラスで満月を見上げながらワシはそんなことを考えていた。

〝神童（デウス）〟が生まれるのは数千年に一人、おとぎ話のような存在だ。

だから分からない事も大いにある、ティムが突如その能力の全てを失ったのは想定外だった。

――しかし、〝想定外は一つだけではない〟。

ワシは軽い運動がてら、飲んでいたワイングラスを宙に放ると、瞬時に腰の剣を引き抜いた。

そして、剣先にピタリと宙を舞うワイングラスを乗せる。

中の液体は振動でわずかに水紋を作る程度だった。

ワシはそのままの状態で口を開いた。

「――バベル、そこにいるのだろう？　姿を見せたらどうだ？」

「流石はお父上、老いてはおられないようですね。剣技もいっそう冴えておられる」

ワシの呼びかけに応じて、第一王子のバベル＝シンシアがテラスの柱の影から姿を現わした。

そしてにこやかに笑顔を向ける。

「お父上の暗殺を目論んでいたのですが」

「ならば遅すぎたな、ワシはすでに全盛期よりも強い。それに満月の夜は明るすぎて暗殺には向かないだろう」

ワシは笑いながら剣をしまい、ワイングラスを手元に戻した。

力に任せて剣を振り回していた昔の自分には、こんなに繊細な剣捌きなどできなかっただろう。

ワシがワインを再び飲み始めると、バベルはここに来た本当の目的であろう報告を始めた。

「――先ほど、ティムが荷作りをしていましたよ。家出かもしれませんね、捕らえますか？」

ワイングラスを軽く揺らしながら、ワシはテラスの手すりに手を乗せる。

「良い、もうティムは〝用済み〟だ。お前も分かっているだろう？」

そう、ティムに力が戻るなんてことはもう期待していない。

ティムに力が完全に無くなったこと確認済みだ、ない物は戻りようもないだろう。

一応、使用人として王子たちのストレスのはけ口としても城に住まわせてはいたが、ティムはもう我々には必要のないモノだった。

「ティムはもうすでに役割を果たした。ワシが――我々が世界を手にするためのな」

「ふふっ、その口ぶりからするとやはりお父上が直々に世界を手にしたかったのですね」

バベルが笑う。

〝もう一つの想定外〟、それはティムがある形で〝我々に残していった強力な力〟だ。

この力さえあればティム本人は必要ない。

王子達、そしてワシ自身も日々飛躍的に力を増していっている。

この力を完全に我が物とした時、野望は実現するだろう。

ワイングラスを月夜に掲げると宣言した。

「このシンシア帝国が全ての種族の国々を！　凶悪で強大な魔物や魔族達を！　今なお伝説を残し続ける偉大なる英雄たちでさえも！　力でねじ伏せ支配する！　力なき者はその身を捧げ、ひれ伏し、奉仕し続け、強者のみがそれらを踏みつけて更なる高みで栄えるのだ！」

ワシの言葉に呼応するように一陣の風が吹いた。

まるで自分達の行く末を暗示しているようだった。

周囲の木々も、遥か高みに存在する雲も全てはこの風に流され無残にその形を散らしていった。

変わらないのは、満月とそこに掲げている自分のワイングラスだけだ。

月明かりに照らされたワイングラスには、城門を出て行く金髪の少年の背中が映っていた……。

あとがき

初めまして、筆者の夜桜ユノと申します。

まずは、本書を手に取りティムやギルネたちを見守ってくださった読者の皆様に最大の感謝を。

少しでもハラハラしたり、笑ったりなど楽しんでいただけていたら嬉しいです。

さて、本作の主人公ティムは、横暴だった自らの過去の振る舞いを反省し、雑用係として炊事、洗濯、裁縫、掃除などの奉仕で人々の生活を支えていました。

現代でも形を変えて、ティムのように名もなき様々な職業、役割を持った多くの人々の働きによって私たちの何気ない日常は支えられています。

『ギルド追放された雑用係の下剋上』は、そんな全ての人たちへのラブレターです。

今日も食事をして、服を着て、屋根の下で安らかに眠ることができる。その当たり前の生活が多くの人の努力によって成り立っていることを忘れず、世の中のみんなが少しずつ自分の周りの人たちに優しくなっていくことが、実は本作の「下剋上」のテーマだったりします。

もちろん、ティムたちもこれから様々な問題に巻き込まれつつ下剋上をして人々を驚かせて、世界を救っていくことになりますが……まずは頑張って冒険者にならないとね。

本作でティムを書き始めたとき、「世の中は強くて格好いい主人公だらけ。こんなウジウジした臆病者で、人に流されてばかりで、心が折れて冒険者としての夢を挫折してしまうような主人公に人気が出るわけがない」と思いました。

ですが――なんてこった、私はどうしてもそんな弱虫主人公が格好よく成長していく姿を書きたかったのです。

そして、読者の皆様の精力的な応援のおかげで第八回ネット小説大賞の金賞まで受賞させていただき、漫画や小説の本として世の中に出ることが決まりました。

何よりも本作の第一巻を刊行するにあたり多大なるご尽力をいただいた関係者の皆様には、この場を借りて深い敬意と感謝を申し上げます。

この本を制作している現在は、世界的に感染症が大流行し、沢山の人が様々な苦難に直面しています。

そうした状況でもこうして皆様のお手元にこの本が届けられているのは、関わってくださった一人一人の方が誠意と熱意を持って懸命に取り組んだおかげです。

そして、本作のイラストを担当してくださったもやし様のおかげで、自分のキャラクターたちと対面する夢が叶いました。

綺麗な姿の自分のキャラに作者自身が人見知りを起こしてしまい、しばらく緊張して書けなかったのはここだけの秘密です。

今、本書を手にしているみなさま。ここまで読んで、まだ余力があるようでしたら簡単なレビューや感想をいただけると、この本に関わっている全員が大変嬉しく思います。

ではでは、また小説の二巻、あるいはコミックスのあとがきでお会いしましょう。

二〇二〇年五月　夜桜ユノ

雑用係ですから！
サーバント
コミカライズ企画進行中！

ギルド追放された雑用係の下剋上
～超万能な生活スキルで世界最強～

2020年8月1日　第1刷発行

著　者　**夜桜ユノ**

発行者　**本田武市**

発行所　**TOブックス**
〒150-0045
東京都渋谷区神泉町18-8　松濤ハイツ2F
TEL 03-6452-5766（編集）
　　0120-933-772（営業フリーダイヤル）
FAX 050-3156-0508
ホームページ　http://www.tobooks.jp
メール　info@tobooks.jp

印刷・製本　中央精版印刷株式会社

ISBN978-4-86699-011-8

Printed in Japan